T0348853

BEST SELLER

Juan Miguel Zunzunegui nació en México en 1975. De ancestros mexicanos, españoles, austriacos y otomíes, es resultado de todos los encuentros de la humanidad a lo largo de la historia; por eso prefiere definirse como ciudadano del mundo y mestizo de todas las culturas. Ha publicado más de veinte libros. Es licenciado en Comunicación, especialista en filosofía y en religiones, maestro en Materialismo Histórico y doctor en Humanidades.

JUAN MIGUEL ZUNZUNEGUI

LOCURA Y RAZÓN

Historia, iconografía, interpretación, lectura

Con la colaboración de
Lizette Estefan

DEBOLS!LLO

Locura y razón

Primera edición en Debolsillo: julio, 2024

D. R. © 2015, Juan Miguel Zunzunegui

D. R. © 2024, derechos de edición mundiales en lengua castellana:
Penguin Random House Grupo Editorial, S. A. de C. V.
Blvd. Miguel de Cervantes Saavedra núm. 301, 1er piso,
colonia Granada, alcaldía Miguel Hidalgo, C. P. 11520,
Ciudad de México

penguinlibros.com

Diseño de portada: Penguin Random House / Raquél Cané y Amalia Ángeles
Fotografía de portada: © Thinkstock

ISBN: 978-607-384-532-8

Impreso en México – *Printed in Mexico*

La encrucijada de la vida
El temible cruce de caminos
Meditabundo momento de la retrospectiva
El pasado que nos muestra lo que no elegimos
Las historias que nunca se contaron
Donde muchos ven todo lo perdido
Cuando se bifurca el sendero entre dos vías
De un lado la realidad y del otro los sueños consumidos
Tantos se enfrentan en la intersección al sinsentido
Al vacío que los persigue con su hálito
Y les grita entre silencio su condena: vivir sin haber vivido

Ante la estabilidad se presenta tentadora la aventura
Y ante el dilema salen muchos a andar caminos
Los cuerdos buscan el sabor de la locura
Los realistas se convierten en quijotes
Y tratan de ver gigantes los que siempre vieron molinos
En la entramada de la existencia surge el suspiro
El desaliento de haber seguido el común sendero
La desesperanza de no haber emitido su alarido
De no haberse batido en duelo
Saber que dieron los pasos que todos dieron
Y no haber hecho de la vida un canto para sí mismos

Pero toda encrucijada es confluencia de caminos
Y todo desánimo presenta alternativa
Es el caos del que nacen universos
La energía que genera las estrellas danzarinas
El tormento del alma inconforme
La flecha lanzada más allá del horizonte
El espíritu al borde del vacío
La cuerda tendida entre el animal y el superhombre
La encrucijada que abruma es un nuevo principio

J. M. Z.

Los buenos son los que se contentan con soñar
aquello que los malos hacen realidad.

SIGMUND FREUD

La vida no vivida es una enfermedad
de la que se puede morir.

CARL JUNG

La humanidad se toma a sí misma demasiado en
serio. Éste y no otro es el pecado original.

OSCAR WILDE

En el amor siempre hay algo de locura,
pero en la locura siempre hay algo de razón.

FRIEDRICH NIETZSCHE

París
Lunes 6 de agosto de 1945

Cada paso por el sendero de la civilización nos arrastra hacia lo más profundo de la barbarie. Nos embriagamos de razón hasta llegar a la locura, y nos hartamos de progreso hasta tocar lo más profundo de la decadencia. La humanidad depositó sus esperanzas en la razón, y ese camino nos condujo a los rincones más sórdidos y oscuros de nuestras pasiones más inconfesables. La razón nos llevó a la más terrible de las locuras. La razón no es compasiva, y la compasión es el único camino para llegar al futuro.

Hoy, un poder destructivo nunca antes visto acabó con toda una ciudad y sus habitantes en unos cuantos segundos, y gran parte de la humanidad festeja inhumanamente ese acontecimiento. Hoy es el final de una historia y el comienzo de otra. Dios ha muerto y, efectivamente, nosotros somos sus asesinos.

El día de hoy debe ser considerado como el peor de toda la historia de la especie humana, nuestro nivel más bajo, nuestro fondo; el día que nosotros mismos inclinamos la balanza hacia el infierno en esta apocalíptica lucha entre el bien y el mal. Un Armagedón que no será al final de los tiempos sino que se libra aquí y ahora, en cada uno de nosotros. La razón nos hizo descubrir los secretos del universo, los ingredientes de la materia, y caímos en la locura de usar el poder de la existencia contra la existencia misma.

¿Qué tipo de historia puede conducir a este final, qué especie de odio puede convertir el asesinato en regocijo, qué clase de veneno hay que infundir en el corazón del hombre para que se convierta gustosamente en una máquina asesina? Te contaré la historia de cómo la razón nos condujo a la locura, de cómo elegimos un camino que sólo podía llevar a la destrucción. Te contaré la historia de todas las guerras; detrás de ella quizá encuentres la solución de todos los conflictos.

Asesinamos el mito con la fuerza de la razón y dimos un paso sin retorno. El amor sucumbió ante el pensamiento, la poesía cayó fulminada por la razón, y la verdad por la propaganda. El arte pereció ante el pragmatismo y la belleza ante el comercio. Éste es el mundo que hemos construido.

Amar más allá de la razón, solíamos decir ella y yo… más allá del tiempo y el espacio; amar hasta el último aliento; amar, porque sólo eso nos hace más que humanos. Qué difícil parece todo, ahora que el tiempo y el espacio están amenazados por el odio, esa pasión tan nuestra, tan humana, tan exclusiva de nosotros.

Me negué a escribir o contar esta historia por décadas, pero tú tienes derecho a conocer ese pasado que es parte de ti, aunque también es parte de todos, de cada individuo de esta contradictoria especie que dice anhelar la paz mientras se aferra al conflicto en todas sus formas. Hoy, con el mundo al borde de la destrucción, lo hago para que ella pueda vivir por siempre.

Sólo hay dos formas de vivir la vida: como una ecuación o como una poesía. Las ecuaciones tienen fórmulas, pero no dejan de tener incógnitas; la poesía, en cambio, es pasión e improvisación. En la poesía no se cometen errores. Todos tenemos tanto miedo que hemos transitado por el camino equivocado.

La humanidad se enfrenta a su gran encrucijada: vencer el miedo y soltar la ilusión de control para poder vivir la eternidad sin espacio ni tiempo, o sucumbir a él, aniquilar el espacio y el tiempo y morir sin haber experimentado la eternidad. Soltar nuestros impulsos egoístas o aferrarnos a ellos. Ésa es la alternativa humana: elegir entre el paraíso y el infierno. Hoy elegimos el infierno.

Ésta es la historia de lo que hemos hecho de nosotros mismos, de cómo hicimos de nuestro planeta un mercado y de nosotros una mercancía, de cada país una fábrica y de cada individuo un engrane; una historia de odios y miedos; una historia de amor, como todas las historias humanas. Puede ser un paso más hacia el abismo sin fondo al que ya todos nos encaminamos, o el primero en un nuevo sendero que conduce hacia la divinidad. Es tu libertad y tu decisión, pero cada elección individual es una elección por toda la raza humana.

Ésta es tu historia, tu herencia, tu legado. Ésta es la historia de nuestro mundo, la tuya y la mía, la historia de todos nosotros, la historia de nuestro lento camino hacia la autodestrucción, y de la frágil y débil esperanza de despertar de la pesadilla. Es el momento de darte cuenta de que tú eres toda la humanidad. Ésta es la historia de cómo la razón nos condujo a la locura.

París

30 de noviembre de 1900

Nunca habría una guerra en el siglo XX, se había encontrado el camino correcto por la senda del progreso. Todas las expectativas del cambio de siglo estaban cubiertas; el año 1900 dejaba en claro que la nueva centuria sólo podría ser de paz, prosperidad y ciencia. La ampliación del conocimiento y la civilización en todos los rincones del mundo era el único panorama en el horizonte. La humanidad finalmente lo había logrado.

Elizabeth Limantour estaba en París, el centro de aquel nuevo mundo lleno de promesas, y era testigo de cómo la razón humana catapultaría a toda la especie a alturas insospechadas. Sólo una nube personal opacaba ese gran cielo, y era la muerte, ese mismo día, del gran escritor inglés Oscar Wilde, muerto en el exilio y lejos de su patria, a causa de los últimos dejos de obstinación e incomprensión que aún mantenían algunos seres humanos, sometidos, como todos, por sus propias estructuras mentales.

Una de las mentes más brillantes del arte de las letras se había tenido que esconder para morir en Francia, condenado a vivir con el nombre falso de Sebastian Melmoth, por el único pecado y delito de amar de formas distintas de las establecidas por la sociedad, como si el amor pudiera tener reglas. A veces podemos pasar años sin vivir en absoluto, y de pronto toda nuestra vida se concentra en un solo instante. Eso había escrito Wilde, y Elizabeth Limantour se encontraba precisamente en ese instante.

Ese año que alumbraba la nueva era también había visto morir a Friedrich Nietzsche, otro gran incomprendido; un artista y poeta místico confundido con pensador y filósofo. La misión de cada uno de nosotros es distinta e intransferible y no existe un camino igual para todos; eso había dicho alguna vez ese genio alemán, y ahí estaba Elizabeth, a punto de abandonar su misión personal e intransferible para seguir el camino marcado para todos. Ese nuevo mundo que amanecía con el siglo estaba lleno de promesas que no eran para ella. Constantemente la vida nos presenta encrucijadas, caminos opuestos para elegir entre ellos, puntos sin retorno, y Elizabeth Limantour ya había tomado una decisión. La única decisión racional.

Los segundos Juegos Olímpicos de la era moderna habían sido un éxito. Otra prueba más del nuevo espíritu humano, que ahora enfrentaba a las naciones en campos deportivos y no en campos de batalla. París fue Atenas por cinco meses, y la capital mundial de la armonía, donde coincidieron deportistas, artistas, científicos y pensadores, ya que los juegos se celebraron de forma simultánea con la Exposición Universal de París, más exitosa aún que la de 1889, en la que los franceses festejaron el centenario de su Revolución. Afortunadamente no habían desensamblado aquella torre tan polémica y escandalosa que construyeron para aquella ocasión.

"La Torre de los Trescientos Metros", pero para Elizabeth era precisamente el símbolo de ese progreso pacífico y continuo que sería el siglo xx. Seguramente el médico austriaco Sigmund Freud, que recientemente había publicado su obra más polémica, *La interpretación de los sueños*, habría tenido una interesante opinión acerca de ese enorme falo que los franceses habían plantado en el centro de su patria. Ésa, y sólo ésa, podría ser su visión, si Elizabeth había entendido bien aquella mezcla de ciencia médica con mitología griega y un tanto de literatura pornográfica a la que el doctor Freud bautizó como psicoanálisis.

Casi cincuenta millones de personas atestiguaron en París el futuro brillante de la humanidad; pudieron ver el cine sincronizado con el sonido, escaleras que se movían por sí solas y automóviles corriendo por encima de los sesenta kilómetros por hora. ¿Quién podría tener tanta prisa?

Arte de todos los rincones del mundo se podía apreciar en la segunda ciudad más poblada del planeta, que comenzaba el siglo con poco más de tres millones y medio de habitantes. El mundo tenía ya unos mil quinientos millones de personas; las ciudades europeas eran símbolo de progreso: Londres superaba los seis millones, y una opulenta y magnánima Berlín, corazón del Imperio alemán, estaba por llegar a los dos.

Pero en medio de ese sueño se cernía la pesadilla. Elizabeth se embarcaría rumbo a América, donde Estados Unidos era un faro de progreso, y México… Bueno, todo indicaba que, por encima de las represiones de una dictadura, o quizá gracias a ella, el país comenzaba a sonar en el concierto de las naciones civilizadas. Esperaba poder llevar algo de Europa al lejano México, a donde en realidad no estaba convencida de ir, pero la encrucijada se presentó en su vida y ése fue el camino elegido, el camino de la razón que impregnaba la nueva era.

En realidad no es que Elizabeth hubiera elegido, sino que siglos o milenios de tradición e impostura tomaron la decisión por ella. Y es que todo ese mundo, por un lado infinito y por el otro cada vez más pequeño, le pertenecía tan sólo a la mitad de la humanidad. La mitad femenina seguía absolutamente excluida a causa del miedo masculino que impedía a los hombres ver que los tiempos de la fuerza bruta habían terminado, y que un mundo basado en la inteligencia abría sus puertas al otro género. Las mujeres no aspiraban a ser parte en igualdad de ese mundo, por eso el sueño francés se había terminado, y había un futuro, por desagradable que le resultara, en el país que era propiedad de Porfirio Díaz.

Había visto la primera exposición individual del joven y talentoso Pablo Picasso, y la del consagrado Claude Monet; se había maravillado con la ciencia alemana al ver volar el gigantesco globo dirigible del barón Von Zeppelin, y al leer, sin comprender, las teorías subatómicas del físico Max Planck. El mundo era un misterioso milagro que los aristas representaban y los científicos descubrían. Todo en Europa auguraba la paz, y la paz de Europa, era un hecho sabido, era la paz del mundo.

Le dolía marchar. Ahí, en los inmensos jardines del Campo Marte, vio por última vez aquella torre metálica que los artistas franceses aborrecían. A ella le parecía espectacular ese conjunto de miles de toneladas de hierro y millones de remaches. La estética de Gustav Eiffel era cuestionable, pero era un símbolo para un nuevo mundo. Una lágrima corrió por sus mejillas.

Ciudad de México
Febrero de 1913

Los sonidos y los olores penetraban en la mente confusa de Elizabeth Limantour. Recorrió el camino sin dificultad, como si lo hiciera a diario, aunque no recordaba haber estado nunca en aquel sitio. Y sin embargo los sentimientos también estaban ahí a flor de piel, emergiendo como jacaranda en primavera, su flor favorita... O eso creía; no estaba segura en realidad... ¿Qué era una jacaranda?

Cruzó por la Alameda, donde, en el lugar en que creía recordar un primoroso quiosco de estilo mudéjar, se encontró un altar de corte neoclásico dedicado al asesino del emperador Maximiliano de Habsburgo. No pudo evitar sentir pena por la emperatriz Carlota, en cuyo honor se trazó el paseo que ahora conmemoraba las leyes de Reforma. Qué testarudez aquella de matarse por defender unas leyes que nunca se cumplieron y una constitución que siempre fue violada.

El mundo había sido construido por y para los hombres. Maximiliano no fue más que un soñador incompetente que retozaba en jardines con sus amantes, mientras Carlota gobernaba. Pero era el hombre, y por lo tanto el propietario de un cargo y un título del que ella siempre sería un simple accesorio. Grandes mujeres fingiendo pequeñez para no lastimar la pequeña y frágil grandeza de sus hombres.

Mientras el emperador era carne de gusanos y su asesino tenía un templo semicircular en la convulsionada capital mexicana, la emperatriz aún languidecía en una lenta muerte en vida, con un castillo por manicomio, y Francisco José, el infame hermano que abandonó a su suerte al emperador de México, aún gobernaba en el Imperio multinacional que desde 1867 se llamaba austrohúngaro.

Elizabeth atravesó aquel parque lleno de recuerdos inconexos y pasó junto a la Plaza de Toros, donde tuvo las mismas emociones encontradas ante aquello que se atrevía a apreciar como arte pero que le repugnaba como espectáculo. Una larga tradición la de masacrar toros a espadazos, pero quizá no todas las costumbres debían respetarse y perpetuarse por el simple hecho de ser tradicionales. En realidad no recordaba haber estado nunca en una tarde de fiesta brava.

Todo en el ambiente hacía eco en su memoria: el ruido de la ciudad, el olor a tierra mojada después de la lluvia, el aroma que con la caída del sol comenzaba a emanar de las llamadas "hueledenoche" y, ante todo, las jacarandas en flor tiñendo de tonos lilas y violáceos todo el paisaje que se podía ver desde el punto en que el Paseo de la Reforma se unía con la Calzada de los Hombres Ilustres.

Había vislumbrado a lo lejos el Castillo de Chapultepec y su alcázar al final del antiguo Paseo de la Emperatriz, llamado de la Reforma desde la restauración de la República. El único palacio americano que en algún momento fue habitado por la realeza. Recordaba los hechos; conocía el castillo y la historia del fallido imperio que aún algunos denostaban y otros recordaban con nostalgia; conocía las esculturas de diversos próceres flanqueando el flamante paseo. Pero no recordaba por qué recordaba aquello que, sin serle inusual, le era completamente extraño.

Incluso la épica, tan paseada y tan polémica, estatua del rey español Carlos IV, que de momento adornaba la coyuntura de la nueva Avenida Juárez con el Paseo de Bucareli, le era familiar. Sabía que la había elaborado Manuel Tolsá, pero ignoraba por qué tenía ese conocimiento, y no estaba segura de quién era Manuel Tolsá.

En ese estado de confusión había entrado lentamente en el barrio de Nuevo México, la colonia francesa de la capital mexicana. Conocía ese estilo neoclásico y esas nuevas avenidas; fue el instinto, mucho más que la memoria, lo que la condujo por las calles recientemente iluminadas y empedradas hasta llegar al frente de la casa que buscaba, o que creía que buscaba.

Ahí estaba Elizabeth Limantour frente a la imponente casona de estilo neoclásico. No tenía idea de dónde se encontraba, aunque algo en su mente le decía que se encontraba en el lugar adecuado; no obstante, todos sus instintos le exigían salir de ahí lo antes posible, como si aquella calle y esa casa fueran peligrosas, por lo menos en su mente. Definitivamente algo andaba mal, y tenía que ver con esa imponente mansión frente a ella.

Pero algo la detenía. Estaba de pie, firme y confundida ante la puerta de herrería forjada. Todo el ambiente era agradable, aunque algo pesaba en su espíritu; reconocía los colores, los aromas en el viento, la textura de las hojas moradas que yacían en el suelo empedrado.

El sol proseguía su camino al ocaso en una agradable tarde de verano; una brisa cálida revolvía su cabello castaño claro. Podía verse a sí misma como si estuviera fuera de la escena: ahí, de pie frente a la reja, con sus ojos color miel clavados en el árbol de jacarandas que adornaba el jardín de aquella mansión afrancesada. Dos caballos negros y briosos listos para ser trabados en un carruaje, la calle empedrada, el crujir de las hojas caídas; todo movía sensaciones en su mente, pero no sabía la razón. En realidad, nada de ello le resultaba conocido.

Elizabeth ni siquiera sabía quién era o cómo había llegado ante esa puerta. Se veía a sí misma sucia, con sus finas ropas enteras pero raídas. No conocía su nombre ni su pasado, no tenía emoción ni sentimiento, no amaba ni odiaba, no tenía hijos ni esposo, madre ni padre; sin ideales, sin temores, sin pasión. Una artista sin pasión.

Amnesia, pero amnesia selectiva. Su caprichosa y lastimada memoria decidía lo que quería recordar y las cosas que prefería enterrar en lo más profundo del olvido. Como si tan sólo una pequeña parte de su mente estuviera a flote, y una especie de barrera inconsciente la protegiera de los recuerdos más terribles; como si las represiones de toda una vida lucharan por romper esa barrera y salir a la superficie.

Era como si su conciencia fuera tan sólo la punta de un gigantesco témpano, como el que hundió al *Titanic*, y el resto de su vida y recuerdos fueran la mayor parte de ese gran pedazo de hielo flotante. Todos en el barco más grande y más lujoso del mundo habían visto la punta del iceberg, pero fue la gran masa invisible, sumergida, oculta, la que lo envió al fondo del océano junto con todo el progreso y la civilización de su época. Más o menos de la misma forma se hunden los seres humanos.

Frente a la reja de herrería, los árboles majestuosos, los caballos de fina estampa, el portón neoclásico, el ambiente afrancesado, cerca de Carlos IV épicamente montado a caballo al estilo griego: ahí estaba Elizabeth; su mirada perdida era incapaz de comprender los hechos; sus puños estaban cerrados, apretados como con frustración y rabia. Fue entonces cuando se percató del pequeño pedazo de papel que tenía en la mano izquierda.

Lentamente separó los dedos y examinó ese arrugado pedazo de papel donde se podían ver los trazos de una caligrafía casi perfecta. Lo desdobló y extendió ante sus ojos. Contenía únicamente algunas indicaciones y una dirección: "Condesa de Calderón número 12". Podía recodar sin problema alguno a la condesa de Calderón de la Barca, quien vivió dos años en el México recién liberado, pero no recordaba nada sobre una calle con ese nombre.

Y ahí estaba: era justo la casa desconocida que tenía frente a ella. En el papel estaban escritos todos los datos: la estatua ecuestre del rey de España, la Plaza de Toros y la Alameda. El recorrido que había hecho.

Miró fijamente el papel. Tampoco tenía idea de cómo había llegado a sus manos aquel pliego con letra tan fina y notable; no recordaba haberlo escrito o recibido; ni siquiera tenía recuerdos de haberlo leído, y sin embargo era evidente que lo había hecho, ya que en su camino había cruzado por los lugares ahí descritos y, lo más importante, en ese mismo instante estaba de pie frente a la mansión ubicada en la calle de la Condesa de Calderón número 12, la dirección escrita en aquel misterioso billete cuyo origen simplemente ignoraba, a pesar de tenerlo arrugado entre los dedos.

La casa desconocida era elegante y soberbia. Tras la reja se veía un patio muy refinado, y al fondo un portón de madera fina y gruesa. En el jardín delantero había un enorme árbol de jacarandas que era en gran medida lo que tenía embelesada a Elizabeth y la retenía en ese desconocido lugar que estaba segura de repudiar, aunque no supiera el porqué. No podía dejar de verlo al tiempo que una sensación de nostalgia y tristeza se apoderaba de ella.

Parecía evidente que tenía que estar en la calle de la Condesa de Calderón número 12. ¿Por qué, si no, tendría esa dirección en aquel arrugado papel? Amnesia. Ni la casa, ni la dirección, ni el papel ni la persona que se lo entregó estaban en su mente; tampoco la herrería, el barrio o el portón de madera. Pero sí los detalles: el olor de la cestrum, el color de la jacaranda, el ambiente y los sonidos. Amnesia selectiva.

Ese repudio oculto pudo más que cualquier otra sensación. Algo sacudió sus entrañas, un escalofrío recorrió su cuerpo y una lágrima furtiva escapó de alguno de sus ojos. Dio la espalda a la casa y se disponía a salir corriendo de ahí cuando, intempestivamente, otro elemento que su amnesia selectiva no tenía del todo borrado la detuvo de golpe: una voz femenina de antaño.

—¡Mi niña hermosa, bendito sea Dios! Todo el mundo está buscándola.

Elizabeth volteó de inmediato. El rostro del que provenía la voz era del todo desconocido para ella. Pero esa voz... Esa voz parecía estar grabada en algún recoveco de su memoria. Del otro lado de la reja, que se abría de par en par, corría hacia ella una enorme mujer negra de una edad simplemente incalculable —debía rondar aproximadamente los veinticinco o los noventa años, sin lugar a dudas—. Al tiempo que corría, gritaba a todo pulmón:

—¡Nicanor, Nicanor! ¡Corre! ¡La niña Liza está aquí! ¡Panchita, avísale al patrón! Preparen su recámara... y un baño.

Antes de terminar de gritar, la inmensa mujer ya se había abalanzado sobre "la niña Liza", quien no hizo nada para evitar el contacto, pero tampoco se movió: permaneció impávida. No sabía quién era la oronda mujer que gritaba, corría y daba órdenes al tiempo que la abrazaba, pero algo en su olor le era familiar. No había repulsión. Su alma se relajó; incluso podría decir que se sintió bien.

La desconocida siguió abrazando a Liza mientras gritaba, lloraba de emoción, la besaba y la abrazaba sin el menor recato. Sin embargo, eso no incomodaba a Liza. De pronto, ésta vio salir por el gran portón a un hombre de aspecto elegante, con austera chaqueta negra y bombín, guantes blancos y mucho porte, pero sin aires de señor; a todas luces era un cochero o un mayordomo elegante, que se acercó hacia ella con mayor reserva. Se detuvo a un metro de distancia.

—Señorita Elizabeth, agradezco a Dios que esté usted con bien y de vuelta en casa.

No pudo continuar. La señorita Elizabeth lo miraba como quien acaba de ser presentado con un completo desconocido;

pero, al igual que ocurría con la mujer que no la soltaba aún, su presencia le era grata. No obstante, lo que detuvo a Nicanor fue el estrepitoso ruido de la carrera de una niña de alrededor de doce años que salió gritando por la puerta principal:

—¡Mamá, mamita, mamá!

En ese instante todo el mundo se desvaneció: el agradable olor de las flores, la gama violácea de las jacarandas, la brisa de la tarde, el calor amigable de aquella desconocida, la sonrisa afable del cochero. Ante la vista de la niña, casi señorita, que salía a toda prisa, todo se hizo trizas. La adolescente se acercaba corriendo hacia Liza cuando también ella quedó pasmada, probablemente por la mirada de espanto que veía en la mujer a la que le gritaba "mamá" y sobre la que comenzaba a abalanzarse.

Elizabeth observó a la pequeña con desconcierto; le pareció hermosa desde el primer momento, pero desconocida. Se separó violentamente de la mujer que seguía aferrada a ella; se situó un paso atrás del atento Nicanor y lo miró con desconfianza. A la niña la veía con una mezcla de miedo y locura que la pequeña no lograba entender. Sensaciones oscuras comenzaron a apoderarse de nuevo de su cuerpo; sólo quería salir corriendo. Volvió a sentir entre los dedos el arrugado papel que la había conducido hasta ese terrible lugar donde, ahora lo sabía, no debería estar.

Nada era conocido. No recordaba la calle de la Condesa de Calderón y mucho menos una casa específica en ella. Todos los presentes eran extraños, por más que aquella enorme mujer le hiciera sentir cierta confianza. Todos eran una amenaza, todo era inédito y hasta tenebroso; no conocía nada de lo que la rodeaba. Sintió el papel. ¿Qué estaba haciendo ahí? ¿Quién y por qué razón le habría apuntado esa dirección? ¿Por qué sabía llegar?

Angustia. Era lo que invadía la mente de Elizabeth Limantour, quien ahora por lo menos sabía, o creía saber, que era "la niña Liza"; pero en realidad tampoco estaba segura de eso, y no se veía a sí misma con la edad de una niña, cuando rondaba la treintena. Todo se movía en su cabeza y nada estaba claro.

De pronto se hizo una especie de silencio, y tras la gran puerta de madera apareció un hombre elegantemente vestido, con levita en vez de chaqueta, chistera en lugar de bombín y porte de gran señor; ése fue exactamente el trato que dio. Un recuerdo fugaz cruzó por la mente de Liza: se hallaba en un país muy desigual, con tres clases sociales perfectamente identificadas por sus prendas. De arriba abajo y en estricto orden: enlevitados, enchaquetados y calzonudos.

Todos abrieron paso con una inclinación, al tiempo que musitaban la palabra "patrón". La niña también hizo espacio. Frente a Elizabeth estaba, evidentemente, un miembro de la clase de los enlevitados, vestido con la elegancia que le correspondía. De buen aspecto, muy alto, pulcro... pero con algo intangible que despertaba la desconfianza de Liza. Como si frente a ella hubiera tan sólo un actor y detrás de éste simplemente un escenario.

Sea quien fuera, era importante; con certeza, el hombre de la casa. Don Luis Felipe de Calimaya se abrió paso con un andar que pretendía emular a quienes él consideraba sus ancestros, los condes de Calimaya, dignidad que él intentaba usar aunque las leyes del país, siempre violadas y violables, no reconocieran ningún título nobiliario. Elizabeth escrutó su rostro sin encontrar una sola pista. ¿Quién era ese hombre?

Luis Felipe de Calimaya se detuvo a dos pasos de ella. La miró de arriba abajo sin entender nada; era evidente que desaprobaba su facha y su lamentable estado. Sin embargo, en algún recoveco de esa mirada educada para ser inexpresiva, podía atisbarse algo que podría interpretarse como cariño.

El patrón volteó a ver a sus empleados y simplemente pronunció sus nombres: Nicanor, María, Panchita. Eso bastó a los interpelados para hacer una inclinación, apartarse y dirigirse hacia la casa llevando con ellos a la pequeña.

De pronto el patrón pareció perder ese perfecto control; en un segundo adelantó los dos pasos que lo separaban de Elizabeth. Seguramente intentó abrazarla, expresar sus sentimientos, la felicidad que lo embargaba al verla de nuevo. Pero los hombres no pueden permitirse ese tipo de arrebatos pasionales e incivilizados, por lo que se reprimió y se conformó con tocar su hombro y espalda. Elizabeth Limantour prácticamente no permitió el contacto; de inmediato dio un salto hacia atrás. Su rostro reflejaba una especie de repugnancia mezclada con incertidumbre. Nadie habló.

El señor Luis Felipe volvió sobre sus pasos y se dirigió a los criados, que esperaban, con la niña, en la entrada de la casa:

—Nicanor, ve ahora mismo a buscar al médico. Panchita y María, lleven a la señora a sus habitaciones, báñenla y, por el amor de Dios, vístanla decentemente y póngala presentable.

La pequeña niña seguía en silencio y confundida. El patrón se dirigió a ella:

—Isabela, tu mamá no se encuentra bien; no la importunes por ahora. Esperaremos a que la vea el doctor y pueda decirnos algo. Ve a tus habitaciones.

Don Luis Felipe de Calimaya entró en la mansión mientras Panchita y María se encaminaban al sitio donde Liza seguía simplemente pasmada, anonadada, inmóvil. En pocos minutos había pasado de niña a señorita y a señora. Nicanor ya había salido hacia la botica de la calle de Plateros en busca del doctor.

María y Panchita se acercaron tiernamente a una Liza absolutamente confundida y llorosa, que seguía a pie firme contemplando la escena como una extraña absoluta. Todos ellos debían estar completamente desquiciados. ¿Hija, mamá, patrón? ¿De qué se trataba todo eso? Elizabeth Limantour no sabía siquiera que era Elizabeth Limantour, pero por lo menos estaba completamente segura de no estar casada y no tener hijos, y que, de estar casada, no sería en absoluto con un hombre tan arrogante y pagado de sí mismo.

Ella era una artista, y en ese momento estaba perdida y confundida. De pronto una idea, quizá un vago recuerdo, cruzó su mente: México. Estaba en México; llegó para participar en las fiestas del centenario de la Independencia de aquel país que celebró con toda pompa y fastuosidad el ahora exiliado general Porfirio Díaz. No tendría ninguno de sus actuales problemas si no hubiera tomado la decisión de ir a México.

Se hallaba en esas cavilaciones cuando Panchita y María, con toda delicadeza, la tomaron de la espalda y la empujaron lentamente hacia el interior de la casa, murmurando frases de consuelo como "Pronto va a estar mejor", "Ya verá que después de un baño se sentirá bien", o mejor aún, "Rezaremos por usted". ¿De qué puede servir una oración cuando estás entrando en el infierno por la puerta principal?

Elizabeth no opuso resistencia. No conocía a aquel petulante "patrón", a esa pequeña ni a esas delicadas criadas, pero era cierto que un baño le vendría bien. Su mano izquierda seguía apretando aquel papel en que estaba escrita la dirección donde se encontraba en ese momento: calle de la Condesa de Calderón número 12. No tenía idea de lo que podría encontrar dentro; sólo alcanzó a preguntarse: "¿Dónde estoy?"

París
Martes 7 de agosto de 1945

Teniendo el paraíso a nuestro alcance preferimos el infierno. Todo comenzó hace miles de millones de años con una gran explosión divina y creadora; ahora todo termina con otro estallido, humano y devastador. La naturaleza nos ofrece el más inmenso poder creador, y nosotros lo usamos para la aniquilación. Pudiendo crear optamos por destruir...

Liza y yo ya habíamos probado el cielo gracias al amor, y a causa del miedo también habíamos generado nuestro propio infierno. Un averno y un paraíso que nos persiguieron por media vida y medio mundo. Pero aquel lejano domingo fue el día en que estúpidamente dejé escapar a Liza Limantour por última vez; al menos estaba seguro de eso en aquel momento. Sin embargo, no estaba en mi educación, en mi honor ni en mi ética utilizar ese momento de vulnerabilidad total para sacar provecho. O por lo menos eso me dije a mí mismo para dejarla partir nuevamente.

En realidad Liza nunca volvió a ser Liza. Siempre supe que ella era infeliz, que tuvo tragedias, desamores, frustraciones, y una vida que nunca quiso tener. No hay mayor tragedia que vivir una vida a la que no pertenece tu espíritu.

Cuando el azar se empeña tanto, de manera consistente, casi obsesiva, en hacer que dos personas se encuentren, quizá el concepto mismo de azar debería ser cuestionado. Ese maravilloso caos derivado de la libertad humana, que algunos interpretan como destino y otros como coincidencias, nos había juntado antes en París y en Nueva York; luego, las obligaciones con mi patria y mi profesión me llevaron a un México al borde del colapso, al que Liza llegó impulsada por sus malas decisiones, aunque ella siempre culpó a la fatalidad.

Más de una década de caminos entrecruzados, pero en vidas paralelas, es decir, condenadas a ir siempre juntas pero eternamente separadas. Por motivos distintos, yo por razón y ella por locura, los dos vivíamos siempre vidas alternas, construyendo o inventando una realidad diferente.

Después de años, el azar la puso frente a mí, en ese estado en que hubiera podido tomarla en mis brazos, besarla, consolarla, acariciarla y llevarla conmigo a mi adorada pero caótica España, o a mi entrañable pero estricto Berlín, a donde fuera, a otro sitio de México, a Nueva York, a su adorado París. Todo eso pasaba por mi mente mientras en un pedazo de papel le escribí la dirección de la casa y las indicaciones básicas para llegar.

Elizabeth no estaba bien. No recordaba su casa, su familia, el pasado ni qué hacía ahí, frente a la construcción abandonada de la Casa de la Ópera. Sin embargo, por alguna razón se acordaba de mí, de mi nombre, de nuestros fugaces encuentros. Estúpidamente la mandé a su infierno y yo permanecí en el mío. La vida se construye a base de decisiones.

Supe después que su memoria falló cada vez más, que no supo nada de la casa, de la calle, de la familia, y tampoco de mí, por lo menos de momento. Siempre había intentado negarse a sí misma su vida, o por lo menos fingir que no era de esa forma. Siempre había vivido coqueteando con la locura, pero en esta ocasión su mente finalmente cedió y le concedió el deseo. Ese día volví a perder a Liza, pero de cualquier forma me había perdido a mí mismo mucho tiempo atrás.

Ahora es toda la humanidad la que sucumbió ante la más terrible de las locuras. El poder de la creación aniquiló ochenta mil almas inocentes en unos segundos. La misma fuerza de la razón, que nos permite desintegrar átomos pero nunca prejuicios, nos ha llevado a la peor de las locuras. La razón, esa eterna rueda de pensamientos que alimenta el ego y en la que nunca cabe el amor. La razón que nos separó a nosotros dos y que ahora separa a toda la humanidad.

Sólo teníamos que perder el miedo, sólo teníamos que abandonar la ilusión de control y dominio...

Ciudad de México
23 de febrero de 1913

Fue un domingo cuando Liza Limantour se presentó frente a esa casa desconocida con aquel papel en la mano; esa noche se dejó llevar por desconocidos al interior de la mansión para ser atendida, la noche en que la presencia de Calimaya le arrebató su último vestigio de cordura. Sus ojos miraban permanentemente al vacío, mientras Panchita y María la sumergían en una tina con agua caliente y se dedicaban con diligencia a lavar su cabello y frotar su espalda.

Ahora sabía que la mujer que la recibió se llamaba María, mientras que la otra, una mestiza bastante mulata, se llamaba —o así le decían— Panchita. Eso no lo recordaba; lo había aprendido en las últimas horas. No tenía idea de quiénes eran esas mujeres que se mostraban tan preocupadas por su bienestar, pero que no habían respondido a sus preguntas por estar ocupadas en proferir lamentos y oraciones.

Liza disfrutaba el contacto del agua caliente resbalando por su cuerpo; percibía el cariño y la preocupación de las desconocidas, pero sus ojos seguían vacíos y su boca cerrada, salvo por breves lapsos en que casi susurraba para sí misma: "¿Quiénes son ustedes? ¿Dónde estoy?"

Panchita la veía desesperada. Se colocó frente a Liza y la tomó cariñosamente de las mejillas, diciéndole entre lágrimas:

—¡Ay, mi niña! ¿Dónde has estado? ¿Y dónde estás ahora? ¿Qué demonio se te metió?

Liza la vio con la mirada perdida, examinó su rostro, trató de penetrar en su mirada; incluso se atrevió a tocar su rostro. Pero sólo alcanzó a decir:

—Perdóneme. Le agradezco mucho todos sus cuidados, pero... ¿quién es usted?

Panchita no tuvo tiempo de reaccionar, ya que María anunció la llegada del patrón. Entre las dos ayudaron a Liza a salir de la tina, le pusieron una bata y la secaron a fin de que estuviera presentable para el señor de la casa. Don Luis Felipe de Calimaya entró en la habitación; las dos criadas se alejaron y Elizabeth Limantour quedó frente a él, a varios metros. Sintió miedo. Dio un paso instintivo hacia atrás cuando el señor Calimaya se acercó a ella; más rápido de lo que pudo alejarse, la tomó del brazo y, de forma impositiva, casi inquisitorial, le preguntó:

—¿Ya me vas a decir dónde has estado? —esperó unos segundos y endulzó un poco el tono de su voz, mientras intentaba acercarla hacia él—. En verdad he estado preocupado. ¿Dónde estabas? ¿Qué te pasó? ¿Quién te trajo? ¿Cómo llegaste?

Silencio. Fue la única respuesta que obtuvo. Una mirada de desconcierto desde lo más profundo de unos ojos hermosos pero tristes y vacíos. El señor Calimaya la tomó firmemente de los hombros, desesperado ante su impasibilidad. Impotente, frustrado, en el fondo incluso con culpas. Amaba a Liza a su manera, y verla con vida lo llenaba de una felicidad que nunca había sabido expresar.

—Es un milagro que estés viva. ¿Es que no sabes todo lo que ha pasado? La ciudad estuvo bajo bombardeos durante diez días; esa maldita revolución nos alcanzó finalmente. Todo es culpa de ese incompetente de Madero, que quiso jugar al presidente...

—¡El presidente Madero! —interrumpió Liza.

—Madero ya no es más el presidente —la atajó Calimaya—. Los porfiristas volverán al poder y quizá entonces regrese el orden...

—Y la opresión —volvió a interrumpir Liza.

Don Luis Felipe de Calimaya cerró los ojos, apretó los puños y se contuvo. Esa maldita manía que tenía su mujer de opinar sobre política, de opinar en general, de meterse en cosas de hombres que por naturaleza no le correspondían. Pero no quería perturbar más a una Elizabeth que se debatía entre la razón y la locura, y que decía no recordar ni su nombre aunque sí sabía quién era Francisco Madero. Liza dio un par de pasos para alejarse de Luis Felipe de Calimaya. Lo observó detenidamente y sintió un escalofrío. Se vio a sí misma en bata y se llenó de pudor; trató de cerrar lo más posible la prenda para taparse mejor. Lo miró a los ojos sin emoción alguna y simplemente le contestó:

—¿Quién es usted y por qué me dirige la palabra con tanta confianza?

24 de febrero de 1913

—¿De qué sirve una Cámara de Diputados que jamás responde a las necesidades del pueblo, sino que vela por los intereses de sus miembros y de los clubes políticos que los respaldan? Millonarios representantes de un pueblo que muere de hambre, los legisladores de este país son unos traidores a la patria, un grupo de oportunistas que se escudan en la nación para velar por sus mezquinos intereses. Poco les importa el país a esos levantadedos, poco les importan la opresión o la democracia mientras ellos no sean tocados. Todos los que callen ante esta situación son cómplices indolentes. Hay que hacer algo o aceptar nuestra culpa al colaborar con nuestro silencio.

Con esas palabras, el escritor José de Miurá y Zarazúa se presentó furibundo e indignado ante Bernardo Cólogan y Cólogan, embajador de España en México. El periodista arrojó un papel mecanografiado sobre el escritorio del ministro. En él se podían leer fragmentos del valiente discurso que el diputado Luis Manuel Rojas había pronunciado ante los pusilánimes diputados, acusando al embajador norteamericano del golpe de Estado perpetrado contra el gobierno legítimo del presidente Francisco I. Madero.

Bernardo Cólogan miró a Miurá de pies a cabeza, como desaprobando esa descortés irrupción, únicamente tolerada por la amistad que compartían desde cuatro años atrás, cuando José llegó a México como corresponsal. Poco menos de cuarenta años

34

tenía el periodista, contra los sesenta y seis del embajador; pero minucias como la edad se olvidan cuando dos connacionales se encuentran a miles de kilómetros del hogar.

La mirada del escritor era penetrante y llena de pasión. Piel clara, ojos y cabello oscuros, alto, bien formado, vestía lo que a Cólogan le parecía el uniforme de periodista de su amigo. Si hubiera trabajado para algún periódico se habría visto obligado a un tanto más de formalidad, pero Miurá era un agente libre que vendía sus reportajes, y así conservaba una gran libertad de acción y de vestimenta. El embajador veía a su compatriota como un personaje de la revolución bohemia de finales del siglo xix, un idealista en eterna lucha contra los convencionalismos sociales y tratando de defender su estilo de vida libre y personal contra todo y contra todos.

Así pues, más que un respetado corresponsal internacional, semejaba un artista parisino de Montmartre, más cercano a Baudelaire que a Víctor Hugo, y más bien parecido a Henri de Toulouse-Lautrec, aunque mucho más alto. Vestía pantalón oscuro pero informal, camisa fina y elegante pero usada con desenfado, un tanto desacomodada y cubierta a medias por un inseparable chaleco. El porte de intelectual bohemio se lo otorgaba un sombrero de tipo chambergo, recuerdo de la guerra de Cuba, y unas gafas redondas.

El periodista presionó al embajador con la mirada. Finalmente, Cólogan leyó el documento:

Yo acuso a Henry Lane Wilson, embajador de los Estados Unidos en México, como responsable moral de la muerte de los señores Francisco I. Madero y José María Pino Suárez, que fueron electos por el pueblo, presidente y vicepresidente de la República Mexicana, en 1911...

Yo acuso al embajador Wilson de haber echado en la balanza de los destinos de México todo el peso de su influencia como representante del gobierno de Washington, para inclinarla en el sentido de los gobiernos de la fuerza...

Yo acuso al embajador Wilson de haber esgrimido en contra de la legalidad, representada por el presidente Madero y por el vicepresidente Pino Suárez, la amenaza de una inminente intervención armada por el ejército de los Estados Unidos...

Yo acuso al embajador Wilson de haber mostrado parcialidad en favor de la reacción, desde la primera vez que don Félix Díaz se levantó en armas en Veracruz...

Yo acuso al embajador Wilson de haber presumido que los señores Madero y Pino Suárez podían ser sacrificados con el pretexto de una imperiosa necesidad política...

Yo acuso al embajador Wilson de no haber informado exactamente a su gobierno de lo que aconteció en México...

Yo acuso al embajador Wilson de haberse inmiscuido personalmente en la política de México, habiendo contribuido de manera poderosa a la caída de los gobiernos del presidente Díaz y del presidente Madero...

Luis Manuel Rojas
23 de febrero de 1913

Miurá y Zarazúa llevaba cuatro años de residir en el país; siempre había mantenido un contacto cordial con el señor embajador. Cólogan era un diplomático consumado; provenía de la más rancia nobleza española, situación que era considerada indispensable en su país para poder hacer carrera en el mundo de las relaciones internacionales. Había estudiado en Oxford, y por su gran dominio de las lenguas representó a España en varios países desde muy temprana edad.

En 1864, con apenas dieciocho años, fue parte de la legación española en Atenas, capital de una Grecia que aún luchaba por su total independencia del Imperio turco, en cuya gran capital, la eterna Constantinopla —por más que ellos la llamaran Estambul—, también estuvo años más tarde. Pekín y Caracas fueron otras dos capitales en las que Cólogan había residido antes de cumplir treinta años. Fue entonces cuando llegó a México por vez primera, como responsable de los negocios entre ambos países. Encontró el amor en el puerto de Veracruz, donde se casó con la señorita María de Sevilla y Mora, en el año de 1876.

Para 1894, don Bernardo Cólogan y Cólogan estaba de nuevo en la capital del decadente Imperio chino, donde, como decano del cuerpo diplomático, negoció los acuerdos que pusieron fin a la rebelión de los bóxers, una serie de motines de la población local en contra de los extranjeros y que estuvo cerca de generar una guerra de todas las potencias europeas contra China. Años más tarde fue representante ante el gobierno de Washington, y para culminar su carrera y proceder a retirarse, solicitó ser enviado a México, adonde llegó nuevamente en 1907 con el título de embajador.

Las medallas diplomáticas, premios y condecoraciones no cabían ya en el pecho del embajador: la Gran Cruz de la Orden del Águila Roja, por parte de Prusia; la Gran Cruz de la Orden de Santa Ana, otorgada por Nicolás II de Rusia; la Gran Cruz de la Orden de Cristo, obsequiada por Portugal; la Gran Cruz de la Orden de la Estrella Polar, entregada por el parlamento sueco; la Cruz de la Orden del Medjidié, concedida por el sultán turco, y la Cruz de la Orden del Libertador, conferida por el gobierno de Venezuela.

—Con todo respeto, Su Excelencia —dijo vigorosamente Miurá—, todas esas distinciones mundiales son símbolos vacíos si convierte al gobierno de Su Majestad, y con ello al pueblo español, en partícipe de un derrocamiento.

—Señor Miurá, los embajadores y enviados diplomáticos tenemos estrictamente prohibido inmiscuirnos en la política de los países donde estamos destacados. En este país hubo un golpe de Estado, y el gobierno español al que represento no tenía facultades para hacer nada, ni a favor ni en contra de los rebeldes.

—Muy bien, Su Excelencia. Entonces podrá usted explicarme a mí, al gobierno que representa, y a mis lectores, qué significa esto —al tiempo que hablaba, Miurá arrojó un papel al escritorio del embajador.

15 de febrero de 1913

Señor presidente:

El embajador Lane Wilson nos ha convocado esta madrugada a los ministros de Alemania, de Inglaterra y a mí; nos ha expuesto la inmensa gravedad, interior e internacional, y ha afirmado que no tiene usted otra solución que la renuncia...

Bernardo Cólogan y Cólogan

—No importa lo que Su Excelencia diga: con este simple mensaje usted fue partícipe de la caída del presidente Madero. Un golpe de Estado estaba en curso; los rebeldes estaban sitiados en el depósito de armas de La Ciudadela, como hoy sabemos, al cobijo del general Huerta, que en vez de combatirlos los abastecía. Hubo una serie de traiciones y ahora somos parte de ellas.

—Ese documento representa mi opinión personal, además de que fue sólo un consejo para el presidente.

—Un embajador no tiene opiniones personales. Representa usted a un rey y a un pueblo.

—España reconoció y apoyó siempre al gobierno del presidente Madero, señor Miurá, y usted lo sabe.

—Así es, y cuando ese gobierno se tambaleaba y necesitaba el apoyo internacional, usted se plegó a los intereses de Henry Lane Wilson. Usted; Paul von Hintze, del Imperio alemán, y sir Francis Stronge, del Imperio británico, no sólo fueron cómplices de la caída del presidente Madero, sino peones al servicio de los Estados Unidos, que ha puesto y quitado presidentes en México desde 1829, cuando los masones, sí, señor, los masones como usted, impusieron a Vicente Guerrero con el primer golpe de Estado de la historia de este país.

—Éste es un país muy extraño, señor Miurá —dijo el embajador—. El tal Guerrero dio un golpe de Estado contra un presidente electo democráticamente; lo hizo con el apoyo del embajador norteamericano y de los masones. Y ya ve, aquí lo tienen por héroe. No le extrañe que el general Victoriano Huerta sea tomado como gran prócer más tarde; a fin de cuentas hizo exactamente lo mismo.

—Las circunstancias no son las mismas —protestó Miurá.

—Son idénticas, caballero, idénticas —señaló el embajador—. En 1829 los masones yorkinos auparon a Guerrero a la presidencia en vez del candidato ganador, Manuel Gómez Pedraza, para controlar el gobierno y así lograr los objetivos de entonces, que eran arrebatar el territorio de Texas y California, lo que finalmente consiguieron. No hubo una embajada alemana presente en aquella época porque Alemania no existía; tampoco hubo una española, porque aún no se reconocía la independencia. Todo lo demás es igual que hace cien años.

José de Miurá y Zarazúa permaneció en un silencio reflexivo. Aquel periodista era un filósofo, escritor y poeta español que había recorrido la mitad del mundo como corresponsal de prensa, labor a la que tenía que dedicarse, pues la profesión de filósofo lo hubiera recluido en un aula universitaria sin libertad de cátedra, y la de poeta lo habría reducido a una vida de privaciones. En cambio, las corresponsalías le permitían viajar con los gastos siempre a cuenta de alguien más. Casi una docena de periódicos de Francia, Alemania, España, Estados Unidos y Cuba compraban información, artículos y fotografías a Miurá. Para bien o para mal, tenía otra buena historia que contar.

Español de origen vasco se había lanzado a recorrer el mundo desde muy joven. Pudo estudiar letras y filosofía en varios países de

Europa, por lo que su dominio de los idiomas incluía, además del español, el alemán, el inglés y el francés. Su primer reportaje internacional de renombre lo publicó en 1895, con apenas veintiún años, cuando escribió acerca de ese imperio naciente al que poca atención ponían los europeos: los Estados Unidos, que en aquel año se apoderaron del reino de Hawái, y comenzaron lo que Miurá definió entonces como una silenciosa carrera imperial.

Palabras de profeta tuvo Miurá; como tales, no fueron escuchadas ni tomadas en cuenta hasta que los sucesos posteriores le dieron la razón. El 15 de febrero de 1898, el acorazado *USS Maine*, de la marina estadounidense, explotó en el puerto de La Habana, lo que sirvió como pretexto para la guerra hispano-estadounidense, en la que el Imperio español terminó de morir tras cien años de lenta agonía, y el imperio norteamericano levantó la mano en el mundo de las potencias.

Sólo quedaba un conflicto latente que estallaría en cualquier momento en el océano Pacífico, cuando esa expansión chocara con el otro imperio industrial naciente: Japón. Tarde o temprano, no sería sorpresa, habría una guerra por el dominio del Pacífico entre Japón y los Estados Unidos.

Miurá había sido corresponsal en esa guerra de independencia cubana, diseñada en los Estados Unidos y que culminó con los tratados de París, firmados en diciembre de 1898, con los que España cedió a la potencia americana las islas Guam, las Filipinas y Cuba. Miurá permaneció en Europa y en París para hacer reportajes en torno a los Juegos Olímpicos y a la exposición mundial de 1900, para luego retomar la línea de las revoluciones a la medida fabricadas por los norteamericanos, como aquella de 1903, en la que la provincia de Panamá se independizó de Colombia y otorgó al gobierno de Washington la concesión para construir un canal transoceánico, o aquella otra de 1909, en Nicaragua, que fue causa directa de la de México en 1910.

—Señor embajador —prosiguió Miurá—, desde 1895 los Estados Unidos están construyendo un imperio mundial. Comenzaron por Hawái y continuaron, como bien sabe, con Cuba y las Filipinas. España ha sido víctima de la expansión norteamericana, de su imperialismo. Sólo por eso quizá debería sentir antipatía por esas revoluciones creadas ex profeso en Washington, como la que aquí mismo derrocó a Porfirio Díaz.

—Señor Miurá, el general Díaz se mantuvo en el poder gracias al apoyo norteamericano; cuando perdió ese apoyo, cayó. Como pasó con Santa Anna, y como hubiera pasado con Juárez, si no hubiera tenido el buen tino de morir a tiempo, tras sólo quince años de dictadura. A usted que le gustan las conspiraciones, investigue los negocios turbios de los norteamericanos con la familia Madero.

—Es evidente que Francisco Madero contó con el apoyo norteamericano y que luego lo perdió, pero no creo que debamos compararlo con don Porfirio Díaz, con Guerrero o con Santa Anna.

—¿Ah, no? Mire usted. Francisco Madero dio un golpe de Estado, caballero, ni más ni menos. Finalmente se levantó en armas contra el gobierno, sólo para tomar el poder. No juzgue usted por las buenas intenciones sino por los hechos: un rico terrateniente, cuya familia tiene negocios turbios con los americanos, convoca a una revolución a la que suma a bandoleros y asesinos con tal de hacerse con el poder y llenar el gobierno con su parentela; pelea con armas que entran de contrabando por la frontera, cuenta con el apoyo de magnates norteamericanos. Vaya, hablamos de una persona que se vendió a los estadounidenses con tal de apoderarse del gobierno; en cualquier otro país sería un traidor, y aquí resulta ser una víctima inocente.

José de Miurá y Zarazúa se mantuvo pensativo un buen rato. Vaya que tendría una buena historia que contar. Pero no era sólo eso, no se trataba únicamente de contar y vender una historia. ¿Dónde estaba la solidaridad entre los pueblos; dónde, la hermandad entre México y España; dónde, la búsqueda de la libertad?

—Nada de lo que me ha contado explica por qué usted secundó a ese organizador de revueltas que es Henry Lane Wilson. El embajador cubano, Márquez Sterling, fue el único que mantuvo una postura digna ante la crisis política y las maniobras americanas.

—Márquez Sterling es un idealista, un jugador de ajedrez que quién sabe cómo terminó de diplomático. Y el embajador Wilson es sólo un peón, señor Miurá; él no vende las armas. Panamá se separó de Colombia para que los norteamericanos hicieran un canal transoceánico, y todas las armas Remington las vendió Samuel Bush, el mercader de la muerte. Porfirio Díaz planeaba algo similar en el istmo de Tehuantepec, un proyecto que competiría con el americano y que estaría a cargo de los ingleses, en la persona de sir Weetman Pearson, también llamado lord Cowdray... Entonces las Remington de Samuel Bush comenzaron a inundar México.

La historia era fascinante, aunque José de Miurá conocía ya muchos de sus detalles. En efecto, desde 1895 los norteamericanos organizaban revoluciones a conveniencia para quitar y poner gobiernos. Incluso Maximiliano de Habsburgo había muerto por órdenes norteamericanas. ¿Pero qué interés podía tener España en todo eso? La pobre España apenas se las arreglaba para seguir existiendo. Cólogan y Cólogan pareció leer la mente del escritor.

—Debemos tomar partido, aunque de forma encubierta, en la guerra que se avecina, señor Miurá.

—Disculpe, Excelencia... ¿Guerra? ¿Cuál guerra?

—La guerra de la industria y el petróleo, señor Miurá; la guerra por los recursos en la que medio mundo, desde Mesopotamia hasta Japón, pasando por Europa y América, se hundirá próximamente. La guerra que prepara ese petulante lord del almirantazgo del Imperio británico. La guerra que el año pasado comenzó Winston Churchill.

25 de febrero de 1913

En la elegante mansión de la calle de la Condesa de Calderón número 12, a nadie le importaba ya el rumbo del país, las noticias buenas o malas ni el golpe de Estado y el asesinato del presidente Madero. Una mezcla de amargura, frustración y tristeza se vivía en la mansión afrancesada de don Luis Felipe de Calimaya, ese aspirante a noble cuya fortuna dependía en realidad de la mujer que seguía tendida en una cama sin recordar nada. Media docena de doctores coincidían en que su salud era impecable, pero algo había provocado que su mente se bloqueara. Contra la amnesia no había nada que aplicar, más que tiempo y cuidados.

Luis Felipe era un hombre frío y distante, o por lo menos lo había sido, pero no podía decirse que no quisiera a Elizabeth Limantour, a quien siempre había procurado y protegido; eso sí, en un ambiente donde las emociones y los sentimientos simplemente no estaban presentes. Ahora, cuando Liza ya no habitaba su propia mente, no se alejaba de su lado e incluso parecía mostrar algo parecido a sentimientos.

Todos los días hacía entrar en la habitación a la niña que presuntamente era su hija, con la intención de que el instinto maternal tocara alguna fibra del pasado. Le había mostrado retratos de ella, de los dos juntos, de la que solía ser su familia, incluso algunas fotografías, la fe de bautismo de la pequeña —donde aparecían como firmantes los padres: don Luis Felipe de Calimaya y Elizabeth Limantour de Calimaya—, el acta de matrimonio —donde constaban los mismos nombres—; nada de eso lograba traer a Liza del sitio donde se encontraba.

Luis Felipe no podía entender cómo era posible esa negación total de la lógica: ahí estaba la niña, los documentos bautismales, el acta matrimonial, los retratos. ¿Cómo podía Elizabeth no responder a aquello? Ante ese reclamo de Calimaya, Elizabeth murmuraba siempre lo mismo:

—En verdad lo siento, señor. Tengo muy claro que, si usted es quien afirma ser, es un hecho que está casado con esa mujer Limantour, y es igualmente evidente que la niña es de ambos... Pero yo no tengo nada que ver con eso. En cuanto a las fotografías y los retratos, siento mucho que haya perdido a su esposa, y si bien no puedo negar que se parece a mí, yo nunca he estado casada.

Rabia y frustración eran lo único que podía verse en el rostro de Luis Felipe de Calimaya, hasta que un día tuvo una idea y recordó aquel papel con el que Liza había llegado tiempo atrás a la casa: alguien tenía que habérselo escrito. Pero ese intento tampoco dio resultado.

No obstante, un día que no estaba buscando en la mente de Liza, un retazo del pasado pareció emerger de lo más profundo de su conciencia. Ese día lo cambió todo.

El arte hace milagros, y en esta ocasión los hizo a través de la música. La casa de Liza —porque de ella era la casa y no de Calimaya— era de las pocas que poseían esa maravilla de la ciencia conocida como fonógrafo. Una tarde después de comer, mientras fumaba un puro y degustaba un coñac, don Luis Felipe escuchaba algo de música; le agradaba sentir que tenía una orquesta en casa mucho más de lo que pudiera gustarle la obra en cuestión.

Esa tarde, en la mansión Calimaya sonaba la novena sinfonía de Beethoven, aquella que el monstruo de Bonn creó en medio de la total sordera a partir de 1818, y que fue estrenada en el teatro de la corte imperial de Viena el 7 de mayo de 1824. En México, no obstante, nadie, a no ser que hubiera viajado a Europa, había tenido la oportunidad de escucharla hasta las fiestas del centenario de la Independencia, cuando el mismísimo Porfirio Díaz honró con su presencia el estreno nacional de la magna obra el 6 de noviembre de 1910.

Don Luis Felipe de Calimaya, presa de la desesperación y la nostalgia, oía sin mucha atención la obra de arte. Al llegar al cuarto movimiento, Liza apareció en la estancia, para sorpresa del que decía ser su marido. Un poco los acordes, y otro poco el poema de Schiller en que se basaba la letra de la cancion, sacudieron ese laberinto sin salida que era su mente. Luis Felipe se puso de pie como impulsado por un resorte, al tiempo que Liza dio un paso atrás. Ambos se quedaron frente a frente, hasta que Liza habló:

—¡Schiller! Es ese gran poema de Schiller que Beethoven convirtió en sinfonía.

Luis Felipe no quiso interrumpirla con su idea clásica y arcaica de que, por ley artística aceptada, una sinfonía no podía llevar coros; no era momento para eso. En cambio, la animó a seguir.

—Recuerdo a Schiller, a Baudelaire, al Nigromante, a Voltaire... ¡a Miurá!

Escuchar ese apellido alteró visiblemente a Calimaya, quien puso una cara de asombro e interrogación a la que Liza contestó sin que él preguntara:

—José de Miurá y Zarazúa.

El nombre completo generó en Luis Felipe un arrebato de ira indescriptible, más aún porque vino acompañado de una sonrisa de Liza. El rostro de Calimaya se transformó por completo. Ese hombre que vivía tratando de guardar la compostura no pudo esconder ni contener la rabia y la furia. Arrojó violentamente la copa de coñac contra la pared al tiempo que tomó a su mujer de los hombros y la agitó violentamente mientras sus ojos se sobresaltaban.

—¡Ese maldito periodista endemoniado! ¡Intento rebelde de liberal! ¿Qué tiene que ver ese maldito escritorzuelo con todo esto? ¡Dímelo!

Luis Felipe apretaba cada vez más a Elizabeth, la zarandeaba totalmente fuera de sí. Su frustración de semanas se mezclaba con la virilidad herida de no ser el primer hombre del que su mujer se acordaba tras días interminables de amnesia. Para colmo, recordaba a ese infame gachupín que de alguna forma se había entrometido en su vida, en la vida de ambos, desde hacía años. Ese intelectual exiliado, que de una u otra forma terminaba por aparecer siempre, parecía imposible que desapareciera de manera permanente. Cuando finalmente parecía haberse ido, ahí estaba nuevamente, en el primer recuerdo de Elizabeth Limantour. Calimaya siempre lo había visto con recelo, molesto por la forma en que Elizabeth se refería a él, con respeto, con admiración. Siempre sospechó de ellos, de sus encuentros casuales, de sus gustos compartidos, de que el azar los uniera tan frecuentemente. Ahora todo estaba claro. Ese maldito escritor tenía la culpa de todo, sí, era culpable; se había estado burlando de él por años, los dos lo habían hecho.

Después de ese día y esa terrible noche de febrero, en que su mujer había salido huyendo de su hacienda cercana a la Villa de Guadalupe Hidalgo, a donde habían ido a refugiarse ante los rumores de posibles ataques rebeldes en la Ciudad de México, con toda certeza había corrido a su encuentro, a arrojarse en sus brazos. Poco importaba en ese instante que Luis Felipe no hubiera sentido deseo por su mujer desde hacía años, o tal vez nunca, ni por ella ni por otra. No era una cuestión de sexo o fidelidad, sino de pertenencia. Poco importaba en aquel momento que Calimaya no tocara a su mujer más que ocasionalmente y casi por obligación social; era un asunto de honor y virilidad.

Él, que se decía descendiente de los condes de Calimaya, con un rancio abolengo que podía rastrearse por todo el virreinato, había visto mancillada su nobleza de antiguo linaje por los liberales de la calaña de Miurá, como ese indio venido a más que usurpó la presidencia, que es como la gente de alcurnia vio siempre a Benito Juárez, ese desharrapado que al tener poder quiso terminar con la Iglesia y la aristocracia.

Juárez, Ocampo, Altamirano, el maldito Nigromante; con todos esos rencorosos sociales compartía ideas ese maldito Miurá, a quien Elizabeth Limantour recordaba antes que a nadie. Afortunadamente el presidente Díaz había sabido acercarse a la aristocracia y clarearse un poco; metafóricamente hablando, claro, porque era tan indio como Juárez y eso no se lo quitaba nadie, pero por lo menos había respetado el orden social.

Para don Luis Felipe de Calimaya, aspirante a noble, todos los intelectuales estaban incluidos en el mismo cajón: todos radicales, todos liberales, todos anarquistas, todos desharrapados, rencorosos, trepadores, ambiciosos. Nada comparados con él y la gente de alto abolengo, los antiguos nobles, la gente de bien, las buenas familias, en fin, los de sangre azul. Sin embargo, Elizabeth Limantour, de abolengo, linaje y fortuna, lo traicionaba relacionándose con esa escoria.

Eso se sacaba él, como su marido, como el jefe de familia, como el responsable del timón, por haber permitido y hasta solapado los caprichos artísticos de su mujer, dejar que se codeara con esa gentuza, que se moviera en esos círculos donde muy pocos resultaban decentes. Por eso el tal José de Miurá y Zarazúa se había colado en la vida de su mujer y la había embriagado de palabras, de ideas sediciosas. Y ahora resultaba ser el primer nombre que venía a su desdichada mente.

Calimaya no sabía qué había pasado con su mujer, pero ahora había algo que tenía seguro: detrás de todo estaba ese maldito poeta endemoniado. Algo tenía que ver Miurá con la tragedia de Elizabeth. Don Luis Felipe, ese hombre que llevaba varios años ya acostumbrado a dar órdenes, a delegar obligaciones, a encomendar los trabajos, a mandar y ser obedecido, decidió que la ocasión ameritaba obrar por cuenta propia, y así, sin dar órdenes, sin delegar, sin encargos, incluso sin decirle a nadie adónde iba ni notificar siquiera que salía de casa, se fue en busca de José de Miurá para exigirle cuentas.

26 de febrero de 1913

Winston Churchill había comenzado una guerra de manera muy silenciosa pero contundente y agresiva. El Imperio alemán, como los grandes países desarrollados de aquel tiempo, estaba conectado con el resto del mundo gracias a las maravillas de la tecnología, en este caso la red de cables submarinos que permitían la comunicación telegráfica con cualquier punto del mundo civilizado.

Pero todo el cable alemán pasaba por el Mar del Norte y entraba en el Báltico, evidentemente en una ubicación desconocida para cualquier país o gobernante, excepto para Churchill. El lord del almirantazgo había hecho el pertinente trabajo de inteligencia; sus espías habían encontrado el punto neurálgico del cableado alemán, y los acorazados de Churchill patrullaban la zona. Las comunicaciones de Alemania estaban amenazadas, y eso sólo podía significar guerra.

Para Winston Churchill no había mejor defensa que el ataque, ni mejor ataque que la defensa; lo verdaderamente importante era saber anticiparse a los hechos, saber identificar la guerra antes de que fuera declarada. Así, la guerra había comenzado en julio de 1912, cuando el lord inglés tomó una serie de decisiones que sólo podrían conducir a un enfrentamiento entre los dos imperios: pasar del carbón al petróleo toda la tecnología de la fuerza naval de Su Majestad y duplicar el presupuesto para la guerra y la armada. Todo ello, como él decía obsesivamente, para contener la creciente amenaza alemana.

Alemania había nacido como país unificado apenas en 1871, y su crecimiento a partir de entonces era alarmante para Inglaterra, cuyo papel de potencia dominante estaba en peligro. En cuatro décadas, la población alemana pasó de poco menos de cuarenta millones a casi setenta; su producción de acero se triplicó en relación con la producción inglesa; su fabricación de barcos se duplicó, y para 1912 era el mayor exportador industrial del mundo. El imperio británico veía amenazada su hegemonía mundial más que nunca. No llevaban tres siglos conquistando el mundo para que esos petulantes alemanes llegaran a pretender lo mismo.

Por encima de todo, los alemanes habían apostado a la ciencia y la tecnología. Habían producido la primera gran marina basada completamente en el petróleo, con lo cual superaban a los barcos ingleses de carbón y vapor. Toda la industria bélica alemana se basaba ahora en combustibles de petróleo, con el detalle de que ese recurso no se podía encontrar en suelo alemán. Por eso el káiser necesitaba petróleo, y por eso necesitaba a México… igual que los ingleses.

El agente especial Johan Zimmermann jamás había creído en las casualidades; sabía que todo lo que ocurría en México estaba relacionado con la guerra encubierta entre ingleses y alemanes, desde la caída de Porfirio Díaz y la llegada al poder de Francisco I. Madero hasta la caída y el asesinato de este último. Zimmermann necesitaba información, y la hija del asesino del presidente Madero tenía que ser una de sus informantes.

Carmen Mondragón tenía sólo veintiún años de edad y era quizá la mujer más hermosa y sensual de todo el país. Piel clara y aceitunada, ojos verdes como de hechicera, labios carnosos, sensuales, invitadores, tan invitadores como sus exquisitas y seductoras piernas, que nacían debajo de las caderas más voluptuosas e incitantes que Zimmermann hubiera visto jamás. Carmen Mondragón era una diosa, y ahora era una diosa profanada. Una sonrisa cruzó el rostro del espía.

Los recuerdos seguían agolpándose en la mente de aquel alemán que se hacía pasar por inversionista interesado en hacer negocios en México. Carmen no sólo era hermosa sino también candente, y, lo más importante, sin todos esos complejos culposos que limitaban tanto a las mujeres mexicanas… y a las alemanas. Qué diferentes eran las mujeres de París y qué divertido resultaba burlar a sus maridos; qué pasionales las andaluzas y qué difícil escapar de sus embrujos tentadores de gitanas; qué intensas las cubanas y qué inolvidables sus secretos. Pero Carmen Mondragón resultó el deleite más hermoso que se hubiera cruzado frente a él en toda una vida de conquistas.

Además de espía, Johan Zimmermann era un científico prominente, como sólo se daban en Alemania por aquel tiempo, aunque estaba más cerca de las llamadas ciencias sociales que de las exactas; era también un inversionista, un hombre de negocios, o por lo menos esa fachada lo mantenía en México, donde dos poderosos negocios llamaban su atención: el petróleo y el henequén.

Pero Carmen Mondragón no había caído rendida ante el empresario o el científico, sino ante el hombre de mundo, ante el hombre que sabía lo mismo de arte que de filosofía, de ciencia y de letras, el personaje que había recorrido gran parte de Europa y países exóticos más lejanos, y que, además del alemán, hablaba con fluidez el inglés, el francés, un poco de italiano y, por ser hijo de un alemán con una española, el castellano.

La noche no tuvo principio ni fin. Carmen mostró una docilidad que cautivó al alemán; era como una niña inocente en proceso de aprendizaje, como una discípula dispuesta a seguir todas las indicaciones del maestro. Su mirada inocente, sus pasos lentos e inseguros, sus gemidos llenos de una mezcla de miedo y ternura ante las embestidas de su amante. Su piel era como un desierto y Johan Zimmermann la recorrió como un valiente explorador en busca de oasis y manantiales, dispuesto a desatar sus más explosivos torrentes, presto a descubrir sus secretos más insondables, a penetrar en lo más profundo de sus misterios.

Pero lo que más sorprendió al alemán fue el contraataque de su diosa de la belleza después del primer encuentro. Todo el vigor de su tierna edad se dejó caer sobre su cuerpo, unos quince años más cansado. La niña trémula desapareció para dar lugar a una mujer fatal: los ojos verdes de Carmen, que antes miraban con súplica, se tornaron felinos y salvajes; las caderas, que habían seguido indicaciones, tomaron el poder; la víctima se hizo victimaria, y las súplicas dieron lugar a las imposiciones. Su diosa mexicana liberada cayó sobre él para hacerle pagar caro el sacrilegio de la profanación.

Fue una noche en la que se detuvieron el tiempo y el espacio. Zimmermann casi lamentó saber que aquel romance no duraría más de un tránsito del sol por la bóveda celeste. Carmen resultó peligrosa. Sólo dos mujeres lo habían tentado a dejar su vida de engaño y falsedad, y la hija de Manuel Mondragón era una de ellas. Jamás unos labios le habían resultado tan divinos, nunca una piel tan adictiva, y jamás las puertas del infierno le habían parecido tan seductoras. Por eso mismo no debía volver a verla jamás.

El 22 de febrero de 1913, el general Manuel Mondragón, padre de Carmen, pagó a los asesinos materiales del presidente y el vicepresidente de México. Pero Johan Zimmermann sabía que Mondragón era uno de los personajes más brillantes del régimen porfirista, y que un hombre tan inteligente no se limitaba a seguir órdenes, sino que las daba.

Fue el general Mondragón quien determinó la necesidad de los asesinatos: él mandó sacar a Francisco I. Madero y a José María Pino Suárez de Palacio Nacional y ejecutarlos a tiros detrás de la penitenciaría de Lecumberri; también fue él quien ordenó a Ignacio de la Torre —el famoso "yerno de su suegro", don Porfirio, y a quien le gustaba mucho vestirse de mujer— que alquilara los automóviles sin placas. Por lo tanto, fue él quien consumó la traición. Pero el traidor fue traicionado por Victoriano Huerta. Todos, incluso Henry Lane Wilson, fueron traicionados por Huerta. El derrocamiento era para poner en la presidencia a Félix Díaz, "el sobrino de su tío", como lo llamaban; pero el general Victoriano Huerta fue quien tomó el poder. Johan Zimmermann lo sabía: los norteamericanos pusieron a Madero y ellos lo quitaron. Ellos decidieron apoyar a Félix Díaz; pero Huerta, que coqueteaba con estadounidenses y alemanes, fue quien ganó. Así pues, eso no terminaba ahí. Si Alemania estaba detrás de Huerta y el petróleo mexicano, el gobierno norteamericano no tardaría en elegir a un nuevo Madero para organizar una nueva caída. La guerra había comenzado.

Johan Zimmermann terminó de vestirse sin dejar de mirar en todo momento a Carmen Mondragón. Una sola vez en su vida intentó Zimmermann, mucho tiempo atrás, dejarlo todo por una mujer. Él, que las tenía a todas, sucumbió ante la única que terminó por rechazarlo. Cada persona decide cómo reaccionar ante las circunstancias de la vida, y él optó por endurecer su corazón. Las reacciones son la principal trampa del ego y el camino seguro por el sendero del dolor.

La diosa mexicana seguía desnuda en la cama de aquella habitación alquilada, apenas cubierta seductoramente por las sábanas. Ella tampoco dejaba de mirarlo. Zimmermann tendría unos treinta y cinco años de edad, pocos más quizá; vestía siempre de forma impecable, zapatos lujosos, elegante traje con levita corta ajustada a la cintura, siempre en colores claros, camisas y corbatas de seda, y, como único detalle disonante, en lugar de chistera había adoptado el mexicanísimo sombrero de jipijapa. De su padre alemán había heredado la estatura, así como una maravillosa piel blanca que contrastaba con sus ojos y cabello oscuro, herencia de la madre española.

—¿Te volveré a ver? —preguntó Carmen Mondragón.

—Siempre es posible —respondió el alemán con una sonrisa pícara.

—¿Cuándo?

—Eso, mi encantadora diosa, es imposible saberlo.

Johan Zimmermann se acomodó el sombrero y abrió la puerta. Dirigió una última mirada a Carmen. Su belleza era simplemente milagrosa.

—Si algún día va usted a Madrid, no deje de ver *La maja desnuda* del maestro Goya; va usted a avergonzar a la pintura con su belleza.

—Lo tendré en cuenta, *herr* Muller —respondió ella con seductora sonrisa.

Herr Muller… Otra más de una lista de identidades que un espía se ve obligado a construir para alcanzar sus objetivos y obtener información. Muy pocas personas conocían a Johan Zimmermann como tal. Su nombre no sonaba en ningún sitio, casi nadie había conversado con él. No existía. Ni siquiera solía presentarse como alemán para alejarse lo más posible de su verdadera personalidad. Sin embargo, en este caso su origen real fue parte de lo que se valió para cautivar a Carmen Mondragón. Era una sola noche; sólo debió cambiarse el nombre y contar algunas historias.

Es difícil ser un espía metido en tantos bandos distintos; para ello es menester que varias personas y personalidades vivan en la misma mente, y eso puede terminar enloqueciendo a cualquiera. Pero Zimmermann sabía perfectamente que esa condición no es exclusiva de los espías, sino de todos los seres humanos. Todos tienen varias facetas, varias personalidades, muchas voces sonando en la cabeza; la diferencia entre él y el resto de la humanidad es que él era consciente de eso.

—Es usted toda una diosa mexica, *fraulein* Mondragón, y una noche con usted es como un terremoto. Podría ser el nuevo sol de la cultura de sus ancestros. *Nahui Ollin*, creo que se diría en aquella antigua lengua.

Con esas palabras, Johan Zimmermann cerró la puerta. Del otro lado respiró profundamente. Esa mujer era peligrosa. Pero, además de una de las mejores noches de pasión de su vida, había obtenido lo que buscaba: información. Se encaminó a la calle Liverpool, donde inapropiadamente se encontraba la embajada del Imperio alemán en México. Tenía que ver a Paul von Hintze, el embajador, y encontrar la mejor forma de transmitir hasta Berlín un nuevo mensaje al ministro del Exterior alemán, Gottlieb von Jagow, y al viceministro Arthur Zimmermann. La guerra entre las potencias había comenzado en México.

28 de febrero de 1913

El señor Calimaya habría encontrado a Miurá mucho más pronto de lo que lo hizo, de no haber sido por sus prejuicios sobre los filósofos. Durante algunos días con sus noches recorrió los cafés, bares y prostíbulos de mala muerte donde esperaba hallar a un "tipejo" de esa calaña. Se paseó por El Infierno, El Bazar y hasta el café del polaco Wondracek, que tanta reputación tenía, muy buena en ciertos sectores sociales y muy mala en otros; pero la búsqueda siempre resultó infructuosa.

El periodista ya había sido advertido por algunos amigos de que don Luis Felipe de Calimaya lo estaba buscando, como si eso debiera darle miedo. Pero, como él no le huía, siguió con su vida cotidiana, en una actitud burlona, a la espera de ver a cuántos vodeviles y bares de mala muerte se atrevía a entrar el señorito, convencido de que serían la guarida del escritor.

Como suele suceder en las pesquisas de todo tipo, Calimaya encontró a Miurá cuando no lo estaba buscando, pues bajo ninguna circunstancia hubiera pensado hallarlo donde lo hizo, en esa hermosa casa de fachada colmada de azulejos donde estaba la versión urbana del Jockey Club y en la que sólo la gente bonita podía departir.

Menos aún habría esperado encontrarlo en semejante compañía... ¡con el señor Francisco Bulnes!, un aristocrático racista de los más altos niveles de la sociedad y la política, y para colmo, consumiendo un whiskey de dieciocho años de los que ni él descorchaba en su casa para las visitas.

Bulnes fue uno de los ideólogos del régimen de Porfirio Díaz, enemigo declarado de Benito Juárez y detractor absoluto de la revolución que llevó al poder a Francisco Madero. Era escritor, periodista y político, uno de esos senadores eternos —fenómeno muy mexicano— que jugaron a fingir democracia durante la dictadura, cuando la única labor del cuerpo legislativo era secundar al presidente. Fue parte del gabinete porfiriano conocido como "los científicos", aunque casi ningún científico de verdad formó parte del grupo. Era economista, ingeniero y meteorólogo, y dirigió y participó en los periódicos que alababan al régimen, que eran los únicos en los que escribir y pensar no era una actividad de alto riesgo. Era un hombre con mucha información, y José de Miurá se dedicaba a comprar y vender información.

Francisco Bulnes era un racista de pies a cabeza en tiempos en los que eso no era considerado algo malo, sino incluso normal. Eso sí, era un racista con intelectualidad, de esos que proliferaron en el siglo XIX y que enarbolaban teorías filosóficas con pretensiones científicas para justificar un racismo un tanto discriminatorio, un tanto justificativo, y que al final siempre resultaba ser contradictorio. Es decir, eran racistas sin malas intenciones, intelectuales sin la inteligencia suficiente para superar el concepto de la raza.

El principal placer de José de Miurá en ese tipo de conversaciones era el de poner a trastabillar con sus propias incoherencias a alguien que casi le doblaba la edad, como el señor Bulnes, quien pretendidamente había sido una de las mentes brillantes del régimen derrocado en 1910. Además, don Francisco había desarrollado cierto gusto por conversar con el español, porque decía que ya no había mentes de calidad para platicar en aquellos tiempos. "Y cómo no —pensaba Miurá—, si se han ido muriendo todos, en un país donde no hay relevo ni en la política ni en la clase pensante."

La conversación que aquella ocasión interrumpió Calimaya giraba en torno a las razas. Según sostenía Bulnes, la alimentación originaria, de hace decenas de miles de años, las había determinado. Según él, había sólo tres razas: las que se alimentaron de trigo, como los europeos; de arroz, como los orientales, y de maíz, como los aztecas e incas. Es decir, para Bulnes los árabes eran europeos, o su trigo no era trigo, y todo un continente como el africano y un país inconmensurable como el Imperio ruso simplemente no existían. A su limitado entender, sólo la raza del trigo, Europa, había desarrollado una capacidad intelectual superior, mientras que la raza del arroz había formado imperios tiránicos, como el chino. Por su parte, la raza del maíz había generado imperios aparentemente fuertes, como el de los incas y los aztecas, pero evidentemente de pies de barro, pues cayeron con total facilidad ante los españoles. Para rematar, señalaba que esa caída se debió también a las traiciones internas, por lo que era evidente que los indios eran unos ladinos traicioneros, y lo eran por raza, y muy en el pasado, en la noche de los tiempos, por haber comido maíz.

José de Miurá consideraba a Bulnes la persona inteligente más estúpida que hubiera conocido, y se empeñaba en señalar todas sus contradicciones. Para comenzar, su desprecio al indio en general, y a Benito Juárez en particular, era insostenible, viendo que era un incondicional de don Porfirio, tan indio como el propio don Benito, y que dos de los más grandes intelectuales del siglo XIX mexicano, Ignacio Manuel Altamirano e Ignacio Ramírez, el famoso Nigromante, mentes excepcionalmente brillantes, eran indios también.

—Las razas son un invento de los racistas, señor Bulnes —señaló Miurá—. Un invento europeo para tratar de acallar sus negras conciencias después de conquistar, colonizar y saquear el mundo.

—Me está dando la razón, Miurá. Si fueron los europeos, y no otro pueblo, los que pudieron dar la vuelta al mundo y conquistarlo en su totalidad, es evidencia contundente de la superioridad racial de la que le hablo.

—Ése es el problema de la humanidad, señor Bulnes, que nos han educado para pensar que mayor fuerza y mayor salvajismo equivalen a mayor civilización. Verá usted, a los europeos nos enseñan que somos la cúspide de la evolución, y sin embargo, para poder llevar dicha civilización a los países que queremos someter, debemos olvidarnos de toda civilidad y llegar a la más terrible barbarie. Ese pensamiento, y la idea de las razas, muy pronto provocarán que los europeos, así de civilizados, se destruyan entre sí como ningún otro pueblo o raza podría hacerlo.

—Señor Miurá —respondió Bulnes con una carcajada de la que se escapaba el humo de un habano—, Europa está cerca de la guerra, pero la razón terminará por imponerse.

—No, señor; el más fuerte y poderoso terminará por imponer sus razones, que no es lo mismo. Nada tienen que ver las pretendidas razas, y mucho menos el cereal que las alimenta, sino algo tan simple como la educación. ¡Hay que educar al pueblo, señor Bulnes! Aunque le concedo algo: alimentarse sólo de maíz por supuesto que afecta el desarrollo mental. ¿Por qué no se encargaron, en treinta años de dictadura, de que los indios acompañaran el maíz con carne y frutas, y de que comieran tres veces al día? Verá cómo alguien educado y nutrido alcanza la cima, aunque sea indio y coma maíz, como su ex presidente Díaz.

Ése ya era un tema ampliamente tratado entre Bulnes y Miurá, y aquél siempre decía que los nombres mencionados, como el propio Porfirio, Altamirano o el Nigromante, eran sólo excepciones, y no se atrevía a admitir que, si había tantas excepciones, era imposible pretender que su racismo fuera científico. Lo bueno es que la discusión terminaba chocando vasos de whiskey y sin que llegara a mayores. De hecho, por eso el eterno tercer acompañante era el escocés, invitado entre otras cosas para limar asperezas.

El otro eterno tema de discusión con Bulnes era la política: ¿cómo podía ser el gran defensor de Díaz al tiempo que detestaba a Juárez? Por Dios, si ambos, los dos indios, sostuvieron el mismo proyecto capitalista y liberal, aunque ambos lo hubieran traicionado. Todos los liberales se hacían conservadores al tomar el poder, y eso no tenía relación con el maíz o el trigo sino con el poder mismo.

—Querido Miurá —señaló Bulnes—, usted llegó a este país cuando don Porfirio gobernaba, ponía orden y México era admirado en el mundo entero. Él era indio, pero todos sus colaboradores, aunque mexicanos, éramos un tanto más, cómo decirlo, más europeos.

—Y ya ve, caballero, tanto Europa como México están ahora al borde del colapso.

—Lo de México es temporal, señor Miurá. El orden será restablecido y usted podrá volver a vivir tan plácidamente como lo hacía en 1910.

—¡Claro que vivía plácidamente si, comparado con el mundo, México era el paraíso en 1910! Aunque se veía llegar la tormenta, porque Díaz tenía la mala costumbre de envejecer cada año. No había mejor lugar para vivir en ese tiempo que México; el resto de la América de habla hispana se debatía en guerras absurdas, y mi propia España era una tiranía absoluta, de esas que usted dice que se dan sólo en las culturas del arroz, por lo que no puedo dejar de preguntarme quién habrá atiborrado de arroz a ese déspota de Alfonso XIII, que me obligó a salir del país por tener la inocente manía de pensar.

Pero el paraíso mexicano se había perdido. Todo había terminado, y no en 1910, con la revolución, sino desde antes, desde 1900, a lo sumo en 1904, cuando Porfirio Díaz pudo haber cedido el poder y vestirse de héroe. Y aunque el nivel de vida y el crecimiento del país eran la envidia del continente y de medio mundo, todo descansaba en ese viejo roble que era el presidente Díaz, y en la explotación más despiadada de los desposeídos, para los que ni México ni ningún otro país en el camino del progreso resultaba un paraíso. El progreso era el mito del mundo moderno, una leyenda de la que sólo disfrutaba una pequeña parte de la humanidad.

Fue justo en ese punto de la discusión cuando Calimaya apareció en el salón del elegante y fastuoso club, sorprendido de hallar ahí a Miurá, pero estupefacto al ver a la persona que lo acompañaba departiendo tan afablemente. La rabia se veía en sus ojos, se le saltaban las venas, casi escupía lenguas de fuego. Saludó a Bulnes con un gesto, como recriminando su amistad con Miurá, y se paró a escasos centímetros del español.

—Lo he estado buscando… caballero —esa palabra se le atoró en la garganta.

—Sí, algo así he escuchado por los barrios bajos —contestó con sorna Miurá—, donde dicen que ha estado usted husmeando últimamente. Jamás lo hubiera creído de una persona de su categoría, visitar esos lugares tan vulgares.

Su furia era casi incontenible, y el sarcasmo de Miurá, desde luego, no ayudó a contenerla. Calimaya habló con una voz casi ahogada por el furor:

—Sólo he estado en esos arrabales para tratar de encontrarlo a usted, señor escritor.

—Pues, como puede ver, afortunadamente frecuento mejores sitios —respondió Miurá con más burla aún.

Calimaya no podía más.

—Usted no puede darse estos lujos —dijo—. Está aquí sólo porque, por razones que ignoro, don Francisco lo invita —añadió volviéndose hacia Bulnes.

—¿Ha escuchado usted hablar de Sócrates, señor? Era como yo, un pobre desharrapado y muerto de hambre, pero que tenía la fortuna de ser convidado a diario por aquellos que apreciaban su compañía y su plática, como mi amigo el señor Bulnes.

El señor Calimaya vio a Francisco Bulnes como exigiendo explicaciones, pero ese hombre arrogante no se las iba a dar; simplemente levantó los hombros, como asumiendo que el escritor tenía la razón. Don Luis Felipe no podía contener la ira, por lo que hizo lo último que podía hacer como caballero: invitar a Miurá a salir, para que el escándalo no ocurriera en medio de aquellas buenas conciencias de la sociedad.

—¿Me haría usted el favor de acompañarme afuera para exigirle ciertas explicaciones?

—Por supuesto —exclamó con una sonrisa José de Miurá—, faltaba más. Sólo déjeme terminar con este delicioso escocés —agregó, al tiempo que apuraba de un trago lo que quedaba en el vaso—, porque dudo que usted vaya a convidarme una bebida de este nivel, ¿cierto?

Salieron de ahí acompañados de una carcajada que el propio Bulnes no pudo reprimir ante la escena. Calimaya echaba lumbre. Miurá estaba más bien divertido y no pudo disimular una sonrisa cuando, ya que se alejaban, Bulnes señaló en voz alta:

—Procure que no lo maten, amigo Miurá; me dejaría usted sin un interlocutor digno para conversar.

Con esas palabras se encontró Miurá afuera del Jockey Club, cara a cara con ese furibundo Calimaya que apenas podía hilar sus frases a causa del furor. Finalmente atinó a decir:

—¿Qué le ha hecho usted a mi esposa?

Una vez en la calle, fuera de ese lugar que, le gustara o no a don Luis Felipe, también frecuentaba el español de vez en cuando, Miurá cambió su actitud de sarcasmo por una arrogancia con la que podía enfrentar a ese burgués porfiriano.

—Escúcheme, señor don Luis Felipe. No sé quién se cree usted que es, pero déjeme decirle que, le parezca o no, con mis conocimientos, mi educación y mis letras puedo darme un estilo de vida casi como el que se da usted apostando el dinero de su mujer, especulando con fortunas ajenas y negreando peones en Yucatán.

Calimaya ignoró esas palabras y repitió la única frase posible en medio de su ira:

—¿Qué le ha hecho a mi esposa Elizabeth?

—Ignoro de qué habla, pero por qué mejor no se pregunta qué no le ha hecho usted en los últimos años.

Nunca antes había constatado Miurá tan de cerca aquella frase famosa de que la pluma —en este caso la palabra— es más poderosa que la espada. No había hecho nada más que hablar, y a su pobre interlocutor casi le había dado un infarto. Le gustaba la idea de ganar un duelo a muerte sin desenvainar un arma, pero en realidad, al ver de frente a Luis Felipe de Calimaya, pudo percibir más desesperación que verdadera furia. Además, el tema era el bienestar de Liza, y Miurá estaba ansioso por tener noticias de ella.

—Señor Calimaya, si ha venido usted por respuestas y no por un duelo, le propongo que se tranquilice, que deje de lanzar acusaciones y me diga de qué se trata.

Luis Felipe de Calimaya también tenía un verdadero interés en la salud de Elizabeth. Muy a su modo él la quería, sin emociones, sin contacto, pero la quería, la respetaba y veía por ella.

—Mi mujer y yo discutimos en nuestra hacienda e intempestivamente se fue, sin decir nada ni dar explicaciones; estoy seguro de que fue con usted.

—¿Y por qué asegura tal cosa?

—Apareció en la casa días después, con la ropa destrozada, sucia, desorientada y, para colmo, con amnesia. No recordaba nada ni a nadie, y estuvo así durante días, a pesar de mis esfuerzos y los del doctor. De pronto, un buen día recordó una sola cosa, un solo nombre: ¡el de usted! Yo sospechaba que tenía un amorío, pero jamás habría imaginado que fuera con alguien de su clase.

—Bueno, parece evidente que los de "mi clase", sea eso lo que fuere, somos más emocionantes que los estirados de la suya. Pero no, señor Calimaya, está usted muy equivocado, yo jamás he tenido nada que ver con su mujer.

Eso dejaba desarmado a Calimaya, quien iba preparado con furia e indignación, con el honor herido de un hombre que podía exigir todo tipo de explicaciones a su rival, quien, además de ser el amante de su mujer, había provocado algo extraño en ella. Que le dijera cara a cara la verdad no lo ayudaba.

—Claro, y cómo podría yo creer en su palabra.

—Mire, don Luis Felipe, yo no he tenido nada que ver con su mujer. Pero déjeme decirle una cosa: no ha sido porque yo no haya querido ni haya dejado de intentarlo. No ha sido porque yo no la pretenda. Que le quede claro: si por mí fuera, usted portaría, patrocinada por mí, una fabulosa cornamenta. Si hubiera podido la habría sacado de esta ciudad o de este país; incluso llegué a sugerírselo. No, señor, yo jamás he tenido nada que ver con su esposa, porque ella siempre se ha negado; porque, por razones que no entiendo, se refugia en mí emocionalmente, se deleita en mí mentalmente, pero no carnalmente.

Calimaya parecía tranquilo y desconcertado. Aunque las revelaciones no le eran gratas, su honor estaba hipotéticamente a salvo: era como si le hubieran dicho que su mujer había soportado la tentación y se había comportado como esposa digna.

—Su descaro no tiene límites, señor Miurá.

—Mi descaro es simplemente la verdad, señor, y es lo que usted vino a buscar. He sido amigo de Elizabeth, su incondicional, su amante platónico, su poeta. Ella ha sido mi musa e inspiración; he sido su maestro y también su discípulo. He compartido todo lo que la apasiona en los escasos momentos que hemos compartido;

porque, aunque no lo crea usted, muy poco conozco a Elizabeth, muy poco la he visto. Y eso me ha bastado para estar loco por ella, y para no entender cómo es posible que usted... que usted la tenga en casa y no esté muerto de amor por ella.

Don Luis Felipe de Calimaya estaba completamente desconcertado; había ido en busca de respuestas y sólo tenía dudas. En realidad, tal vez sólo quería saber si su mujer le había sido infiel; pero, una vez con esa respuesta, seguía sin saber dónde había estado su esposa cuando huyó de la hacienda, qué le había pasado antes de volver a casa, por qué no recordaba nada más que el maldito nombre de ese escritorzuelo español.

—¿Cómo puedo estar seguro de que usted no está mintiendo? ¿No es ésa una de las habilidades de los poetas?

—En primer lugar, señor, no soy poeta. Soy un filósofo, un periodista, un escritor y, sólo a causa de su mujer, poeta. En segundo lugar, resulta que yo no tengo que dar explicaciones ni a usted ni a nadie. Pero ya le he dicho que quiero a Elizabeth, y por eso le daré la respuesta que tanto anhela, la prueba de que no tenemos nada que ver. Ese día al que hace referencia, cuando el gobierno de Madero terminaba de caer, quien encontró a Elizabeth en la calle, cerca de la Alameda, frente a la construcción de la Ópera, fui yo. Estaba como usted la describe, desorientada del todo, pero a mí me recordó. Pude haber huido con ella en ese momento, y en lugar de eso escribí en un papel su dirección y las señas para llegar, y la envié de vuelta con usted. Usted perdió a su mujer, caballero, y fui yo quien se la devolvió.

Don Luis Felipe se llevó la mano al bolsillo y extrajo aquel papel que Elizabeth Limantour apretaba en su mano algunos días antes, con las indicaciones para volver a casa y a su infierno. Lo desarrugó y se lo mostró al escritor.

—Ése precisamente, señor. Soy un experto calígrafo y podría imitar esa letra, pero busque en mis reportajes, o en los panfletos artísticos de mis amigos que he tenido el honor de prologar. Puede usted ver mi firma en San Ildefonso. Ése es el papel con el que le envié a Liza de regreso.

Todo en el rostro de Luis Felipe de Calimaya cambió: sus ojos, su forma de mirar al español, su rabia, su boca, sus rasgos. De pronto estaba relajado pero desconcertado, inquieto, lleno de incertidumbre. Caminaba de un lado a otro de la calle, como meditando, sin saber qué hacer. De pronto dio un paso largo hacia Miurá y volvió a encararlo nuevamente, pero con una mirada muy distinta. Se paró firme y con porte. Con todo el garbo que pudo, que fue mucho, le hizo la petición más inesperada:

—Bien, señor Miurá, es imposible no creerle. Quiero pedirle una cosa: ¡ayúdeme! Sólo recuerda su nombre. Algo en usted la hace volver. Ayúdeme a traer a Elizabeth de regreso, de dondequiera que esté.

La silenciosa carrera imperial y la revolución mexicana

Por José de Miurá y Zarazúa

Corresponsal internacional

La guerra de las potencias ha comenzado en territorio mexicano. La maldición de este país son sus recursos. Hay tantos y de tantos tipos que cada gobierno, desde tiempos virreinales, sólo ha pensado en explotar los bienes naturales del país, comenzando por la plata del siglo XVI hasta llegar al petróleo en el siglo XX.

Nunca un gobierno ha entendido los nuevos tiempos y el nuevo mundo, donde la riqueza no depende de los recursos sino de la transformación industrial de éstos. Esa falta de industrialización ha mantenido a México muy por detrás de otros países, con industria pero sin recursos, que buscan apropiarse de la riqueza natural de estas tierras.

Durante trescientos años sólo España se benefició de esta riqueza; pero, desde la independencia mexicana, los ingleses, los franceses y los norteamericanos no han dejado de ver el tambaleante país con ambición. México tenía recursos sin industria, y muchos enemigos ambiciosos. La persona que supo manejar esas ambiciones durante poco más de tres décadas fue el general Porfirio Díaz, a través de un delicado y peligroso juego de equilibrios, otorgando diversas concesiones, ora a ingleses, ora a norteamericanos, y en los últimos años a alemanes.

Pero los Estados Unidos comenzaron su silenciosa carrera imperial en 1895, y no podían tolerar ver cómo los recursos mexicanos comenzaban a beneficiar a otros países europeos. A partir de 1889 el viejo don Porfirio apostó a los ingleses, y concedió su primera obra pública a Weetman Pearson, lord Cowdray, quien veinte años después controlaba gran parte de los ferrocarriles y del petróleo, en una fórmula de desarrollo compartido con México.

Los Estados Unidos quedaron fuera del negocio de trenes y petróleo, y recibieron otro gran golpe contra sus intereses cuando el dictador decidió equipar al ejército mexicano con armamento alemán. En su política de equilibrar concesiones, el viejo Díaz desplazó demasiado a sus vecinos del norte, hasta que éstos cobraron venganza en 1910.

Pero el régimen de Porfirio Díaz llegó a su fin en octubre de 1909, fecha poco conocida y señalada. En aquel mes, el presidente Díaz se encontró con el presidente estadounidense William Howard Taft en una reunión privada que no tuvo testigos, pero sí un traductor, Enrique Creel, para ese entonces ministro del Exterior mexicano y antes embajador en Washington, y a quien tuve la oportunidad de entrevistar. El presidente Taft sólo quería hacer imposiciones, y el general Díaz, como en sus mejores tiempos de soldado, defendió la soberanía nacional.

El norteamericano llegó con una serie de demandas que no fueron concedidas: solicitó prorrogar el permiso para establecer una base militar en la Baja California, fundamental para vigilar desde ahí los intereses centroamericanos, principalmente el canal que se construye en Panamá; demandó que se detuvieran las obras del ferrocarril del istmo de Tehuantepec, para evitar la competencia al canal transoceánico, y pidió que no se otorgara refugio al presidente de Nicaragua, José Santos Zelaya, que estaba por ser derrocado mediante una revuelta diseñada en los Estados Unidos debido a que el mandatario nicaragüense estaba en pláticas con Japón y Alemania para levantar un canal alterno en su país.

La revolución mexicana, igual que la de Panamá en 1903, fue peleada con armas Remington, introducidas en el país por el llamado Mercader de la Muerte: Samuel Bush.

La elevada edad del dictador mexicano y su poca docilidad hicieron necesario organizar un relevo. En Norteamérica la democracia funciona; es decir, los gobiernos necesitan la aprobación del pueblo, pero el pueblo siempre ha podido ser manipulado por dichos gobiernos, y así el pueblo termina por desear lo que el gobierno estaba necesitando.

Fue así como la campaña contra el general Díaz comenzó en la opinión pública. Ese mismo año de 1909 salieron a la luz dos libros donde se acusaba al presidente mexicano de haber cometido los más atroces crímenes contra su propio pueblo: *México bárbaro*, del periodista John Kenneth Turner, y *El Zar de México*, del caricaturista Carlo Fornaro. No terminó el año sin que el presidente de Nicaragua fuera derrocado; una marioneta, José Madriz, ocupó su lugar.

No se pretende decir con esto que no había abusos en México, como los denunciados por Turner y Fornaro. Los había y los hay aún, pues esta revolución no está siendo peleada por el pueblo oprimido, sino por los nuevos aspirantes a opresores. Pero, como en la guerra de Cuba de 1898, los norteamericanos han sido cómplices de todo el expolio, y sólo cuando necesitan remover al gobierno los abusos parecen interesar a la prensa. Ése fue el caso de Joseph Pulitzer y William Hearst, quienes hacían reportajes de la guerra contra España antes de que ésta fuera declarada, una guerra que se libró más en la prensa que en el campo de batalla y que fue el primer paso para el dominio del mar Caribe y de Panamá.

En la península de Yucatán, la riqueza del henequén es por lo menos similar a la del petróleo. Ahí no hacen falta extranjeros para esquilmar al país: los mexicanos de Yucatán están siendo explotados y abusados por otros mexicanos de una llamada Casta Divina, que mantiene la riqueza en manos de unas diez familias. En el llamado Valle Nacional de Oaxaca, los enemigos políticos viven en una absoluta esclavitud y en un régimen de trabajos forzados. Esto existe desde hace unos quince años, pero al parecer la prensa tardó todo ese tiempo en descubrirlo, mientras el dictador Díaz conservó la amistad de los norteamericanos.

El reino de Hawái en 1895; Cuba, Guam y Filipinas en 1898; Panamá en 1903; la invasión a la República Dominicana en 1905, y Nicaragua en 1909. No se debería olvidar tampoco ese fastuoso viaje de circunnavegación de la llamada Gran Flota Blanca, entre 1907 y 1909: dieciséis acorazados norteamericanos, cada uno con su propia escolta, sumando más de cincuenta navíos de guerra, dio la vuelta al mundo para mostrar su poderío. Algunos de esos barcos y veinte mil *marines* se dirigían a México en marzo de 1911; eso, y no Madero, provocó la renuncia de Porfirio Díaz.

Antes de iniciar su rebelión, Francisco Madero estuvo en los Estados Unidos, donde consiguió apoyo moral del gobierno, y económico de algunos magnates como Gillette Hopkins. Entró en territorio mexicano a principios de 1911, mientras los destructores americanos navegaban hacia el puerto de Veracruz. Ya sin el viejo Porfirio, Francisco Madero tomó la presidencia en noviembre. El hombre que había dicho que jamás convocaría a una revolución llegó al poder con una; aquel que dijo repudiar la violencia sumó a sus filas a bandoleros y asesinos a los que nunca supo controlar; quien señaló que el poder absoluto corrompe el alma humana colocó más de diez parientes en su gobierno.

Madero cometió varios errores. Elevado al poder por los norteamericanos, quiso después sentirse independiente y ratificar las concesiones petroleras de Weetman Pearson; mantuvo a los porfiristas en puestos clave, con lo que la contrarrevolución fue cosa fácil, y, lo más grave de todo, no supo mantener el orden. Por eso, quienes lo colocaron decidieron que era el momento de quitarlo.

Fue el presidente Taft quien le dio el triunfo, y él mismo se encargó de removerlo a toda prisa, pues su mandato terminaba en 1913 y el primer día de marzo tomaría el poder su contrincante demócrata Woodrow Wilson. Muy pocos días antes, el 9 de febrero, comenzó un golpe de Estado auspiciado por la embajada norteamericana, el cual terminó con el asesinato del presidente Madero el 22 de ese mes. Cuando Woodrow Wilson asumió el poder de su país, todos los hechos estaban consumados.

La apuesta de los norteamericanos era el general Bernardo Reyes, quien potenció el desarrollo de Monterrey con base en inversiones estadounidenses, pero el viejo porfirista fue muerto a tiros el primer día de la nueva revuelta. En su lugar apoyaron al sobrino del ex dictador, Félix Díaz; sin embargo, fue otro militar, Victoriano Huerta, quien usurpó el poder. Aquí es donde Alemania entra en la historia, pues al general Huerta le habían ofrecido el apoyo alemán para permanecer en el poder a condición de que el ejército mexicano fuera entrenado por prusianos y, desde luego, a cambio de concesiones petroleras.

Ante las circunstancias descritas, parece lógico pensar en un contraataque de los Estados Unidos, que, al igual que Alemania, Inglaterra y Rusia, necesita petróleo para su desarrollo y no encuentra mejor posición geoestratégica que México. La aparición de un nuevo Madero, es decir, una marioneta que encabece otra revuelta armada, es de esperarse, de ahí las suspicacias que genera el llamado Plan de Guadalupe, firmado hace dos días por el gobernador de Coahuila, don Venustiano Carranza, donde convoca a las armas para derrocar al tirano y traidor Huerta.

Para levantarse en armas es necesario tener armas, y las de don Venustiano, igual que las de Madero, son Remington norteamericanas que han entrado por miles desde la frontera, sin que ninguna autoridad del vecino de México parezca notarlo. No deja de ser extraño que un país donde casi todos son lo suficientemente pobres para no poder adquirir armas, que no produce armamento de forma masiva y que lleva años comprando sus pertrechos militares a la empresa Mauser del Imperio alemán esté intempestivamente tan repleto de armas producidas en los Estados Unidos.

Ciudad de México, 28 de marzo de 1913

Ciudad de México
1 de abril de 1913

Los sonidos y los olores penetraban en el alma atormentada de José de Miurá y Zarazúa. Recorrió el camino sin dificultad física pero aquejado de todo tipo de dolencias emocionales; caminó como si lo hiciera a diario, aunque nunca había sido invitado con anterioridad a aquel sitio. Simplemente sabía dónde estaba y cómo llegar.

No comprendía la situación; un marido envalentonado, dispuesto al duelo, que termina por suplicar ayuda a su presunto rival. No tenía ningún sentido. No por lo menos si Miurá no supiera las partes ocultas de la historia, el lado oscuro que seguramente llenaba a Calimaya de unas culpas que lo obligaban a abandonar su apariencia de hombre fuerte y poderoso.

Pero su principal confusión, miedo quizá, no tenía que ver con Calimaya sino con la propia Liza, la mujer que amó; el alma libre que lo hizo pensar en dejar todo por una vida bohemia de libertad e incertidumbres; la enemiga de la institución matrimonial que lo rechazó para finalmente casarse con un aspirante a noble que vivía prisionero de las estructuras de las que él y Liza habían tratado de escapar. A Miurá lo esperaba un encuentro con su pasado, con su propia encrucijada, con el punto sin retorno que determinó el resto de su vida años atrás. Caminaba invadido por el miedo.

Cruzó por la Alameda, junto al altar que un gobierno laico había consagrado a un nuevo dios venerable llamado Benito Juárez, aquel que, junto con Porfirio Díaz y Mariano Escobedo, había salvado a la república de ese fugaz imperio de cartón organizado en torno a la ingenuidad de Maximiliano de Habsburgo y la ambición de una corona, la que fuera, por parte de Carlota de Bélgica.

Todo patrocinado por las ansias expansionistas de Napoleón III y, desde luego, por la propia mezquindad de los mexicanos conservadores y de la Iglesia católica, siempre dispuestos a la traición con tal de conservar privilegios.

Llegó a la avenida que Maximiliano dedicara a la emperatriz y que tras el triunfo de la república, en 1867, Benito Juárez dedicó a la Reforma. Nunca nadie había ejecutado a un Habsburgo, y las peticiones de indulto no tardaron en llegar. Miurá recordaba que el propio Víctor Hugo, demócrata y republicano convencido, escribió al presidente mexicano recomendando el perdón para el caído emperador. El perdón como humillación final, el perdón para mostrar la superioridad de la soberanía popular sobre la divina.

"Acaba usted de vencer a las monarquías con la democracia —decía el escritor francés—. Usted les mostró el poder de ésta; muéstreles ahora su belleza." Miurá recordaba frases de la famosa pero fallida misiva mientras caminaba sin querer avanzar. "A las monarquías que usurpan y exterminan, muéstreles el pueblo que reina y se modera. A los bárbaros, muéstreles la civilización. A los déspotas, los principios."

Juzgar al pretendido emperador con las leyes del pueblo para demostrarle en hechos y en actos que él mismo era parte del pueblo. Ése era el espíritu de la epístola del francés. Si la democracia asesina con la misma facilidad que la monarquía, no hay diferencia entre ellas; ésa era la esencia del mensaje de Víctor Hugo Hauteville House a Benito Pablo Juárez García. Ser más civilizado que los arrogantes que pretenden imponer la civilización. Pero el presidente se comportó como emperador y tomó la opción de los fusiles. Quizá la república era más importante que la piedad, y había que demostrar al mundo que los tiempos de invadir México habían terminado.

Juárez tenía sus razones y Maximiliano las suyas; liberales y conservadores las tenían también. Razones tenía Napoleón III de querer un imperio mexicano, y razones tenían los mexicanos, divididos como siempre, para aceptarlo o rechazarlo. Razones tenía el papa para apoyar el imperio y razones tenía Estados Unidos para estar en su contra. La razón depende del que elabora el discurso racional. La razón es como una prostituta: todos la tienen, y todos los que pretenden tener la razón creen tener la verdad. Desde monarquías y déspotas hasta republicanos y comunistas, todos asumen el derecho de matar por la verdad. Ése es el mundo de la razón y las razones.

"Ésa será su segunda victoria —escribió el europeo al zapoteco—. La primera, vencer a la usurpación, es soberbia; la segunda, perdonar al usurpador, será sublime… A esos emperadores que tan fácilmente mandan cortar una cabeza, muéstreles cómo se salva la cabeza de un emperador… ¿Y el castigo?, preguntarán. El castigo, helo aquí: el emperador Maximiliano vivirá por la gracia de la República."

Ni la carta de Víctor Hugo, ni las peticiones del héroe italiano Garibaldi, ni las súplicas, de rodillas, de la princesa Agnes de Salm Salm ablandaron el corazón de don Benito Juárez. En toda la historia, nadie había ejecutado a un Habsburgo desde que el primero de ellos en convertirse en real persona depositó una corona en sus sienes, la del ducado de Austria en 1282. Quizá había llegado el momento de que alguien les demostrara su mortalidad. ¡A cuántos, más inocentes que Maximiliano, habrían ejecutado los Habsburgo en seis siglos!

Los tiempos cambian, y la dinastía de Austria parecía no notarlo; pero Benito Juárez les dio a balazos la bienvenida a la nueva era, del mismo modo que Robespierre puso al día a los Borbones bajo el filo de la guillotina. Tristemente, pensaba Miurá, los republicanos habían demostrado ser tan poco moderados como el más cruel y déspota de los monarcas. La verdadera civilización llegará cuando los cambios de era no sean violentos.

Llegó al punto donde se unían el Paseo de la Reforma y la Calzada de los Hombres Ilustres. Con la tempestad en el espíritu caminó por las afrancesadas calles del barrio de Nuevo México hasta llegar a esa casa a la que meses atrás envió a Liza Limantour. Ahí, frente a esa mansión de estilo neoclásico, su memoria viajó en el tiempo unos quince años, hasta ese cruce de caminos que el azar puso frente a él, ese nudo crucial de su vida en el que todo pudo haber sido diferente; al siglo pasado, cuando conoció a Liza Limantour.

Todos sus instintos le exigían salir de ahí lo antes posible, como si aquella calle y esa casa fueran peligrosas, por lo menos en su corazón. Definitivamente algo andaba mal, y tenía que ver con esa imponente mansión frente a él. Quería salir corriendo y dejar ese episodio de su vida en el lugar al que pertenecía: el ayer. Pero algo lo detenía. Estaba de pie, firme y perturbado ante la puerta de herrería forjada donde un letrero dejaba ver la dirección: Condesa de Calderón número 12.

Un hombre bien vestido, con elegante chaqueta, bombín y modales refinados de gran señor, lo recibió en la puerta de la mansión Calimaya.

—El señor le pide una disculpa por no poder bajar de su habitación a recibirlo, pero nos ha dejado indicaciones. La señora lo espera en la sala de visitas. La señorita Francisca estará con ustedes; yo estoy a sus órdenes.

La música inundaba el ambiente; los sonidos lastimeros y melancólicos del piano llenaban la casa, provenientes de la sala a la que Nicanor condujo a la visita. Miurá reconocía el vals que flotaba en el aire; uno de los maravillosos trabajos para piano de Clara Wieck, conocida, a causa de las costumbres sociales de una cultura dominada por hombres, como Clara Schumann, esposa de Robert. Siempre la mujer de alguien más, sea como hija, como esposa o como madre; ése era el papel femenino.

Clara Weick Schumann fue una alemana virtuosa del piano que murió en Fráncfort del Meno en 1896. No sólo fue esposa de Robert Schumann, a quien cautivó precisamente por sus dotes musicales; también era amiga cercana de grandes genios como Mendelssohn, Chopin o Paganini, y hasta del gran virtuoso húngaro Franz Liszt, quien la admiraba por su talento, que él mismo consideraba a la par del de cualquier grande entre los grandes de aquel tiempo.

Pero Clara era mujer, y de las mujeres se esperaba que tocaran el piano en los salones de sus casas para deleite de los hombres, tanto de los que escuchaban como de sus maridos, que así podrían presumir del virtuosismo de aquella propiedad privada que era una mujer. De las más talentosas, como Clara, se acostumbraba que dieran recitales mientras eran niñas prodigio; pero, pasada esa gracia de la tierna edad, se esperaba que dejaran sus inquietudes o ambiciones artísticas para volver al lugar que les correspondía en sociedad: sus casas y sus hombres.

En eso fue distinta Clara Schumann, quien siguió tocando y componiendo, pero ella misma comenzó a relegarse, convencida de que su talento nunca sería como el de los hombres. Finalmente, así había dispuesto las cosas Dios: el hombre para regir el mundo y la mujer para acompañar y cuidar al hombre. "Alguna vez creí que tenía talento creativo, pero he renunciado a esta idea; una mujer no debe desear componer. Ninguna ha sido capaz de hacerlo, así que ¿por qué podría esperarlo yo?" Así hablaba esa mujer de sí misma; a esos niveles llega la esclavitud cultural que el hombre ha ejercido sobre la mujer.

Ahí estaba Liza, una misteriosa mujer tan atrapada como Clara Schumann. Así la había visto por vez primera José de Miurá tanto tiempo atrás, sentada ante un piano. Esta vez, como la audiencia era europea, Liza ejecutaba algo mexicano que nada pedía a las composiciones del viejo mundo. Era un vals que Juventino Rosas bautizó en 1888 como *A la orilla de sauz*; luego cambió su nombre a *Junto al manantial*, y finalmente volvió a modificarlo y quedó como *Sobre las olas*.

A la entrada del enorme salón, sentada en un sillón con mucha discreción, estaba la dama de compañía, la señorita Francisca; al fondo, ejecutando esos maravillosos sonidos en un piano de cola, se hallaba Liza Limantour. Miurá esperó de pie y en silencio a que la ejecutante concluyera la melodía.

Finalmente Liza terminó y se puso de pie. Quedaron frente a frente, separados por unos metros de distancia, algunos peldaños de la escala social, años de olvido y vidas de falsedades. Sonrió como en el pasado, con la boca, con los ojos y con todo el rostro. Sus ojos color miel, tan encantadores y profundos como siempre, dejaban ver un fondo de melancolía; su cabello castaño caía lacio hasta la mitad de la espalda; su piel clara estaba ligeramente tostada y su figura era tan perfecta como en su juventud.

—Mi querido amigo —dijo ella, como si no hubiera pasado el tiempo.

—Liza —fue lo único que pudo balbucear Miurá.

—Cuánta informalidad, caballero.

—Comenzamos a tutearnos hace unos catorce años. Pensé que podía seguir haciéndolo.

—Digamos que sí. ¿A qué debo el honor de esta visita?

—Tu esposo, Luis Felipe de Calimaya, habló conmigo y me pidió que vinieras.

—Debe estar usted muy confundido, amigo mío —dijo Liza con franca sonrisa—: yo nunca he estado casada. Decidí no ser parte de esa imposición masculina que es el matrimonio; ya sabe usted que así pienso yo. Nos convirtieron en propiedad privada de los hombres, y tal posesión se sella con un contrato legal al que llaman matrimonio. Lo más inteligente que hicieron los hombres fue enseñarles a las mujeres a ansiar, como el día más importante de su vida, aquel en el que dejan de ser propiedad de su padre para serlo de su esposo.

—Eso decías hace casi quince años.

—Amigo Miurá, los dos sabemos que, de haberme casado, habría sido con usted; pero ni por usted dejé la vida de libertad y arte que siempre soñé.

Era el cuerpo de Liza Limantour el que estaba frente a José de Miurá, era su boca la que se movía y el sonido de su voz el que salía de esos hermosos labios. Pero no era Liza quien hablaba, no era su mente con la que Miurá conversaba.

—¿Qué haces aquí entonces, en esta casa?

—El señor conde de Calimaya me ha hecho el favor de hospedarme en su maravillosa mansión francesa. Creo que es un buen hombre; es una pena que esté sometido por toda esa terrible estructura social y protocolaria que no deja a los de su clase ser quienes son en realidad. Yo creo que por eso se volvió loco.

—¿Loco? ¿Qué quieres decir?

—Bueno, el pobre hombre piensa que está casado conmigo, quizá por eso la confusión de usted, y que esa encantadora y educadita hija que tiene es mía —dijo Liza riendo—. Querido Miurá, tal vez usted, que tanto sabe de filosofía y de psicoanálisis, pueda hacerlo entrar en razón.

16 de abril de 1913

Gambrinus fue conde de Flandes allá por el medieval siglo XIII, y fue el más legendario rey de los flamencos, aunque una serie de leyendas de varios siglos se fundieron lentamente en el mismo nombre. Se le relaciona con un copero de Carlomagno que elaboraba cerveza para el emperador, o con el rey de Borgoña, Juan sin Miedo, del que se dice fue el inventor de la cerveza de malta.

Una crónica del siglo XVI asegura que Gambrinus —aunque no se sabe cuál de todos— aprendió el arte de elaborar cerveza de la mismísima diosa egipcia Isis. Sin embargo, otras versiones más cristianizadas, en las que todo dios pagano se convierte en demonio, sostienen que Gambrinus, hundido en la depresión romántica a causa del rechazo de la mujer amada, fue al bosque a quitarse la vida; allí, Satanás en persona le hizo una oferta a cambio de su alma: le conseguiría el amor de su idolatrada Flandine o a cambio le enseñaría cómo elaborar un elíxir para curar el mal de amores, del que según los doctores no había salvación.

Todos los esfuerzos del príncipe de las tinieblas por doblegar el corazón de Flandine fueron vanos, por lo que el Maligno, para cumplir el acuerdo y obtener el alma pactada, debió develar la fórmula para olvidar y superar el desamor. Un asombroso elíxir amargo, elaborado con cebada, lúpulo y levadura, fue la receta diabólica, y efectivamente, a cada trago de aquella ambrosía, las penas del corazón dejaban de atormentar a Gambrinus. Desde entonces, haya sido cuando haya sido, el legendario héroe se convirtió en el rey de la cerveza.

Desde entonces, muchas cervecerías y algunos restaurantes llevan el nombre de aquel héroe que dio su alma para entregar la cerveza a la humanidad, un obsequio de la magnitud del de Prometeo, que nos honró con el fuego. El restaurante Gambrinus de la Ciudad de México tenía la fama de ser el mejor de todo el país. Fama es lo menos que necesitaba, y sin embargo adquirió mucha más tras haberse convertido en el escenario de la conspiración final contra el hermano y asesor del presidente Francisco I. Madero, quien por cierto también portaba un nombre de monarca: Gustavo Adolfo.

Johan Zimmermann curaba su mal de amores con más amores; la cerveza la tomaba por puro patriotismo alemán. Dos alemanes compartiendo tan germánica bebida en un restaurante de lujo era algo que no podía despertar suspicacias: la mejor forma de hacer algo oculto es hacerlo a plena luz y frente a todos. Así pues, Gambrinus fue el lugar seleccionado para otro encuentro entre el espía alemán y el embajador de su país en México, Paul von Hintze.

—Los norteamericanos ya han decidido dar su apoyo al señor don Venustiano Carranza, Su Excelencia —dijo Zimmermann.

—¿Y qué tan comprometidos están con ese apoyo?

—Como siempre y en todos los casos, nada. Ya lo sabe usted, ellos no tienen amigos sino intereses. Más o menos como nosotros, que tampoco somos amigos de los mexicanos. Cuando dejó de convenir a sus planes, quitaron a Madero con la misma facilidad con que lo pusieron. Pero no pueden permitir la traición de Huerta. El hombre de los americanos era Bernardo Reyes; tras la muerte de éste, es Félix Díaz. Es posible incluso que perciban la mano del Imperio alemán detrás de Victoriano Huerta.

—¿Nuestras opciones?

—Carranza tiene armas norteamericanas, y Maytorena, gobernador de Sonora, ya negocia con aquel gobierno para que no respalden a Huerta. Nosotros deberíamos establecer nexos con ese robavacas llamado Pancho Villa.

—¿Podemos confiar en un cuatrero asesino?

—Lo he investigado, Su Excelencia. No es un ladrón cualquiera. Es un hombre bueno al que las circunstancias hicieron bandido; cree en la lealtad más que en la política, no aspira al poder sino a la justicia y es quizá el único de toda la nueva bandada de revolucionarios dispuesto incluso a morir por sus ideales, precisamente porque no ambiciona el poder. No hay nada como un hombre dispuesto a morir.

—¿Cuáles son los pasos a seguir?

—Que el gobierno del káiser siga apoyando a Victoriano Huerta, pero al mismo tiempo apoye a Villa, sobre todo con armas. Villa era incondicional de Madero, y secundará el movimiento del señor Carranza contra el presidente Victoriano Huerta.

El embajador alemán no estaba seguro de los pasos que proponía el agente Zimmermann: apoyar con dinero y armas a quien tenía el poder y al que aspiraba a derrocarlo. *Herr* Zimmermann pudo leer la duda en los ojos del embajador:

—Vera usted: tarde o temprano el presidente Huerta caerá; por eso necesitamos de nuestro lado a alguno de los rebeldes. Villa, Carranza y ese extraño caudillo suriano llamado Emiliano Zapata no tienen nada en común, y sin embargo se han unido; lo único que los une es el odio a Huerta. Caído él, lucharán entre ellos. Es ahí donde Pancho Villa nos será útil. Y claro, mientras tanto buscaremos cómo seducir a Venustiano Carranza.

—Muy bien, agente Zimmermann. ¿Y cómo plantea este acercamiento?

—A través del agente Félix Sommerfeld. Como usted bien sabe, *herr* Sommerfeld apoyó a Francisco Madero y se convirtió en jefe del servicio secreto de su hermano y asesor Gustavo.

—Lo sé. Yo mismo ayudé a sacarlo del país hace sólo unas semanas. Ahora mismo está en los Estados Unidos tratando de evitar la futura guerra de Europa.

—Su Excelencia, el agente Sommerfeld es un traidor. Es un doble y quizá hasta triple agente, o más. Vende información a todos los bandos. Lo sé porque yo mismo le he seguido la pista; pero podemos usar su juego en nuestro favor.

El almirante Paul von Hintze, embajador del Imperio alemán en México, esbozó una maquiavélica sonrisa.

—Cuéntemelo todo.

17 de abril de 1913

Luis Felipe de Calimaya se paseaba frecuentemente por el patio donde Elizabeth conversaba jovialmente con José de Miurá y Zarazúa, cerca de la mirada vigilante de Panchita. No sabía si había adelantos o progreso alguno con la amnesia de su mujer, pero le resultaba evidente que ésta había abandonado el mundo de la melancolía. Él la quería, sólo por eso le daba gusto ver su nueva felicidad; no obstante, le ardía hasta lo más profundo de las entrañas que esa felicidad fuera evidente y notoria únicamente en presencia del escritor que él mismo había llevado a su casa.

Probablemente nada le disgustaba más que ver la misma cara de felicidad en el señor Miurá cuando conversaba con Elizabeth. Cierto, confió en el escritor cuando le aseguró que nada había tenido que ver con su mujer, pero más le creyó cuando le dijo que lo haría si pudiera. Y ahí estaban los dos, en el patio de su propia casa, en una banca bajo el árbol preferido de su esposa, cotilleando como párvulos, como adolescentes en pleno proceso de enamoramiento. ¡Ahí, frente a sus propios ojos!

—¿Cómo va todo, señor Miurá?

Ésa era la pregunta obligada cada día que el escritor español aparecía en la casa de la calle Condesa de Calderón número 12 para conversar con Liza.

—Bien, señor Calimaya. Cada día parece más feliz.

Ésa era la única respuesta que José Luis Miurá daba a su obligado anfitrión. Había llegado con él a un acuerdo y estaba dispuesto a hacerlo respetar. Fue el propio Calimaya quien pidió ayuda. Miurá comenzó a visitar a Elizabeth para tratar de sacarla de su sopor y traerla de regreso al mundo real. Pero las reglas puestas por el escritor fueron claras: dejarlos en paz, no interrumpir, dejar que fluyera la conversación y no interferir. Ante todo, confiar en él. Miurá no pretendía dar explicaciones; el día que el señor Calimaya lo quisiera, él simplemente dejaría de ir de visita.

Cada día se atormentaba Luis Felipe y esperaba poder echar al escritor para siempre. Pero ver la felicidad de su Elizabeth, aunque fuera provocada por otra persona, se lo impedía. Dentro de su ser el amor luchaba contra el egoísmo. Nunca se podrá negar que, muy a su modo, Luis Felipe quería a su mujer.

Otro día de visita, a la pregunta obligada de Calimaya, el visitante ofreció una nueva respuesta:

—¿Cómo va todo, señor Miurá?

—Creo que mejor de lo esperado, mi estimado señor, mucho mejor —dijo sonriendo José de Miurá.

El simple hecho de que el hombre al que tanto despreciaba, y al que se veía obligado a tolerar, cambiara su respuesta transformó por completo a don Luis Felipe de Calimaya.

—¿En serio? ¿A qué se refiere? ¿Qué quiere decir?

—No estoy muy seguro, señor Calimaya. Elizabeth me recuerda bien, pero hasta este día sólo se acordaba de hechos breves relacionados conmigo, siempre evadiéndose después de la realidad y creando un mundo fantástico en el que ella es una consumada artista, mujer de mundo, viajera.

Evidentemente, algo se revolvió en las entrañas de don Luis Felipe, más o menos entre la vesícula y los intestinos, cuando José de Miurá manifestó que su mujer sólo recordaba sucesos en torno a él. Sin embargo, al fin tenía más información.

—No me lo tome a mal, señor Miurá, pero usted no es doctor.

—Sin ser doctor, señor Calimaya, me atrevería a decir que Elizabeth padece tristeza crónica, y simplemente ha tratado de olvidar la vida que le ha generado este estado. Es como una defensa. Pero hoy algo cambió. Me dijo que, ya que soy escritor y ella tiene una vida muy interesante, digna de ser contada, quiere que nos veamos para contarme sus anécdotas y que yo lleve las notas.

—¿Y eso es una buena noticia?

—Señor Calimaya, ¿está usted familiarizado con el procedimiento de cura a través de la palabra? Es un método experimental propuesto por el psiquiatra vienés Sigmund Freud y utilizado con aparente éxito por el doctor suizo Carl Jung.

—Sólo sé que Elizabeth ha leído algo de esa seudociencia, tan indecente, que aborda el tema del sexo con cualquier pretexto.

—Quizá usted debería tocar un poco más seguido ese tema, señor Calimaya, y el de los afectos en general. Pero verá usted, los doctores Jung y Freud comenzaron a tratar mujeres con diversas dolencias que no tenían causa física aparente, y descubrieron que el origen de tales manifestaciones físicas podía ser mental.

—¿Me está diciendo que Elizabeth finge sus males?

—No, señor. Digo que sus males son reales, pero su origen está más allá de lo físico. La mente es un mecanismo maravilloso, pero muy delicado. Al parecer, mientras más se civiliza y urbaniza la humanidad, lo hace a costa de una mayor represión, y esa represión, cuyo peso recae más en la mujer que en el hombre, puede causar dolencias físicas.

—No estoy seguro de entender esas teorías ni creo estar de acuerdo con la parte de ellas que logro comprender.

—Eso no me extraña. Nuevas teorías para un nuevo mundo y para nuevas mentes —dijo Miurá con sonrisa malévola—. Los doctores han visto a Elizabeth y no encuentran ningún problema en ella, por lo que propongo usar un camino distinto.

—¿Y está usted familiarizado con esas teorías y esos métodos? —preguntó Calimaya con burla—. ¿Es usted una de esas nuevas mentes del nuevo mundo que sí son capaces de entender las nuevas ideas, tan vedadas para las mentes del pasado como la mía?

Miurá permaneció pensativo unos instantes antes de responder:

—No lo soy, caballero. Mi vida es una fachada de libertades, pero en el fondo estoy tan atado como usted a las imposiciones culturales y sociales. En gran medida soy un esclavo, y lo soy por temor a liberarme. No somos tan distintos usted y yo.

Don Luis Felipe de Calimaya se sorprendió con las palabras del escritor, que intempestivamente abandonaba su tan habitual tono sarcástico, mordaz, por momentos un tanto virulento y siempre agresivo e insultante, característico de los cínicos como él. Por unos segundos esa fachada pareció desvanecerse. A Calimaya le resultaba atractivo ver a ese arrogante vividor declarándose esclavo y temeroso, aunque desde luego no podía estar de acuerdo en eso de que eran parecidos.

—Tiene usted que disculparme, señor Miurá, pero usted y yo somos muy diferentes. Me niego a aceptar que soy un esclavo, y menos aún que tengo miedo.

—Es justamente por eso, mi poco estimado caballero, que nunca dejará esa esclavitud que siglos de cultura e imposiciones sociales han dejado caer sobre su noble persona —respondió Miurá, recobrando su acidez característica—. Pero el tema es el bienestar de Elizabeth y su cura mediante la palabra.

—Eso suena a magia, señor Miurá.

—Y no me extraña que se lo parezca, caballero. Si en los últimos diez años hubiera dedicado más tiempo a conversar con su mujer, escucharla y entenderla, seguramente hoy no necesitaría de mí para recuperar su salud mental; si repudiara usted menos el tema del sexo, tampoco tendría que preocuparse de si su mujer tiene o no un amante.

La cara de Luis Felipe de Calimaya tardó apenas una fracción de segundo para ponerse roja; sus ojos se abrieron como platos y amenazaron con salirse de sus órbitas. Respondió con furia y casi escupiendo las palabras:

—¡La intimidad mía o de mi esposa no es de su incumbencia! ¡Es usted un insolente! No pienso permitirle...

—Tranquilo, caballero —interrumpió Miurá—. Acepto que he sido grosero; por extraño que le resulte, no fue mi intención, y me disculpo. Lo que quiero decirle es que si usted no se involucra en la intimidad de su mujer, siempre habrá alguien dispuesto a hacerlo. Tarde o temprano, la más fiel y abnegada de las esposas buscará afuera las caricias que no encuentra en su casa.

—Tiene usted una extraña forma de disculparse, señor Miurá; continúa usted insultando.

—La sexualidad no es un insulto, don Luis. El culto católico y su sistema de culpas han hecho mucho daño a la alta sociedad mexicana, tan rígida, tan estructurada y tan lejos de la plenitud. Qué poco se permiten vivir a ustedes mismos. Pero, si le parece, sugiero que acepte mi forma de brindar disculpas y continuemos con nuestro tema en común: su mujer.

—Creo que es mejor así —respondió Calimaya sin estar seguro del significado de aquella última frase.

—Verá usted —prosiguió Miurá—: he seguido la obra y las experimentaciones de Freud y Jung; he podido estudiarlas y analizarlas desde un punto de vista filosófico, no médico, desde luego. Pero los conceptos de estos psicoanalistas, como ahora se hacen llamar, se nutren de la filosofía. Además, gracias a mi trabajo tuve también la oportunidad de acompañar a los doctores en su viaje hacia los Estados Unidos, hará unos cuatro años, y de seguir el ciclo de conferencias que allí impartieron. Creo que un filósofo bien formado y de mente amplia puede curar a través de la palabra.

Calimaya dudaba. Su mente, rígidamente estructurada, resultado de siglos de tradición impuesta de generación en generación, en que lo correcto y lo incorrecto no son conceptos que deban ser pensados, sino simplemente asumidos, se negaba a aceptar como válidas las cosas que no conocía. Pero, a su modo, don Luis Felipe amaba a Elizabeth, y sus alternativas eran escasas.

—Dice usted, entonces, que esta poco ortodoxa idea de Elizabeth de contarle su vida para que usted la escriba puede ser buena.

—No lo sé aún. Dice que tiene una existencia fascinante y que yo debo prestarle mi pluma, darle mis letras a su vida para que pueda ser contada. Ignoro lo que va a narrarme y qué tipo de historia tendremos al terminar este ejercicio, si una realista o una de ficción; pero me parece que hablar de aspectos de su vida y revisarla por escrito puede abrirnos paso a través de su mente. Sí, es posible que con el tiempo eso la lleve por el camino del recuerdo. Necesito verla seguido y pasar tiempo con ella, y sólo puedo hacerlo si usted está de acuerdo.

Don Luis Felipe de Calimaya cerró los ojos. Reflexionaba. Había podido darse cuenta de que sus prejuicios sobre los intelectuales podían tener excepciones. Había escuchado hablar a Miurá en alguna ocasión, y hasta lo había leído: sus reportajes internacionales aparecían en la prensa nacional y sus textos habían sido publicados por las mejores casas editoras del país. No podía negar que era un hombre inteligente, y eso lo molestaba: dejar a su mujer con esa persona, el tipo de hombre que ella habría definido como ideal. Miurá le parecía un individuo honorable, pero estaba enamorado de su esposa. Y, sin embargo, su mujer no volvería a ser su mujer si no regresaba de ahí, donde estuviera. La vida le daba pocas opciones. Abrió los ojos.

—¿Cuándo pueden comenzar?

—En realidad, caballero, podría decirse que ya hemos comenzado. Mis actividades me obligan a viajar más de lo que quisiera, pero intentaré dedicar buena parte de mi tiempo a esta situación.

—Hay una cosa más, señor Miurá.

—Usted dirá.

—En ocasiones mis actividades también me obligan a viajar y a desatender mi casa. Usted dice que necesita mi consentimiento, y para eso necesito confiar en usted.

—¿Y cómo podemos hacer para que eso suceda?

Don Luis Felipe de Calimaya guardó silencio y escrutó con la mirada a José de Miurá. La tempestad de su alma era visible desde el exterior. Respiró profundamente, cerró los ojos con un gesto de resignación y exhaló.

—Necesito conocer el tipo de relación que ha tenido usted con Elizabeth, la extraña forma en que siempre coinciden, incluso en otros países. Ya es sospechoso y extraño que coincidan en México y en Francia, pero no crea que olvido lo de Nueva York. Quisiera que comenzara usted desde el principio: ¿cómo se conocieron?

El Imperio alemán
y la Revolución mexicana

Por José de Miurá y Zarazúa

Corresponsal internacional

"Han soltado al tigre; ahora a ver si pueden controlarlo." Éstas fueron las proféticas palabras del presidente Porfirio Díaz al abandonar México, el 31 de mayo de 1911, luego de más de tres décadas gobernando el país. Dos años después el tigre sigue suelto y, a juzgar por la violencia desatada, más hambriento que nunca. El propio Francisco Madero, el hombre que inició la Revolución, lo sabía, y así lo señaló: Porfirio no es gallo. Sin embargo, habrá que iniciar la Revolución para derrocarlo. Pero después ¿quién la detendrá?

Nicolás Maquiavelo dijo lo mismo hace varios siglos, cuando señaló que "puedes comenzar una guerra en cualquier momento, pero no puedes terminarla en cualquier momento". Sin embargo, si a pesar de conocer la amenaza latente tras toda revolución, y a sabiendas de que no habría en México quien pudiera detener una, Francisco Madero no tuvo empacho en convocarla, ¿será que detrás de él había intereses más grandes que la democracia? El magnate americano Sherburne Gillette Hopkins apoyó al caudillo con cientos de miles de dólares, y los magnates no llegaron a donde están regalando dinero.

Por más que enarbole la bandera del pueblo o la patria, todo revolucionario, desde el momento en que recibe armas y dinero, está aceptando un amo. En este mundo industrial capitalista que lleva poco más de un siglo gestándose, el que paga manda, y eso opera, desde luego, en las revoluciones. Así pues, es evidente que había un amo detrás de Madero, como lo hay tras Huerta y Carranza, los que actualmente luchan por el poder.

Entre otras cosas, además de su incompetencia, el presidente Madero cayó por no responder a los intereses oscuros que lo colocaron en la presidencia; ahora hay fuerzas más tenebrosas y complejas moviendo el ajedrez de la política de este país, que no había conocido la paz antes del dictador Díaz y no la ha conocido desde su exilio.

El actual presidente mexicano, Victoriano Huerta, traicionó a los traidores para poder encumbrarse. Un golpe de Estado fue planeado en México, y aún es difícil saber quién estuvo detrás, aunque de inicio parece una contrarrevolución, es decir, el contraataque de los que fueron desplazados del poder: los porfiristas. El general Bernardo Reyes había sido un fiel del régimen, uno de sus más talentosos militares y el hombre que gobernó e industrializó por más de veinte años el estado de Nuevo León. Ese hombre parecía ser el origen de la revuelta contra el presidente Madero que comenzó el 9 de febrero de este año de 1913.

El general Reyes había intentado una revuelta con anterioridad, pero fue hecho prisionero. La cercanía del político con los Estados Unidos, en todos los sentidos posibles, hace pensar que tenía arreglado el apoyo del naciente imperio. Fue liberado de la prisión por otro militar del régimen derrocado, Manuel Mondragón, quien bien podría ser la mente detrás de todo el movimiento. Recibieron también el apoyo de Félix Díaz, sobrino del ex dictador, por lo que la hipótesis de la contrarrevolución parecería sostenerse. Pero no fue así. Ninguno de los sublevados tomó el poder.

El general Reyes cayó muerto el día que se inició la revuelta. Diez días después Victoriano Huerta, otro militar del régimen que había jurado lealtad a Madero, se hizo de la presidencia. Si este hombre pudo ser capaz de enfrentarse a una conspiración organizada en la embajada norteamericana, fue porque tenía el apoyo de otra conspiración diseñada en una embajada diferente: la alemana.

Si hubo una contrarrevolución, ésta no surgió de intereses nacionales, sino de la guerra que las potencias libran para dominar los recursos mexicanos, particularmente el petróleo, ante la inminencia de una contienda cuyas principales armas, como los acorazados y la flota alemana de submarinos, funcionarán precisamente con ese combustible. Es así como, detrás de los acontecimientos de 1913 —a saber, la caída y el asesinato de Madero, la toma del poder de Victoriano Huerta y la nueva revuelta encabezada por Venustiano Carranza para removerlo—, podemos ver a Estados Unidos, Inglaterra y el Imperio alemán.

El inglés Weetman Pearson llegó a ser el amo de los ferrocarriles mexicanos que el gobierno de Díaz arrebató a los estadounidenses en 1907, además del principal productor de petróleo. Tras la caída de la dictadura se apresuró a brindar su apoyo al presidente Madero para no perder sus buenos negocios; el nuevo presidente correspondió a Pearson, una de las razones para perder el favor norteamericano.

Ahora, el nuevo mandamás Victoriano Huerta trata de agradar a los americanos mientras conserva el apoyo alemán, pero los aliados contra él, encabezados por Venustiano Carranza (otro porfirista), ya tienen el visto bueno de los Estados Unidos, sus dólares y sus armas Remington. Sin embargo, el Imperio alemán no quiere quedarse sin influencia entre los nuevos rebeldes, a sabiendas de que es muy posible que lleguen al poder; por eso ha desplegado su sistema de espionaje en torno a uno de los revolucionarios que actualmente apoyan a Carranza. Su nombre real es José Doroteo Arango Arámbula, un bandido del norte que se hace llamar Francisco Villa, quizá para confundir a las autoridades, pues tomó el nombre de un bandido legendario ya muerto.

A Francisco Villa, quien hace poco logró escapar de prisión, comienzan a acercarse mercenarios internacionales y muchas armas; pero los pertrechos de Villa son fabricados por la empresa Mauser

Werke Oberndorf, del Imperio alemán. Por si esto fuera poco, hay que decir que el susodicho Pancho Villa es asesorado, quizá sin saberlo, por agentes secretos alemanes, entre los que vale la pena destacar a Félix Sommerfeld.

Herr Sommerfeld, con apenas veintiún años de edad, estuvo involucrado en los acontecimientos de la llamada revuelta de los bóxers en el Imperio chino, en 1900. China, como México, es un país con riquezas naturales pero poca industria; por lo mismo, es también un tablero de ajedrez en la actual guerra que las potencias europeas sostienen por el dominio de los recursos. Se le puede rastrear en los Estados Unidos desde 1902, y aunque luego se le pierde la pista, desde 1908 estaba en el norte del territorio mexicano como informante alemán.

Cuando Francisco Madero obtuvo el apoyo de Estados Unidos para derrocar a Porfirio Díaz, Sommerfeld logró hacerse muy cercano a su hermano, Gustavo; se ganó la confianza de éste hasta ser nombrado jefe del Servicio Secreto mexicano, el cual estaba, desde luego, al servicio del gobierno del káiser alemán Guillermo II.

Tras el asesinato de Francisco y Gustavo Madero, el agente Sommerfeld logró escapar a los Estados Unidos con apoyo del embajador alemán en México, Paul von Hintze, para tratar de inclinar al gobierno de aquel país en favor de Alemania, en caso de que una guerra de imperios comience en Europa.

No hay que olvidar que, al surgir como potencia desde 1871, el Imperio alemán desplazó de sus posiciones hegemónicas incuestionables a Inglaterra, Francia y Rusia, quienes entre 1893 y 1907 firmaron una serie de acuerdos para combatir juntos a Alemania en caso de guerra. Se les conoce como la Triple Entente, las tres potencias competidoras de antaño unidas contra la potencia naciente que les compite hoy. El gran despegue alemán logró unificar a enemigos milenarios.

Herr Sommerfeld no sólo está de vuelta en México, sino que es quien abastece de armas máuser al rebelde Villa. Con dichas armas, dinero alemán y varios mercenarios extranjeros, muchos de ellos captados del otro lado de la frontera y otros llegados desde Europa, como el guerrillero profesional Guisseppe *Pepino* Garibaldi, Pancho Villa podrá formar una gran fuerza de combate.

Según fuentes fidedignas que el secreto periodístico obliga a ocultar, el agente Sommerfeld es el contacto de negocios entre varios magnates norteamericanos y el gobierno de Victoriano Huerta, pero también los enlaza con Villa y con Carranza. Del mismo modo, es el nexo entre el rebelde Carranza y el gobierno estadounidense, función que realiza asimismo para Villa. Presuntamente, el agente Sommerfeld debe evitar un desencuentro entre el Imperio alemán y el gobierno norteamericano, pero al mismo tiempo se dedica a armar y patrocinar a los dos bandos de la Revolución mexicana.

Empero, la presencia germana no se limita a Sommerfeld. Destaca la participación de Hortz von der Goltz, otro agente alemán que, como muchos, sirvió brevemente en el ejército estadounidense antes de cruzar la frontera y unirse a la Revolución. Cabe destacar la relación de este agente con el aristócrata prusiano Franz von Papen, agregado militar en la embajada alemana, tanto de Washington como de México, quien es vigilado en el país del norte por posible sabotaje a las vías férreas.

Más alemanes con Pancho Villa. Arnold Krumm-Heller, médico alemán fanático de los cultos esotéricos y ocultistas, fue uno de los hombres que influyeron en el espiritismo del presidente Madero, quien basaba sus decisiones de gobierno en lo que le "decían" los espíritus de sus hermanos muertos. *Herr* Krumm-Heller influyó mucho en el presidente Madero, pues se convirtió en su médico y gurú personal, y aunque oficialmente asesora a Venustiano Carranza, mantiene contacto con el agente Sommerfeld y, a través de éste, con Pancho Villa.

En 1910, en el marco de la celebración del centenario de la Independencia mexicana, Alberto Braniff, hijo de alemanes nacido en México, fue el primer mexicano en pilotar un avión con éxito. Ahora mismo, ese mexicano-alemán ha entrado en contacto con Villa para poner a sus órdenes el aeroplano, convertido de novedad de la ciencia en arma de guerra.

Aún no se sabe de qué proporciones será la guerra que se avecina ni qué países se verán arrastrados a ella; pero esa conflagración la ganará quien domine el petróleo disponible en el mundo, y esa guerra de potencias hace sus jugadas secretas en la Revolución mexicana. ¿De qué otra forma podría explicarse la presencia de tantos alemanes, tanto del lado del gobierno como del de los rebeldes?

Ciudad de México, 2 de junio de 1913

París

Todos tenemos miedo; es la emoción primaria de la humanidad y el método de control de todas las ideologías religiosas, económicas, políticas y sociales. El miedo nos mantiene atrapados en el pasado o preocupados por el futuro; nos lleva a la búsqueda de seguridad, la cual procuramos agrupándonos, pero al agruparnos nos separamos unos de otros, y entonces comenzamos a temer a los demás.

El miedo nos hace caer en la tentación de seguir a alguien, a cualquiera que pretenda tener respuestas, al que presuma conocer el camino. Pero cuando sigues a alguien te estás destruyendo a ti mismo, y siempre llegarás a un destino equivocado: el camino de otros nunca conduce a tu destino.

El miedo fue el origen de la religión como primera estructura política y primera forma de control social. De ahí surgieron la fe, la lealtad, las identidades; esos discursos doctrinales que convierten al individuo en parte de una masa. Sólo las masas hacen la guerra.

Con el tiempo, la lealtad hacia Dios fue sustituida por la lealtad hacia la patria, y el fanatismo religioso por el nacionalismo, que no es sino otro tipo de fanatismo, una religión que simplemente quitó al invisible y omnipotente creador y lo reemplazó por el invisible y omnipresente Estado. En ambos casos las masas se matan en su nombre. En ambos casos el individuo no existe.

Nunca hay que actuar en nombre de la masa. Nuestro mundo es el resultado de las masas, de las ideologías que eliminan al individuo, de las personas usadas como armas por los poderosos.

El individuo siempre ha sido sacrificado, porque la verdadera individualidad es imposible de controlar. Ésa es la única libertad verdadera, la única que nunca promueven los libertarios, que finalmente aspiran al poder, ya que es imposible ejercer el poder sobre individuos libres y pensantes. Eso es lo que nunca hemos llegado a ser.

La lealtad hacia Dios sólo beneficia a sus ministros y representantes; la lealtad a la corona sólo favorece al rey, y la lealtad a la patria sólo favorece a los políticos que la tienen secuestrada en ese momento. Pero estamos tan perdidos, tan sumergidos en la oscuridad, tan necesitados de pertenecer a algo más grande, que nos despojamos de nuestro verdadero ser para integrarnos en una masa; sacrificamos nuestra individualidad para convertirnos en un engrane de una gran maquinaria.

Cuando los burgueses de Francia lucharon por la igualdad, hablaban de igualdad entre ellos y la nobleza; con libertad se referían a sus libertades económicas, y la fraternidad aludía a la connivencia entre burgueses hasta alcanzar el triunfo. Su democracia, desde luego, no estaba pensada para el pueblo. La burguesía nunca quiso comprender que todo su poder se sustentaba en su riqueza, y que ésta descansaba en el trabajo explotado de los desposeídos. Esos descamisados, el proletariado, eran millones, y también hicieron suyos los discursos de libertad, igualdad y fraternidad.

Dios sirvió para controlar al ser humano medieval, y el rey tuvo esa función con el burgués monárquico. Pero la naciente era industrial y la incipiente sociedad de masas necesitaron el control más que nunca. Si el proletariado iba a participar en la política, los políticos debían manejar la mente del proletariado. Para eso surgió el nacionalismo, una forma encubierta de racismo; un nuevo opio del pueblo sustituyó a la religión: la propaganda en los medios de comunicación. El nacionalismo nos condujo a la mayor de las locuras: la locura basada en la razón.

El nacionalismo consiste en exaltar a la nación. Todo nacionalismo lleva implícita la idea de la superioridad, por el simple hecho de haber nacido de un lado de la frontera, por tener cierto color de piel o ciertos rasgos físicos, resultado del azar geográfico, o de hablar una lengua y no otra, a causa del azar histórico. Ese sentimiento de superioridad evolucionó hasta convertirse en la idea de tener cierto derecho de aniquilar a los inferiores: todos los demás.

El nacionalismo es el cáncer que infectó a la humanidad a partir del siglo XIX, cuando apenas comenzaba a aliviarse de esa peste que es el fanatismo religioso. Las masas nunca se dieron cuenta de que seguían siendo usadas, aunque bajo un símbolo distinto. La locura que hoy puede aniquilar a millones de judíos en Europa, puede también exterminar a decenas de miles de japoneses en unos cuantos segundos. El culto nacionalista sólo podía conducir a esto: una masacre que los individuos jamás habrían permitido, pero que las masas ejecutaron con regocijo.

Cientos de miles se enfrentaron y asesinaron a otros cientos de miles. Millones murieron para que unos pocos se encumbraran. Franceses contra alemanes, alemanes contra rusos, germanos contra eslavos, arios contra judíos, republicanos contra monárquicos, comunistas contra republicanos, proletarios contra burgueses. Lo único que siempre han sabido hacer los líderes políticos es mandar a las masas a asesinarse con cualquier discurso ideológico como acicate. Nada ha cambiado desde que los cristianos lucharon contra los judíos o los católicos contra los protestantes.

Siempre hemos sido lo que los demás esperan de nosotros, lo que la sociedad y la cultura han dispuesto. Hemos dejado que los muertos de otras generaciones marquen nuestros destinos a través de la tradición. Siempre hemos sido esclavos del pasado, víctimas de la costumbre. De prisioneros de Dios y el rey pasamos a soldados de una república, pero nunca hemos pensado por nosotros mismos y siempre ha existido un discurso sometedor. Ése es el quid de la era de la sociedad de masas.

Liza cayó presa de la locura cuando yo llevaba varios años tiranizado por la razón. Ella quedó encadenada a la sociedad y yo a la patria. Los dos elegimos la certeza. Los dos fuimos víctimas del miedo. Ninguno se atrevió a probar el antídoto del amor. Ante las puertas de una libertad llena de incertidumbre, optamos por la seguridad de la esclavitud. Todos somos nuestros propios victimarios.

Tuvimos que elegir entre la razón y la locura, y todos nuestros condicionamientos sociales nos hicieron optar por la razón. Ésa fue nuestra peor locura.

París
Noviembre de 1899

No todos estaban conformes con el nuevo mundo. En París lo llamaban la "Belle Époque", pero esa bella época era el paraíso de muy pocos que descansaban sobre el infierno de las masas desposeídas. Sí, era muy buena época para ser burgués: auge económico, modas multicolores, nuevos entretenimientos, exposiciones mundiales y juegos olímpicos, artistas en cada rincón, vida nocturna, diversión, libertad… y la cómoda y silenciosa ignorancia en la que deliberadamente se sumergían los pocos que disfrutaban del esplendor del nuevo mundo industrial.

La civilización europea llegaba a todos los rincones del planeta para librar a los nativos de su maravillosa barbarie, de la que desde luego nunca pidieron ser liberados. Pero la expansión imperial del capitalismo necesita pretextos que adormezcan la conciencia, y Europa lanzó la maldición de la moderna civilización industrial sobre el resto del mundo. La ciencia y el progreso eran para muy pocos, unos cuantos beneficiados que se engañaban al pretender que toda la humanidad era la beneficiaria de la expansión occidental.

Rechazamos el mito en favor de la razón e hicimos de la ciencia la nueva religión. Eso nos dejó igual de ciegos que en la Edad Media; simplemente cambiamos de dios. El positivismo nos invitaba a rechazar todo aquello que no fuera tangible, y el amor fue una de las primeras víctimas. Nos llenamos de "ismos" que pretendían explicar la realidad: capitalismo, socialismo, cientificismo, positivismo, nacionalismo; todos igual de limitados. Todo discurso ideológico parte de la mentira de que la mente humana es capaz de captar la totalidad de la existencia. Todo discurso ideológico tiene un solo objetivo: movilizar masas.

Sin embargo, hay que decir que en el París del cambio de siglo se respiraba más libertad que en cualquier otro momento o lugar. La incipiente libertad en la política comenzaba a reflejarse en las ideas, en las letras, en el arte y en la vida nocturna de Montmartre, donde los grandes señores daban rienda suelta a los instintos que fingían no tener en el resto de Francia.

Por primera vez el arte era completamente libre, pues ya no dependía del mecenazgo de la Iglesia o la corona, sino del libre mercado. Así es que París fue el lugar donde muchos de los más destacados pintores decidieron vivir su desempleo, lo que dio origen a una serie de comunas artístico-intelectuales donde la libertad se tornó en libertinaje y la creatividad en desenfreno. ¡Qué buen lugar para vivir fue aquel París!

Los mejores artistas del impresionismo estaban listos para recibir el nuevo siglo en la capital francesa: Monet, Pissarro, Degas, Cézanne, Renoir, aunque todos pasaban ya de los sesenta. Pero de entre todos ellos, el verdadero espíritu de la revolución bohemia estaba encarnado en Henri Marie Raymond, conde de Toulouse-Lautrec, el hombre que renunció a su nobleza de cuna para vivir el sueño artístico de París, y el pintor que usó su arte para retratar los nuevos vicios del nuevo mundo, en los hombres de siempre.

El centro del mundo bohemio era Montmartre, una pequeña colina parisiense de poco más de cien metros de altura en la orilla derecha del río Sena, y su contraparte del lado izquierdo, Montparnasse. En torno a esos dos montes, y con la complicidad de la noche, se crearon las más excitantes y maravillosas historias adentro de dos molinos: el Moulin de la Galette y el Moulin Rouge.

En la mitología griega, el monte Parnaso era el hogar de las nueve hijas de Apolo, las nueve musas de las artes y las ciencias; así, repleto de musas modernas, estaba el barrio parisino, con musas tormentosas que inspiraron un arte desenfrenado y colmado de pasiones. Las musas de Toulouse-Lautrec fueron las mujeres de la vida galante, y el Moulin Rouge fue su principal fuente de inspiración y de ingresos, el paraíso de sus más grandes creaciones y el averno sulfuroso de su más terrible y seductora decadencia.

Como en el caso de tantos bohemios, los excesos, las mujeres, las noches, los vicios y el alcohol fueron el entorno del conde pintor y de sus amigos, como ocurrió con todos los artistas que decidieron vivir como ellos querían y no como dictaba la sociedad. Ellos tomaron la libertad como su única patria, la verdad como su único dogma, la belleza como su única diosa y el amor como su única religión. Sin más escrituras que su propia conciencia, sin más paraíso que el aquí y el ahora, sin lugar para la culpa o el inferno.

Ésa era la vida bohemia cuando cambió el siglo, y ése fue el mundo en el que se encontraron por vez primera Liza Limantour y José de Miurá, rodeados de esos grandes personajes que marcaron el cambio de centuria, en una casa que se convirtió en símbolo de aquellos tiempos, ubicada en la calle Pasteur número 26 y en cuyas tertulias se congregaban los mejores artistas y bohemios: la casa del polémico fotógrafo y escritor Émile Zola.

Representante del naturalismo literario, que buscaba reproducir la realidad social tal cual era, con sus cumbres más sublimes y sus cloacas más envilecidas, Zola rondaba los sesenta años a finales del siglo y había escrito decenas de novelas, varios ensayos, pocas poesías y demasiadas ideas, acompañadas de una retórica contundente que lo hacía socialmente famoso pero políticamente incorrecto e indeseable.

Las tertulias en casa de Zola eran legendarias; en sus mejores tiempos coincidieron ahí personajes como Guy de Maupassant,

Gustave Flaubert y Paul Cézanne. Sin embargo, al final del siglo los dos escritores habían muerto, y el pintor tuvo una desavenencia con Zola después de que éste se basó en él para representar en una de sus novelas al artista típico de aquellos días.

José de Miurá conoció a Zola en Londres, en 1899, cuando regresaba de América, donde reportaba sobre la guerra de Cuba. Por entonces el novelista vivía un exilio político en la capital inglesa, por haber defendido públicamente a un militar judío francés falsamente acusado de espionaje. Zola era un escritor incómodo, y Miurá, de veinticinco años, aspiraba a serlo. Eso, sumado al buen dominio que el periodista tenía del idioma francés, hizo surgir la camaradería.

Una tarde fría y nostálgica de 1899, José de Miurá entró en la casa de la calle Luis Pasteur a departir con Zola y otros amigos; la dulce y melancólica melodía del vals *Sobre las olas* lo embelesó de inmediato. Liza Limantour tenía apenas diecinueve años de edad y una imagen extraída del paraíso. Nadie osaba proferir el menor ruido. José de Miurá quedó de pie detrás de ella, sin llamar su atención, y en cuanto terminó la melodía se acercó a su oído y murmuró en francés:

—No es fácil encontrar en Europa a alguien que interprete un vals mexicano.

—Tampoco es fácil encontrar a alguien que lo reconozca —contestó de inmediato Liza, sin permitir que ese atrevimiento la turbara. Se volvió para ver a su interlocutor, y continuó—: Alguien tiene que enseñarles a los europeos la música de mi país.

—¡Mexicana! —Miurá guardó silencio unos instantes, como sopesando la situación—. Entonces no deberíamos hablarnos en francés —dijo en español—. Permítame presentarme. Soy José de Miurá y Zarazúa; soy escritor y soy español. Sugiero que conversemos en el idioma que tenemos en común, y que espero que no sea lo único que compartamos.

Liza Limantour se levantó del banquillo del piano y quedó cara a cara con el escritor español.

—¿Ah, sí? —dijo con sonrisa coqueta—. ¿Y qué tipo de cosas quiere usted que compartamos?

—No lo sé —respondió Miurá—. Viajes, aventuras, creaciones, una vida. Improvisemos.

—¿Una vida? Seguro es usted como todos los hombres, y ya está buscando una linda mujer para meterla en su casa como un bonito adorno.

—Mi casa es el mundo, *mademoiselle*, y usted es el mejor adorno que este planeta podría tener. Como verá, no tengo necesidad de meterla en ningún lado.

—Ya veremos, señor Miurá —dijo Liza sonriendo mientras se separaba del escritor y se acercaba a los demás comensales—. Ya que compartimos las mismas tertulias, es posible que algún día nos volvamos a encontrar.

Ciudad de México
3 de junio de 1913

Don Luis Felipe de Calimaya permaneció mudo por algunos segundos que en realidad parecieron un largo tiempo. El relato de José de Miurá sobre la tarde en que conoció a Elizabeth Limantour, así como la descripción de todo ese ambiente bohemio que alguien como él jamás se hubiera atrevido a probar, lo dejaron pasmado. El conde de Calimaya siempre había creído que el contacto de su mujer con ese extraño escritor se limitaba a la llegada de aquél a México, unos cuatro o cinco años atrás, cuando estaba casi seguro de que Elizabeth había tenido un amorío. Ahora descubría incluso una vida alterna de su esposa de la que él tenía información, digamos, bastante nebulosa.

Pero más allá del asombro y el desconcierto de Calimaya, Miurá estaba seguro de haber visto algo más profundo en la mirada de aquel rígido aristócrata, una especie de brillo en el fondo de sus ojos, mientras escuchaba el relato. El español a veces sentía pena, no por el hombre que tenía frente a sí, sino por todos los que conformaban ese extraño grupo social que vivía de los protocolos, los que no podían ser libres de las cadenas sociales ni siquiera en la intimidad del lecho, prisioneros de las estructuras, reos de sí mismos y de los conocidos por los que no sentían ningún aprecio, sujetos por las cadenas del convencionalismo social que les impedía conocerse a sí mismos.

¿Habría llorado alguna vez el conde de Calimaya, se habría permitido el arrebato de una lágrima, la liberación de un llanto, el paraíso de una sonrisa, la confidencia de un abrazo, la complicidad de una mirada que ofrece el universo entero sin mediar palabras? ¿Era esa prisión construida por nosotros mismos lo que llamábamos civilización? Don Luis Felipe amaba a Liza, y aun así no había conocido el amor, sino tan sólo las formas sociales permitidas en torno al contrato matrimonial con el que se institucionalizaba y asesinaba el amor.

—Es tentador, ¿no cree usted? —dijo Miurá interrumpiendo el silencio reflexivo.

—¿A qué se refiere? —preguntó Calimaya mientras agitaba la cabeza e intentaba salir del sopor en que lo había sumergido el relato.

—Esa vida, don Luis, la de París, la del arte y la libertad, la de la verdad y la belleza, la de la pasión y la locura.

—¡Eso no es vida sino insensatez! Viajes, fiestas, vicios. Sin reglas, sin planes, sin futuro. ¿Cómo van a saber adónde llegan si ni siquiera siguen un mismo camino dos días seguidos?

—Porque no van a ningún lado, caballero; este mundo es su único destino, no su tránsito.

—Por Dios, señor Miurá, está bien para unos días, pero no se puede vivir así. Hace falta un poco de estructura, un poco de control.

—Las estructuras siempre pueden quebrarse, caballero, y cuando eso pasa se desploma todo aquello que sostenían. El control... No hay mayor ilusión que el control. No puede controlar lo que es más grande que usted; la vida misma, la existencia, está fuera de su control. Las finanzas globales de las que usted depende no están bajo su control; la libertad de las personas con las que interactúa, e influyen así en su vida, no está bajo su control; los actos salvajes de los revolucionarios que incendian su país no están bajo su control; sus propios pensamientos no están bajo su control, ni sus instintos o sus funciones corporales; tampoco su propia esposa, evadida en un mundo de fantasías. Hoy mismo nada está bajo su control. El mundo sería un mejor lugar para todos si renunciáramos a la estúpida idea del control.

—Claro, y entonces todos viviríamos como usted y esos artistas parisinos.

—Créame, don Luis Felipe: si todos viviéramos así, el mundo nunca estaría, como siempre lo está, al borde de la guerra y la autodestrucción.

Calimaya guardó silencio. Conocía el espíritu rebelde de su mujer, amante frustrada de ese mundo de descontrol, y las palabras del filósofo periodista que tenía frente a él abrigaban el mismo espíritu. De pronto supo que si alguien podía penetrar en lo más profundo de la mente desquebrajada de su mujer, era ese hombre, y no estaba seguro de que eso fuera buena idea. Sin embargo, había exigido sinceridad, y eso fue lo que obtuvo. En el fondo de su ser sabía dos cosas: que el relato de Miurá había movido algo desconocido en su alma, y que comenzaba a confiar en aquel personaje, aunque su versión de la historia le dejaba algunas dudas.

—Y dígame, Miurá, ¿qué hacía usted en París en aquel tiempo? ¿Fue también a buscar esa vida, de la que evidentemente escapó más adelante?

—*Quid pro quo*, mi poco estimado señor Calimaya. Quería usted saber cómo conocí a Liza, y ya se lo he contado. Yo no puedo ganarme su confianza, caballero, ni me interesa hacerlo. La confianza es algo que se otorga, y usted debe decidir si confía en mí o no. Pero insisto, quid pro quo o, como decimos en los arrabales, dando y dando. Si desea usted saber más de mí, deberá seguir permitiendo que venga. Pero ahora, si me lo permite, ha cumplido su deseo, y es momento de comenzar a trabajar con Liza.

Ciudad de México, Gran Hotel, 4 de junio de 1913

Señor don Luis Felipe de Calimaya:

Estimado socio y amigo, hubiese querido pasar a tu casa en persona, pero mis ocupaciones me lo han impedido; por eso opté por enviarte un mensaje con mi sirviente. Te escribo en interés de tus beneficios, que son los míos, y para ponerte al tanto de las noticias, que en este caso son perturbadoras.

En claro, el negocio del henequén pasa por muy malos momentos a causa de esos malditos revolucionarios, de la inestabilidad y la incertidumbre respecto a la presidencia y de las insidiosas pesquisas de periodistas como ese malnacido de John Kenneth Turner, que tantos dolores de cabeza nos ha dado con su libelo ese de *México bárbaro*. Insiste en que tenemos esclavos. Todos los pinches comunistas son iguales.

El revoltoso de Felipe Carrillo Puerto es otra amenaza, y no hay quien lo pare desde que comenzó esa jodida revolución. No hay nada peor que un periodista con ética que para colmo se mete a político. Desde la cárcel, Carrillo tradujo la constitución al maya, dizque para que los indios conozcan sus derechos. Es un pendejo idealista: si la constitución no se cumple en español, menos se va a cumplir en maya. Pero los idealistas son peligrosos, sobre todo ahora que los clientes e inversionistas fingen preocuparse por los trabajadores.

En este nuevo mundo de simulacros puedes ser tan cabrón como siempre, pero debes fingir que te interesan las causas justas. Los pinches reportajes del rojo de Kenneth Turner no nos ayudan, y el infeliz de Carrillo Puerto no deja de escribir sobre lo mismo en la *Revista de Mérida*.

La demanda de henequén crece en Europa; prácticamente la totalidad de los astilleros solicitan toneladas de nuestras fibras para los cabos de sus barcos. La producción de barcos va en aumento, todo parece indicar que con fines bélicos. Esa guerra que según algunos no tarda en comenzar en Europa podría ser muy buena para nuestro negocio; pero para que eso nos genere dividendos debe haber orden en esta península.

Nada es igual desde que cayó el viejo Porfirio; él se hacía de la vista gorda ante los abusos, y los propios clientes e inversionistas americanos y europeos eran también menos quisquillosos a ese respecto. Parece ser que tienen mucho miedo de esos mentados socialistas y comunistas, y ahora comienza a verse como algo correcto que no se explote en demasía al trabajador. Esos desgraciados descamisados y calzonudos van a quebrarnos.

Con Porfirio al mando, tanto clientes como socios sentían certezas. Victoriano Huerta es otro Díaz, otro jodido indio dispuesto a joder a los indios; pero en general no hay confianza de que pueda mantenerse en el poder.

Maldita la hora en que decidimos asociarnos con ese alemán que conocí en Nueva York, ese arrogante de Johan Zimmermann. La situación es la siguiente: entre los conflictos desde la caída de Díaz, la producción de fibras sintéticas y el hecho de que los jodidos gringos estén produciendo henequén en Cuba, estamos quebrados y a merced de Zimmermann.

Herr Zimmermann fue quien capitalizó todo nuestro negocio, que ya se había ido a la chingada desde que quebró la Bolsa de Nueva York en 1907. Ahora volvimos a quebrar con la Revolución, más todas esas fregaderas de la esclavitud. Johan Zimmermann es dueño de prácticamente todo el negocio, y piensa llevarse los plantíos enteros a alguna república bananera de Centroamérica. Nosotros somos la única parte del negocio que no está en sus planes.

Amigo mío: tú y yo no tenemos más que deudas. La fortuna y los activos del negocio son propiedad del jodido alemán. Es decir, estamos a un paso de la absoluta miseria.

Creo que ya va siendo tiempo de que conozcas en persona a *Herr* Zimmermann, con quien sólo yo he mantenido contacto personal desde ese malhadado día en que lo dejamos integrarse como socio capitalista.

Tu nombre ya no sirve de nada en este nuevo México de rebeldes, pero quizá podamos usar los contactos políticos de tu esposa, o mejor aún, lo que quede de su fortuna, si es que no la hemos gastado toda. Necesito que vengas a Mérida conmigo; sabes que yo me he encargado siempre de forma personal, pero éste es un caso de vida o muerte. Todo lo que tenemos está en juego.

En tres días, el 7 de este mes, saldré hacia Veracruz para embarcarme a puerto Sisal y volver a Mérida. Es de vital importancia que me acompañes y hablemos de negocios con Zimmermann, quien estará por allá.

Serás bien recibido y tratado como lo mereces. Respetuosamente extiendo la invitación a tu esposa, a quien me dará gusto poder saludar si viaja contigo.

Sinceramente,

Federico Molina

6 de junio de 1913

Contaré mi historia a través de muchas historias diversas que confluyeron en el París del cambio de siglo, las historias de mis amigos, la de esos artistas que se decidieron a vivir sus sueños sin medir las consecuencias. Muchos soñamos una vida de aventuras, pero muy pocos se atreven a vivirla con todo lo que esa vida significa; una vida sin seguridad alguna pero sin fronteras, sin certezas pero con libertad. Contaré mi historia a través de las historias que me rodearon, las de aquellos que decidieron vivir de la pasión del arte sin pensar en el desenlace. Estoy entre las líneas de esas historias, en ese espacio entre la razón y la locura, entre la vida real y la fantasía.

Paris era el mejor lugar para ser artista y extravagante a finales del siglo XIX, era el mejor sitio para ser inconforme, disidente, distinto. La capital francesa se había convertido en la capital artística de Europa y por lo tanto del mundo; todo era pretexto y causa para el arte, desde las academias más rigurosas, hasta escuelas de arte arrabalero, o las mismísimas orillas del río Sena.

El templo del arte dogmático era la Escuela de Bellas Artes, en aquella época, quienes estudiaban ahí recibían una educación sumamente rigurosa, disciplinada y clásica. El arte se contaminaba del positivismo de la época y de la obsesión que la Ilustración provocó por el orden. En ese mundo burgués no había espacio para nuevas visiones creativas, que debían buscarse espacios más callejeros y barrios más oscuros para existir. El gran genio de dicha oscuridad era Toulouse-Lautrec, quien hacía nuevo arte al amparo de la vida nocturna de los barrios bajos.

Lautrec tenía todo para brillar en la alta sociedad del arte, pero su obsesión con una revolución bohemia que cambiaría el mundo del arte lo mantenía en los tugurios de *Montmartre*..., su obsesión por la revolución bohemia, y su adicción al ajenjo con láudano, que compartía con amigos con menos suerte, como el neerlandés Van Gogh, o con otros más afortunados como Emile Bernard, de quien Toulouse hizo uno de sus pocos retratos al óleo.

En aquel tiempo ser artista implicaba estar un poco loco, desafiarlo todo, ser eterno inconforme, vivir en el límite..., quizás por eso no terminé de dar el paso hacia aquel intrigante y seductor vacío. Aquellos eran verdaderos artistas, esos que dominaban las técnicas clásicas pero gustaban de la rebeldía y del escándalo, como gustaba también yo, que finalmente no dejaba de ser una señorita de sociedad que no debía mezclarse con aquellos rufianes bohemios..., pero cómo me seducían sus creaciones, su aventura, su vida en el abismo. El propio Lautrec tenía títulos de nobleza que desdeñaba públicamente para dedicarse al arte del arrabal. Yo nunca terminé de dar el paso hacia ese abismo tan lleno de incertidumbre.

Toulouse-Lautrec y Emile Bernard eran buenos amigos, y a ellos se unió, ahí mismo en Montmartre, el incomprendido y medio loco de Vincent van Gogh en 1886, cuando ya había deambulado por todas las ciudades de los Países Bajos, por Flandes y hasta por Londres. Inconforme e incomprendido como siempre emigró a Paris, con los demás inconformes. De Lautrec aprendió dos cosas: su arte de prostíbulo que dejaba buenos dividendos, y su adicción por el Hada Verde que vive en la absenta, acompañado de unas gotitas de tintura de opio para tener los más sicodélicos sueños de láudano.

Recuerdo que Van Gogh era muy amigo de Gauguin, de cuyas pinturas caribeñas creadas en Martinica señaló que parecían pintadas con el falo y no con pincel, que eran al mismo tiempo arte y pecado, grandes pinturas que salieron de las entrañas y de la sangre, así como el semen sale del sexo.

Fue cuando vivía en la Provenza, y era amigo de Gauguin, cuando perdió el lóbulo de su oreja izquierda. Nunca se supo bien a bien lo que aconteció y quizás ellos mismos no posean ese recuerdo, difuminado entre vapores de ajenjo y opio. Se rumoró precisamente que en un abuso de absenta con láudano tuvo un arranque de locura que lo llevó a auto mutilarse; pero antes había discutido con Paul Gauguin, habían llegado a las palabras y al parecer una navaja apareció en la mesa. Imposible saber quién la sacó y si un pintor atacó al otro, o en efecto Van Gogh atentó contra sí mismo. Todas las posibilidades de esta historia son igual de posibles.

A partir de la pérdida de su oreja la vida de Van Gogh estuvo sumergida en la locura, se distanció de Gauguin, tuvo delirios persecutorios, trató de envenenarse, pasó por episodios de amnesia…, quizás sea un mal de artista, quizás algún día yo misma me sumerja sin quererlo en la locura y en la amnesia. Pero eso sí, cuánto bien hizo la locura por el arte de Van Gogh…

José Miurá hubiese no querido tener que mostrar esos apuntes a Calimaya. Eran algo íntimo, resultado de una plática profunda entre él y Lisa. Se sentía como si fuera un confesor que rompe su secreto, o un analista que no resguarda las confesiones más sórdidas de su paciente. Pero finalmente, ni era él un analista ni Elizabeth Limantour una paciente. No eran amantes viéndose en secreto, y ni siquiera estaba muy seguro Miurá de que fueran amigos. Pero lo más importante era que, dijera lo que dijera para blofear, si necesitaba la confianza de don Luis Felipe.

Luis Felipe Calimaya, además, tenía un genuino interés en el bienestar de su mujer, y quizás la impotencia de sentir y saber que no podía hacer nada por ella, hacía que se interesara tanto por las sesiones, las conversaciones, las anécdotas y en este caso, los escritos. Si el pobre remedo de conde hubiese mostrado ese interés por su esposa desde el principio, nada de aquello hubiera ocurrido.

—Quid pro quo, señor Miurá. Ha venido usted nuevamente, se ha pasado varias horas con Elizabeth, y ahora quiero que usted continúe su propia historia desde donde la dejó.

José de Miurá y Zarazúa fue tomado totalmente por sorpresa. Había accedido a contar a Calimaya una versión muy certera de las circunstancias en que conoció a Lisa, por un acto de cortesía que en nada dañaría a nadie; pero ahora ahí estaba el aristócrata queriendo saber más de la vida del escritor. De momento no tendría caso negarse.

—¿Dónde me quedé?

—Iba usted a contarme qué hacía en París por aquellos tiempos, qué circunstancias de la vida lo llevaron a esa ciudad del vicio…, y a ver qué más.

—Verá usted, yo tenía veinticinco años y una vida ya planeada donde yo trataba de combinar lo mejor de dos mundos. Como corresponsal de prensa podía viajar y ver el mundo, sin dejar por eso de tener un trabajo necesario y respetable. En 1898 asistí a la guerra que Estados Unidos libró contra España por el dominio de Cuba, que culminó en diciembre de ese año con un tratado signado en París, es por eso que llegué a esa ciudad, que lo confieso, me atrapó con todos sus encantos. Decidí entonces ser un escritor independiente, vender mis reportajes, publicar algunas obras y poesías, pero decidir por mí mismo a dónde me llevarían mis pasos, y como siempre pasan cosas en Francia, y se acercaba la exposición mundial y los juegos olímpicos, opté por quedarme.

—¿Y por qué se fue?

Ese era un buen momento para mentir. José Miurá estaba dispuesto a contarle muchas cosas a aquel aristócrata aspirante a noble, pero algunas deberían permanecer en el secreto, ese secreto que era parte de su vida desde hacía tanto tiempo.

—Una decepción amorosa

Calimaya quedó en silencio con los ojos abiertos ante esa sinceridad tan intempestiva, libre de protocolos, que exhibía el escritor.

—Con Lisa Limantour-, agregó el escritor para responder la duda que era tan evidente en la mirada de Calimaya. –Poco más de un año tuvimos una relación esporádica pero intensa. La buscaba, procuraba encontrarme con ella, fuimos a exposiciones y hasta viajamos alguna vez. Ella fue mi motivación para dejar la vida que tenía hasta ese momento y ser uno más de los bohemios de Montmartre, con menos certezas pero más libertad.

A cada palabra de José de Miurá y Zarazúa la mandíbula del conde de Calimaya caía un poco más, y su expresión reflejaba mayor sorpresa. Incredulidad y desconcierto. Las piezas no encajaban en su mente.

—Señor Miurá, Elizabeth Limantour era una señorita de una de las mejores familias de México, y si a sus dieciocho años se fue a París, fue tan sólo con el patrocinio de su señora abuela, para ser educada como una dama de sociedad, con el refinamiento de los modales franceses.

—Mire señor Calimaya, yo no sé nada de Elizabeth antes de aquel 1898, y no volví a saber casi nada de ella por unos diez años después de nuestra separación. No sé qué tipo de persona era aquí en México, ni cuáles fueran sus planes al viajar a París. Lo que le puedo decir es quién era la Lisa que yo conocí. Era, efectivamente, una dama encantadora de modales refinados; pero no iba a las escuelas de los aristócratas sino a las de los bohemios, no frecuentaba los grandes salones sino *La Galette*, y hasta el *Moulin Rouge*, no aprendía de los artistas aceptados sino de los talentosos de arrabal, modeló para Renoir, cotilleaba con el joven Picasso y tomaba absenta con Toulouse-Lautrec. Esa es la mujer que conocí en casa de Zola, a la que seguí por casi más de un año, de la que me enamoré…, y a la que le propuse matrimonio.

Tanta sinceridad, tan brutal y directa, era demasiado para las rígidas estructuras de Calimaya. Casi se podía ver cómo algo se quebraba en el interior de su mente al tiempo que escuchaba las palabras del escritor. Su propia mujer era una total desconocida para él, y a cada frase de Miurá descubría que era un libro de secretos y misterios que él jamás se había molestado en leer.

—¡Qué es lo que está diciendo!

—La verdad, caballero, lo que usted pidió.

—¿Y qué sucedió?-, alcanzó a escupir Calimaya ahogado por el estupor.

—Me rechazó. Me recordó que el día en que nos conocimos ya me había dicho su postura sobre el matrimonio, y que era momento de que cada quien siguiera su vida por distinta senda. Dejé su camino al día en que ella me dejó a mí, fue el 30 de noviembre del año 1900. Ella, según me dijo, recorrería Europa, quería conocer todas las artes y a todos los artistas, aprender de cada estilo y en cada capital europea, deseaba ver todo el mundo, empaparse de los movimientos que hablaban de la liberación de la mujer, conocer Andreas Salomé, la mujer que se atrevió a rechazar a Nietzsche, y llegar hasta Viena a estudiar la polémica obra del doctor Freud. Todo eso que ahora me ha estado contando, y que es evidentemente un producto de su imaginación.

—Señor Miurá-, respondió Calimaya, algo doblegado por la apertura de corazón que presenció en aquel al que tanto tiempo viera como su enemigo-, yo contraje matrimonio con Elizabeth en febrero de 1901, cuando volvió de educarse en Paris como una dama de sociedad.

—Señor mío, como usted mismo puede ver, hay muchas historias, y es evidente que no todas pueden ser ciertas. Usted cree saber lo que Lisa vivió en Paris, pero créame, yo lo viví con ella, y no es la versión que usted tiene. Evidentemente a mí tampoco me contó la verdad, pues en vez de irse a recorrer el mundo, tal y como me dijo, regresó a México a casarse con usted y ser la dama de sociedad que de ella se esperaba…, pero en París señor Calimaya…, en París Lisa estaba viva, radiante, hermosa. En París era libre, bailaba, cantaba, danzaba con la existencia misma. La mujer que está ahora mismo en su casa no es ni una pálida sombra de la artista bohemia que ganó mi corazón el siglo pasado.

—¿Y por qué cree usted que ahora cuenta toda esa historia fantasiosa de sus años como artista recorriendo Europa a partir de 1900 y por varios años?

—Me atrevo a pensar-, respondió Miurá-, que esa es la vida que en realidad quería vivir, lo que deseaba cuando me dejó a mí, y lo que no realizó al casarse con usted. Ahora que su mente ha fallado, cree recordar como algo real aquello que siempre soñó. Es el problema de vivir dos vidas con una sola mente.

En ese momento fue Calimaya el que sintió pena por Miurá, por su mal de amores, por los sueños frustrados a causa de Elizabeth, por el engaño. Siempre había sentido el conde que había muchos secretos en la vida de su esposa, y ahora sabía que el escritor aquel había padecido de lo mismo.

Ya había sentido a salvo su hombría cuando el periodista le aseguro que no había existido la infidelidad, y ahora no podía evitar que esa virilidad salvaguardada se fortaleciera al saber que Elizabeth Limantour había rechazado a ese bohemio, para finalmente contraer matrimonio con él tan sólo dos meses después. Era una especie de victoria contra ese antagonista.

Pero la sombra de la duda también llenó los pensamientos de Calimaya, fustigados por la sospecha y los celos. Su esposa había sido fiel en los actos, ¿pero y los pensamientos? Finalmente los mandamientos de la ley de Dios condenaban por igual las malas acciones y los malos deseos. Desear otra vida y otro hombre era prácticamente tan malo como tenerlos, no bastaba con ser el dueño del cuerpo de Elizabeth Limantour, debía de controlar incluso sus pensamientos, sus ideas, que era finalmente lo que más conflictos les habían causado. José de Miurá y Zarazúa era aún una persona peligrosa, pero además de intentar recuperar a su esposa, el conde de Calimaya necesitaba indagar algunas cosas más en la vida del escritor. Aún faltaban respuestas para todos.

Mensaje de Paul von Hintze a J. Zimmermann

(desencriptado)

Ciudad de México, 18 de junio de 1913

J. Zimmermann:

Hay una filtración de información. Es posible que tenga razón sobre las traiciones de Sommerfeld. La información ha llegado a la prensa internacional. Los movimientos del servicio secreto del káiser entre los revolucionarios y el propio gobierno, y las intervenciones del mismo tipo por parte de la embajada norteamericana han sido tema de algunos reportajes demasiado bien informados.

Ambas embajadas, desde luego, han negado absolutamente todo. Para nuestra fortuna, el periodista responsable tiene fama de ser un sedicioso, particularmente contra el gobierno de los Estados Unidos, por lo que es fácil refutar su credibilidad. Pero nosotros sabemos que lo publicado es cierto.

Es necesario que encuentre a un corresponsal de nombre José de Miurá y Zarazúa y descubra el camino de sus fuentes de información. Sería provechoso para el gobierno de Su Sagrada Majestad, el káiser Guillermo, que ese personaje deje de escribir y, si es necesario, de respirar.

Vigile y manténgame informado.

19 de junio de 1913

Todo fue perfecto, todo fue sublime, todo fue glorioso, por encima de cualquier ilusión imaginable. Cada centímetro de su cuerpo, la textura de su piel, el paraíso oculto en el fondo de su mirada, el sabor de sus labios, la exquisitez de sus formas tan curvas y perfectas, el poder de sus rítmicas caderas y el enigma extraordinario de sus piernas. El planeta dio un giro completo sin que el poeta español culminara la aventura de su musa parisina. El sol que por la tarde se ocultó con pudor para no verlos los sorprendió desgastados y rendidos, entre gemidos y jadeos al iluminar el día siguiente.

Fue su lance conquistar todo su reino, recorrerla entera. Ninguno de sus rincones escapó a sus ansias de viajero; exploró todo su terreno, que dejó de ser una ilusión quimérica. De norte a sur conoció todos los recovecos de su cuerpo, incursionó en las llanuras y desiertos hasta los rincones más secretos y profundos. Como un explorador recorrió todos sus caminos en busca de senderos nunca antes explorados.

Juntos pudieron ver de cerca las estrellas, tocar el universo, recrear su origen. Él fue valiente aventurero de la selva más profunda mientras ella fue terreno fértil; él recorrió lo más profundo de todas sus grutas y viajó hasta sus más cálidas planicies, y ella, que era de piedra, se tornó de arena, escurridiza entre sus dedos y sus manos, soluble ante sus caricias.

Los ríos femeninos fluyeron con cada contacto y cada roce de aquella poesía en movimiento, de ese arrobamiento poético, de ese viaje entre los cuerpos. Viajó desde sus valles hasta sus cumbres más hermosas para conocer el potencial de sus volcanes. Conquistó toda su tierra; desde su sur hasta su norte, invadió sus caminos y veredas; fue por una noche el paladín de sus historias más secretas, el descubridor de sus más sórdidos deseos inconscientes y el protagonista de sus más eróticas leyendas.

Finalmente el momento había llegado. Toda la tensión, todo el éxtasis, todos los deseos acumulados por tanto tiempo explotaron al unísono cuando Liza Limantour dejó de ser quimera para ser real y tangible. Todas las fantasías de José de Miurá y Zarazúa se materializaron sobre un solo cuerpo, mundano y banal como gustan a los poetas, aunque para obtenerlos deban poetizar sobre lo celestial y lo divino. Todo estaba consumado.

Ella lo invitó con sólo una sonrisa y él asintió con el lenguaje del silencio. Las miradas dieron lugar a las caricias, las caricias a los besos, y los besos a las puertas de un mundano paraíso. Lágrimas, saliva y sudor se hicieron uno mismo; la fricción quemó los cuerpos, los labios se desgastaron a mordidas.

No bastaban los encuentros, como si el amor, el sexo y la pasión de toda una vida, los arrebatos y los ímpetus de toda una existencia debieran ser consumidos bajo una sola luna. No hubo ayer y no habría mañana; una eternidad de una sola noche debía ser testigo de un amor que se había gestado desde el principio de los tiempos.

José de Miurá estaba encerrado una vez más entre las piernas ardientes de Liza Limantour, donde nuevamente la explosión de sus cuerpos y sus almas fue celestial y victoriosa. Justo en ese momento el Edén se transformó en infierno, los disparos tronaron en cada rincón de la habitación, el estruendo creció hasta ser totalmente ensordecedor. Las explosiones rodeaban su santuario amoroso, los cristales se rompieron y el fuego se apoderó del lugar.

José de Miurá trató de retirarse de Liza, salir de la deleitosa prisión de sus caderas para ponerla a salvo; pero fue imposible. Estaba inmóvil, aprisionado entre el cuerpo de su amante inerte. Sólo entonces se volvió hacia ella para encontrarse con el rostro de la muerte; su piel tostada y tersa estaba tiesa y acartonada, y en lugar de sus ojos como la miel había sólo dos cuencas vacías. Ahí, debajo de él y aún sujetándolo con sus rígidos y fríos brazos, el cadáver de quien antes fue Liza Limantour comenzó a reír con la carcajada más burlona que Miurá hubiera escuchado en su vida.

Gritó con todas sus fuerzas. El cuerpo inerte se pulverizó entre sus dedos, y una ráfaga de viento entró por los agujeros producto del bombardeo para llevarse los restos areniscos de Liza. Entonces despertó. Estaba empapado de sudor frío en una habitación desconocida y con hedor a muerte. Alguien tocó a la puerta.

José de Miurá corrió hacia la entrada y jaló el picaporte para encontrarse con la verdadera Liza Limantour. Estaba tan radiante como siempre y, sin mediar palabra, se arrojó a los brazos del escritor, quien la besó sin pensarlo. Pero antes de que sus labios pudieran regodearse unos en otros, el cuerpo de Liza simplemente se esfumó. En ese momento despertó. Se había quedado dormido en una verde y hermosa pradera; ni una sola nube cubría aquel cielo azul pero sin sol. Pero entonces los ventarrones asolaron la pradera, y José de Miurá contempló a lo lejos, en medio de un paisaje de desolación, cómo esa impresionante torre de trescientos metros construida por Gustave Eiffel se desmoronaba desde sus cimientos…

Despertó. Estaba sobresaltado, como siempre que tenía ese maldito sueño tan angustiante en que cada despertar era sólo el comienzo de una nueva pesadilla, y que lo atacaba de forma cada vez más recurrente desde que comenzara las visitas a la casa de Liza Limantour. Miró su reloj: era tarde.

Miurá se vistió como siempre, con ropa elegante usada de forma desordenada y con su inseparable sombrero tipo chambergo, que llevaba desde la guerra de Cuba. Acababa de despertar de su pesadilla y tenía que dirigirse a toda prisa al origen de ésta: la casa de la calle Condesa de Calderón número 12. Solía ir por las tardes, pero en aquella ocasión don Luis Felipe de Calimaya había enviado personalmente un mensaje para citarlo a las diez de la mañana con carácter urgente.

En la reja de la casa de Calimaya fue recibido, como siempre, por un suspicaz Nicanor, quien, como siempre también, lo recibía con amabilidad pero con celo, con desconfianza. No acababa de entender esa extraña situación en la que el propio patrón citaba en su mansión al hombre que a todas luces aspiraba a ser el amante de su esposa.

En el interior de la casa las cosas cambiaban un poco. Panchita y María lo recibían con sonrisas y amabilidades, derivadas, desde luego, de que el señor Miurá las trataba con la misma gentileza y deferencia que a la misma Liza. Pero en aquella ocasión hubo una gran variante en aquella rutina: Liza no estaba, y en el centro del salón se hallaba don Luis Felipe de Calimaya, acompañado de su hija y de una mujer desconocida que debía ser algunos años más joven que Liza Limantour.

—Mi poco estimado señor Calimaya —saludó Miurá con sorna—, ¿a qué debo el honor de esta recepción?

Calimaya iba vestido elegantemente de pies a cabeza, al igual que su hija y la señorita desconocida. Permaneció de pie, muy serio, erguido y en silencio por unos instantes, hasta que dio dos pasos en dirección al español.

—Señor Miurá, hasta ahora no he tenido la cortesía de presentarle a mi hija. Ésta es Isabela —dijo, al tiempo que la señorita daba un paso adelante—. Tiene doce años, aunque en unas semanas cumplirá trece.

La muchacha era como una versión rejuvenecida de Liza, a quien Miurá había conocido de diecinueve años en París. Podía imaginarse perfectamente la infancia de Liza al mirar a aquella niña. Al periodista no dejaba de sorprenderle aquel extraño acontecimiento del señor Calimaya presentándole a su hija.

—Mucho gusto, pequeña damita —dijo Miurá con una sonrisa.

—Mucho gusto —respondió Isabela con una inclinación.

Tras la breve presentación, la habitación se sumió en un silencio que era igual de incómodo que el protocolo social que se había llevado a cabo de manera tan extraña. Junto a Isabela estaba la desconocida, una mujer cuya belleza estaba obsesivamente escondida por ropas, actitudes y prejuicios. Una mujer que seguramente sería hermosa de no ser por los vestidos del siglo pasado con los que cubría, como correspondía a la decencia y el pudor femenino, cada centímetro de su piel.

—¿Y a la encantadora dama no me la va a presentar? —preguntó Miurá.

—Sí, señor; justo de eso se trata —respondió Calimaya con voz parca y rostro adusto de muy pocos amigos—. Señor Miurá, tengo el gusto de presentarle a la señorita Almudena Carvajal. Es prima segunda mía por parte de madre. Su tío, don Francisco Carvajal, fue uno de los políticos de tiempos de don Porfirio que intentaron negociar la paz con ese ingenuo de Francisco Madero; ahora es presidente de la Suprema Corte de Justicia de la Nación, bajo el gobierno de don Victoriano Huerta.

—Mucho gusto, señorita —saludó Miurá con una inclinación y el protocolario gesto de fingir un beso en la mano, beso que de ninguna manera debe darse si uno tiene buenos modales—. A sus pies.

Almudena Carvajal respondió con una reverencia, sin palabras, sin sonrisa y sin emoción alguna.

—Señor Miurá —continuó Calimaya—, además de ser prima mía y buena amiga de mi mujer, la señorita Carvajal pertenece a una de las familias más respetadas de la buena sociedad mexicana. La razón para presentársela es que en los siguientes meses ella estará muy pendiente de usted. Como le señalé en otra ocasión, mis negocios me exigen salir de viaje constantemente; ahora debo ir a Mérida, que en términos de tiempo es un viaje casi tan largo como ir a Nueva York. En fin, caballero, la señorita Almudena será dama de compañía durante mi ausencia. Nos hará el favor de vivir en esta casa durante mi viaje, y estará presente siempre y en cada momento mientras usted conversa con Elizabeth. Es la única manera en que sería socialmente aceptada su presencia en esta casa hasta mi regreso.

—Le agradezco mucho, señor Calimaya —respondió Miurá con una sonrisa.

—¿A qué se refiere?

—A que el carcelero que nos ha designado sea una mujer tan bella. Su hospitalidad no tiene límites.

—Señor Miurá —replicó Calimaya, al tiempo que la señorita Carvajal hacía un gesto de indignación—, mi ausencia es indispensable, espero que por muy pocos días. Normalmente habría llevado a Elizabeth conmigo, pero su estado de salud no le permite este tipo de viajes, y una dama de compañía tan virtuosa como la señorita Carvajal es lo mínimo que exige la decencia, aunque sé que usted no la tiene. Mi hija, nuestra hija, también se quedará. Así pues, espero que sea usted capaz de respetar lo más sagrado de mi familia.

—No se preocupe, don Luis; nadie tocará a su mujer mientras usted termina de gastarse su dote, si aún queda algo, invirtiendo en esclavos.

El rostro inflexible de Luis Felipe de Calimaya se descompuso por completo. ¡Esclavos en América en pleno siglo xx! Casi nadie conocía esa parte oscura del porfiriato que aún sobrevivía a los desmanes revolucionarios; la mayoría trataba de ignorarlo, y los muy pocos que lo sabían y se beneficiaban de ello, como el conde de Calimaya, trataban de calmar sus oscuras conciencias dando a la esclavitud el eufemístico nombre de servicio forzoso por deudas. Antes de que Calimaya pudiera abrir la boca, Miurá remató:

—No se preocupe, señor Calimaya. Ya sabe que ése es otro de sus secretos que está a salvo conmigo. Pero debería pensar seriamente en cambiar de negocios, no sólo por lo indigno de traficar con la vida humana, que debería ser suficiente motivación, sino porque, según sé, ese negocio va de mal en peor. Ya sabe, por lo volátil de los mercados financieros y porque el mundo comienza a hacer conciencia sobre eso de comprar y vender personas. En cuanto al henequén, esa casta divina de Yucatán debería abrir los ojos y dejar de sustentar su riqueza en una planta. Sí, señor, Europa entrará en guerra y usted podría ser uno de los empresarios que se enriquecerán con el conflicto. Pero los tiempos cambian, por más que usted no lo vea; no sólo comienza a verse como indigna la explotación de las personas, sino que los norteamericanos terminarán de aniquilar su negocio con las fibras sintéticas. Usted, señor Calimaya, como todo su país, como el mío, vive un siglo en el pasado.

Don Luis Felipe de Calimaya trataba de disimular su estupor mientras José de Miurá daba media vuelta y se dirigía hacia la puerta de la mansión. El escritor sabía demasiado de su vida, de sus negocios, y quién sabe cuánto más podría conocer de ese lado oscuro que todos los humanos tienen y que la civilización les obliga a esconder. Tuvo miedo de Miurá... Tuvo miedo en general, debió confesárselo. Tal como el escritor había dicho tiempo atrás: tenía miedo. Miurá siguió su camino; al llegar al dintel de la puerta lanzó otra mirada a don Luis Felipe.

—Viaja usted para verificar lo mal que van los negocios con las personas que son de su propiedad, y me deja a mí haciéndome cargo de una persona que, por más que usted lo quiera, no le pertenece, pero que es la única por la que debería preocuparse. Su mundo está al revés, señor Calimaya. Vaya usted tranquilo. Liza estará aquí cuando usted regrese; pero Dios y usted mismo saben que no debería ser así.

Ése fue el único momento de toda la conversación en que la señorita Almudena Carvajal esbozo, aunque reprimida, una ligera sonrisa.

Mensaje de J. Zimmermann a Paul von Hintze

(desencriptado)

Ciudad de México, 21 de junio de 1913

Almirante Von Hinzte
Su Excelencia:

Existe, como usted bien señala, una filtración en muchos de nuestros movimientos encubiertos. Mucho me temo, sin embargo, que el susodicho José de Miurá y Zarazúa no parece ser una persona real sino un seudónimo, lo cual no sería de extrañar, en vista de la información que maneja. Seguiré investigando a respecto, desde luego, y tomando las medidas necesarias.

Señor embajador, he leído los reportajes sensacionalistas a los que usted se refiere, y si bien es cierto que por la información vertida en ellos es evidente la existencia de un soplón en contacto con el tal Miurá, me parece que, al revelar esos datos, únicamente se echa más leña al fuego de esta revuelta, que es finalmente lo que conviene a nuestros intereses.

El gobierno de Estados Unidos (Woodrow Wilson) ha impuesto un embargo de armas al gobierno de México, por lo que el ejército federal cuenta cada vez con menos abasto, mientras que los rebeldes de Venustiano Carranza, que reciben esas mismas armas americanas de contrabando, tienen más pertrechos que nunca, y algunas ciudades del norte ya han caído en sus manos. El cerco sobre el presidente Victoriano Huerta se está cerrando desde los Estados Unidos.

El forajido Pancho Villa ha comenzado a reclutar hombres en la frontera y en cualquier momento estará listo para dar batalla al gobierno de Victoriano Huerta. Villa está bien abastecido del armamento alemán entregado por el agente Sommerfeld. Huerta caerá. Una vez que eso suceda, los rebeldes pelearán por el poder, obligados por las circunstancias. Nuestro hombre es Pancho Villa, pero no dejamos de tener hombres infiltrados con Carranza.

Mis contactos en los Estados Unidos me informan que el gobierno de Washington ha enviado un nuevo embajador a México, Mr. John Lind, quien presentará una propuesta de paz que seguramente será rechazada, pues incluye la renuncia del presidente Huerta. Se me informa también que antes de "llegar" formalmente al país, y presentar sus credenciales, ha establecido contacto con todas las facciones rebeldes.

Se han intentado acercamientos con ese extraño y peculiar caudillo del sur llamado Emiliano Zapata, pero todo ha sido infructuoso; sus motivaciones y posibles patrocinadores siguen estando ocultos.

Me mantengo vigilante e informando.

Zimmermann

París
Jueves 9 de agosto de 1945

Hoy comenzó una nueva era en la historia de nuestros impulsos egoístas: la era en que el objetivo de las guerras ya no es la conquista sino la destrucción; la era de sembrar el terror entre los inocentes para lograr objetivos políticos. Terrorismo es la única palabra para describir una segunda explosión nuclear. Ha llegado la era de los Estados Unidos, un nuevo mundo donde los intereses mezquinos de los poderosos no se detendrán ante nada.

Lo que comenzó con el asesinato de una persona terminó con la muerte de millones. El archiduque de Austria fue acribillado y decenas de millones de personas inocentes pagaron las consecuencias. La sangre de un Habsburgo derramada en las calles de Bosnia propició la caída de los imperios, el enfrentamiento de las naciones, la enemistad de los pueblos, la destrucción de los recursos, el odio de los hermanos, la lucha de clases, el desmembramiento de países, el encumbramiento de dictadores, el genocidio de judíos, la quema de libros, la aniquilación de la masas y la explosión de los núcleos atómicos para masacrar inocentes. ¿De qué sirve tanto progreso si no pudimos evitar el apocalipsis?

Todas las guerras necesitan un pretexto, una justificación, un paliativo para la conciencia. Los políticos buscan ese pretexto y los historiadores le dan la bendición al contar la versión de los vencedores como realidad incuestionable. Un serbio mató en Bosnia al archiduque de Austria; en consecuencia hubo una guerra entre Inglaterra, Francia, Rusia, Alemania, el Imperio turco, los Estados Unidos y Japón. No tiene sentido, pero lo repetirán hasta que las masas dejen de cuestionarlo. Por eso no aprendemos nunca del pasado; a los poderosos no les conviene.

Un serbio asesinó en Bosnia al heredero de Austria; los Habsburgo bombardearon Belgrado y los rusos atacaron a los Habsburgo. Así comienza una guerra de la que se culpa por completo a Alemania, la gran perdedora, la gran miserable, la gran culpable, la despojada, la desmembrada, la mutilada. Como si el resto de las potencias no llevaran cuatro siglos peleando por el dominio del mundo; como si la mano británica no hubiera estado detrás de los nacionalismos absurdos que desmembraron el Imperio austrohúngaro y el turco, y como si los intereses rusos no hubieran armado a los asesinos del archiduque Francisco Fernando.

Hoy caímos más bajo aún; repetimos la barbarie sin el pretexto de la ignorancia. Ochenta mil inocentes fueron aniquilados en unos segundos hace tres días, y hoy se repite el infierno. Las bombas fueron necesarias para detener la amenaza japonesa; ésa será la mentira que se repetirá por décadas hasta que se convierta en verdad incuestionable, igual que el asesinato del archiduque.

Un serbio mató en Bosnia al heredero del Imperio austrohúngaro y comenzó una guerra mundial de treinta años que terminó con un genocidio perpetrado por Estados Unidos en contra del pueblo japonés. Comenzó también un nuevo mundo, el mundo en el que dos nuevas potencias seguirán la misma vieja lucha por dominarlo todo, esa guerra no declarada que comenzó desde que los españoles conquistaron América.

El mundo no cambia nunca; cambian los poderosos y sus métodos, pero el mundo mantiene siempre la misma dinámica: una guerra de todos contra todos donde las masas ignorantes son espoleadas con discursos y pretextos absurdos para lanzarse al asesinato de millones. Dios, la nación, el pueblo, la libertad, las abstracciones por las que han muerto más millones de seres humanos, los discursos que convencen a los de hasta abajo para matar y dejarse matar por defender los intereses de los de arriba.

Los poderosos siempre pelean, siempre quieren más, siempre lo quieren todo. Ésa es la causa de todas las guerras. En 1492, los poderosos de entonces, España y Portugal, comenzaron a pelear por el dominio de América y el resto del mundo. Las potencias emergentes se sumaron al conflicto: Inglaterra, Francia, Holanda, Suecia, Rusia… Todos querían su pedazo de mundo y comenzaron a luchar por él; comenzaron lentamente a nacer los imperios que ahora han quedado destruidos.

Desde el siglo xv se inició una guerra mundial. Mientras la tierra fue grande siempre hubo forma de pactar la paz a cambio de repartir el planeta. Para el siglo xx el mundo era propiedad de un puñado de poderosos; ya no había espacios disponibles. Y aunque no había nada por repartir, cada uno de los poderosos aún quería más. La muerte del archiduque Francisco Fernando les dio a todos el pretexto necesario para luchar por el reacomodo, por un nuevo reparto, por un nuevo orden mundial.

Eso fueron estos treinta años: la última gran guerra por dominarlo todo. La única diferencia fue nuestra capacidad de destrucción, lo único que en realidad perfeccionamos en los últimos quinientos años. Cayeron los imperios, las propiedades cambiaron de manos, surgieron nuevos países, murieron ciento ochenta millones de seres humanos y dos nuevos imperios no europeos se convirtieron en los nuevos protagonistas de la misma eterna guerra, la guerra por conquistar y poseer el mundo entero. Las explosiones atómicas no significaron el fin de una guerra, sino el inicio de otra.

El impulso egoísta, el pensamiento egocéntrico, la ilusión de control y dominio, la maldita obsesión de la competencia que nos han inculcado los mercaderes desde que tomaron el poder mundial, el pragmatismo por encima de todo, el mercado como única razón válida, la economía como nueva religión; ésa es la causa de todas las guerras.

La única forma de hacer que las masas se aniquilen entre sí es convencerlas de que sus miembros son distintos unos de otros, que deben odiarse, que deben temerse. Para eso les venden identidades, les colocan etiquetas, los envenenan con ideologías. Para eso los llenan de estructuras que no existen en la realidad sino tan sólo en su mente. Eso le ha estado pasando a México y al mundo.

El día que veamos más allá de esas estructuras tan falsas sabremos que todos somos iguales, que siempre lo hemos sido, que todos somos lo mismo. Ese día dejarán de importar las razones de los poderosos, ese día el amor podrá sustituir al miedo y terminarán todos los conflictos.

Pero los poderosos viven del conflicto, de nuestros conflictos, de nuestros odios y aversiones; se alimentan de nuestro dolor y nuestro sufrimiento; por encima de todo le tienen miedo a nuestra felicidad y a nuestra plenitud; temen que aflore nuestra verdadera individualidad, esa que no puede ser sometida ni enviada a aniquilar a nuestros semejantes.

Vivimos en el mundo de los poderosos, de los ganadores de las guerras, de los creadores de la Ilustración y la Revolución francesa, de los forjadores del capitalismo y la Revolución industrial. Vivimos con sus leyes, su supuesta ética, su moral. Vivimos el mundo creado por las religiones y sus neuróticas visiones de un dios que ama pero juzga y condena. Vivimos con las reglas de los poderosos y hemos hecho del mundo un infierno. Eso debería bastar para saber que los caminos trazados nos son los correctos, que hay que transitar por unos nuevos y que debemos crearlos nosotros al ir andando.

Vivimos en un mundo de estructuras donde no hemos hecho sino arrastrar milenios de pasado que nos someten en el momento presente, un mundo donde hemos sido condicionados y programados, donde nos hicieron pasar de individuos únicos e irrepetibles a masas que matan y consumen. Vivimos en un mundo de estructuras basado en nuestra infelicidad y nuestra miseria.

Más allá de esas estructuras está la dicha y la plenitud. En nuestra verdadera individualidad, sin identidades, sin etiquetas, sin culpas, sin infiernos, está la felicidad, y eso, individuos felices, es la única revolución que el mundo necesita. Ésa es la solución a todos los conflictos.

Ciudad de México
10 de octubre de 1913

Se hacía llamar Magdalena, como la prostituta bíblica, y al igual que ella quizá era más bien una santa o, mejor aún, una mujer completa, de las que aceptan todas sus facetas y todo su ser con todo el disgusto que eso les causa a las falsas estructuras de las buenas conciencias. Todas las historias son siempre tergiversadas en favor de ciertos intereses. Ninguna versión de una historia es la verdadera, y quizá tampoco se encuentre la verdad con la conjunción de todas las versiones.

Se hacía llamar Magdalena, como la mujer de Jesús; como ella, era una pecadora declarada, como lo son todas las buenas personas. De los santos y los beatos es de quien uno debe desconfiar: nunca se sabe qué tipo de violencia puede esperarse de una persona que se ha pasado la vida reprimiendo su ser. Ellos son los que hacen las guerras, en los que germina la frustración, la ira y la violencia, los que demuestran que la causa de la violencia social es la sociedad misma.

Magdalena era una mezcla de cortesana, mujer fatal y mujer de mundo; por lo menos ésa era la máscara de quien tenía que inventar sus propias estrategias para ser libre en un mundo dominado por los hombres. Era una buena pecadora en todos los sentidos; una buena persona con caídas, como todos los humanos, y una diosa en el arte de pecar como Dios manda. Era un escándalo, una mujer libre, que es a lo que más temen los hombres;

un individuo fuera de las estructuras, que es a lo que más teme la sociedad, y una mujer feliz e independiente, que es lo que más repudian las otras mujeres que no han sabido o querido darse esa libertad.

Era Magdalena para casi todos, pero José de Miurá sabía que en realidad se llamaba Beatriz, una mujer señalada por la sociedad por aceptar sin reparos y públicamente lo que todas las demás callaban: le gustaba el sexo, lo disfrutaba, sabía hacer de él una ciencia, un arte, una meditación, una conexión personal con la divinidad, que es lo que más castigan los burócratas de sotana que dicen representar a Dios.

Beatriz era una mezcla de México y Europa. Su piel morena clara ornamentada con ojos y cabello oscuros evidenciaba su herencia mexicana; la estatura de su cuerpo y de sus ideas revelaba su origen europeo, que ella pretendía francés, pero que por sus rasgos y apellido, desconocido para los demás, era alemán. La Beatriz de Miurá era definitivamente más terrenal que la de Dante, y por lo tanto su cielo era mucho más paradisiaco.

Algunas veces por diversión, otras por estrategia, algunas más por negocio, había sido de muchos hombres, pero nunca había pertenecido a ninguno. Sin embargo, ella y Miurá se entregaban frecuentemente el uno al otro sólo por placer, por algo que podría llamarse amor aunque nadie lo entendería, y que el propio Miurá temía llamar de esa forma pues se veía a sí mismo en su Magdalena. Era una versión femenina de él, que tanto se juzgaba a sí mismo y buscaba ansiosamente algún tipo de redención que se negaba a encontrar en una mujer tan pecadora como él mismo. La razón siempre busca trucos y discursos para evadirse del amor.

Pero se entregaban y se compartían el uno al otro ante todo por libertad. Libertad era el regalo mutuo que se daban José de Miurá y su Magdalena; la libertad de ser ellos mismos, la libertad de entregarse sin máscara alguna, sin pretensiones, sin expectativas ni promesas; la libertad de darse todo el universo en el momento presente y sin pensar en el mañana.

No podría decirse que Miurá conocía el lado oscuro de Magdalena porque precisamente Magdalena era el lado oscuro de Beatriz, y era bastante familiar para muchos. Él conocía su lado radiante, que es el que ella mantenía oculto. Pero ella, Beatriz o Magdalena, poco importa, era la única que conocía el inmenso lado oscuro de José de Miurá. Muy oscuro, muy profundo, muy grande, muy enredado y confuso, muy tenebroso, según el propio Miurá, por más que su Magdalena lo conminara a no juzgarse en un mundo que ha obligado a todos a dividir su realidad y vivir dobles vidas.

—Victoriano Huerta ha disuelto la Cámara de Diputados —comentó Miurá mientras yacía tumbado junto al cuerpo deleitoso y cansado de Magdalena—. A partir de ahora es oficialmente un dictador, pero un dictador ya condenado, pues el gobierno norteamericano le niega la venta de armas, mientras no deja de abastecer a Venustiano Carranza. Ése es su nuevo Madero.

—¿Y el tal Pancho Villa? —preguntó Magdalena con los ojos cerrados, siempre interesada en las historias de Miurá, pero siempre exhausta cuando estaba con él.

—Ese hombre es un enigma y creo que lo será siempre. Es imposible no sentir simpatía por él; es el arquetipo del bandido bueno.

—¿Como Robin Hood?

—Justo así. Parece no tener ningún interés personal y preocuparse verdaderamente por el bienestar de la gente. Tiene su propio concepto de justicia social, que nada tiene que ver con teorías académicas o discursos marxistas, sino con vivir una realidad de injusticias. No obstante, al mismo tiempo es un asesino despiadado cuando considera que su causa lo justifica. Ama a los niños, y ni qué decir de las mujeres; ríe estruendosamente y pasa de inmediato al llanto. Digamos que es un tanto veleidoso en sus emociones. Pero, en efecto, no toma para él sino para los demás.

—Es justamente la mentalidad que necesita este país y este mundo, ¿no crees?

—Sí, pero es un hombre peligroso, muy inestable. Carranza es peón de los norteamericanos, y lo sabe; Villa es peón de norteamericanos y alemanes por igual, pero definitivamente lo ignora. Tiene armas y asesores alemanes, pero cientos de mercenarios gringos. Woodrow Wilson apuesta por Carranza, pero no deja de estar detrás de Pancho Villa, quien acaba de tomar la ciudad de Torreón, aparentemente del lado de los carrancistas; pero esos dos no terminarán ni juntos ni bien.

—Y tú prefieres que este conflicto lo ganen los alemanes...

—Creo que México debería aprender a alejarse de Estados Unidos, como trató de hacer don Porfirio hasta que lo quitaron, y no hay país más civilizado y desarrollado en Europa que el Imperio alemán. Pero, al igual que los norteamericanos, los alemanes tienen intereses imperiales. Hay una guerra, Beatriz, una guerra entre ingleses, americanos y alemanes por dominar México y su petróleo. A esas personas les tiene sin cuidado que México explote, y a los propios políticos mexicanos, tan ambiciosos, tampoco les importará ver a su país en llamas con tal de mandar sobre las cenizas y los escombros. No, querida; siento simpatía por este buen pueblo que vive tan engañado. La verdad es que poco me importa cuál sea el país que logre someterlo.

—Pero es evidente tu antipatía por los americanos y tu fascinación por los alemanes.

—Johan Zimmermann está encantado con los alemanes, finalmente es un agente alemán; yo me limito a hacer reportajes con toda la información que él obtiene. Somos dos caras de la misma moneda: los dos nos dedicamos, de diferentes formas, a vender información, él en secreto y yo en público.

—Juegas un juego muy peligroso —dijo Magdalena, ahora sí con los ojos abiertos y mirando fijamente al español—. Me preocupa que te descubran.

Ése era el máximo placer que Magdalena daba al escritor español: un ser humano y un espacio donde no existían los secretos. Un lugar donde podía ser un individuo completo, sin ocultar nada de su ser a otra persona que se deleitaba exactamente en lo mismo, en la libertad de ser quien era sin mayor pretensión. Eran dos exiliados de la sociedad del simulacro disfrutando de su exilio entre cuatro paredes que eran un mundo de libertad. Había ciertas cosas de Miurá que sólo sabía Magdalena, y sólo Miurá conocía a la Beatriz oculta tras aquel nombre.

—Todos tenemos que morir de alguna forma, y poco me importa si es por órdenes de un político que me censure a balazos o de espías alemanes que protegen sus secretos.

—Mi querido amigo, la vida tiene tanto para ti y tú te niegas a verlo. Tú que te dices tan libre vives tan prisionero. Tienes el mundo a tu disposición, nada te ata a este país y esta vida.

José de Miurá y Zarazúa permaneció en silencio. Todo sufrimiento es opcional, toda lucha puede ser abandonada, todas las ataduras están en la mente, en nuestros apegos, en nuestras obsesiones y necedades, en nuestros sueños frustrados. Lo sabía. Era un gran teórico de la libertad que no lograba ser libre.

—Sólo ella, querido, sólo Elizabeth Limantour te mantiene aquí. Ella es tu cárcel. Por más que te empecines en ver en ella al amor de tu vida, es tu prisión.

—No creas que no lo sé.

—Lo sabes pero no lo cambias. Además, querido, no entiendo tu obsesión con esa niña mimada carente de toda gracia; es como un fantasma, como un espíritu errante. No me extraña. Conozco bien a su marido, a él y a los de su tipo. Mantiene la fachada de una familia perfecta que en realidad es un infierno, y es de los machos de este país que no tocan a su esposa pero que una vez por semana se les puede ver en el tugurio de la "Madame Porfiria", quien no es sino un hombre vestido de mujer y que tan burlonamente llama a su tugurio "La Modernidad", quizá porque todos sus clientes son los científicos del porfiriato y toda esa rancia aristocracia que habla de modernidad mientras vive en el pasado. Ya sabes, los santos públicos pecando a escondidas.

—¿Así que Calimaya tiene sus amantes?

—No; eso es lo extraño. Tiene sólo una. Mucho más joven que su mujer, pero no más bonita, y desde luego no tan fina y elegante. Es siempre la misma; ya parece más una relación que una transacción comercial. Pero quizá para engañar a su conciencia él sigue manteniendo el protocolo del negocio: dinero por cuerpo… Aunque, según ella misma, la mayoría de las veces sólo conversan.

—No me sorprende: es un buen hombre que se siente solo, muy reprimido, muy atado, muy sometido por la moral y las buenas costumbres.

—Sí, sí, sí, eso ya me lo sé. Pero evades el tema. Nada te ata a México más que la niña mimada Limantour; la señora Calimaya, como se le conoce en sociedad.

—Es que no la conoces en realidad. Bien lo dijiste: es como un espíritu errante; es un fantasma, una pálida sombra de la mujer a la que conocí. Era imposible no quedar prendado de aquella Liza. Una mujer altiva, de modales elegantes, como la señorita de sociedad que estaba destinada a ser. Pero parecía un corcel pura sangre sin domesticar, sin resignarse a ese destino de ser sólo el ornamento de un hombre rico. Tenía un espíritu tan libre, una gran pasión por vivir, y algo que tú entenderías muy bien: una gran inconformidad por verse sometida por el simple hecho de ser mujer.

—Pues en verdad no logro imaginarlo. ¿No será que tu mente te juega esa tan gastada broma de hacer una imagen perfecta de alguien que en realidad no lo es? Es fácil que trates de imaginar perfecta a una mujer con su belleza, pero quizá es sólo eso.

—Yo mismo no lo creería si no fuera porque fui yo quien la conoció en París, el que la acompañó en sus lances, el que vivió una aventura con ella todo un año. Sí que era hermosa. Tez bronceada, ojos color miel, largo cabello castaño que le caía por los hombros y a la mitad de la espalda. Cuerpo esbelto, curvas muy bien definidas, labios carnosos y delineados. Un andar cadencioso y natural que derrochaba sensualidad.

—A eso me refiero, querido —dijo Magdalena con una sonrisa—. La describes como una diosa, y aún ahora se le nota esa belleza de la que hablas; pero parece ser todo lo que hay: un empaque perfecto pero muy vacío.

—Porque lo vaciaron, Beatriz. A Liza la vaciaron. Yo conocí a una mujer radiante, llena de pasión y vida. No era sólo su belleza física sino la de su espíritu libre, la de su alma impredecible. Tenía una sonrisa tan pícara que nunca sabías qué locura nueva pasaba por su mente. Era tan irreverente sin dejar de ser refinada, y con esos deseos de vivir en libertad, con esa curiosidad por conocer y ese afán de transgredir a la sociedad, pero con una belleza inocente por la que se le perdonaban todas sus transgresiones. Su naturaleza coqueta y seductora era un imán; poseía esa chispa en la mirada que invitaba a tratar de desnudar su alma, y yo me presté a hacerlo, quería saber todo de ella. Lo que al principio parecía una casualidad nunca lo fue: era el universo confabulando con el destino, porque es evidente que las almas gemelas tienden a encontrarse. Por eso nos encontramos en Europa con el fin de siglo; por eso nos encontramos de nuevo en Nueva York años después, y por eso nos encontramos en México a mi llegada, y en esta ocasión en que la encontré andrajosa y desorientada frente a la construcción de la Ópera. Nos une el destino.

—Puede ser el destino, querido; pero también puede ser tu obsesión por haber dejado ese ciclo abierto. Puede ser que el universo confabule, o que confabules tú; bien sabías que era posible encontrarla en Nueva York aquella vez. No finjas conmigo: si algo manejas perfectamente es la información, y ésa era una información que poseías.

—Yo viajaba en el barco de los doctores Freud y Jung para entrevistarlos y luego seguir su ciclo de conferencias; por eso llegué a aquella ciudad. Mi encuentro con Liza en el Museo Metropolitano fue en verdad propiciado por el azar.

—¿Ah, sí? ¿Y qué me dices de Johan Zimmermann, que evidentemente también estaba en Nueva York y que casualmente terminó de inversionista con el esposo y el amante de tu querida Liza, que también estaban ahí?

—Federico Molina nunca fue su amante; sólo aspiró a serlo y nunca lo logró. Hizo lo que yo me he negado a hacer: aprovechar sus momentos de debilidad y vulnerabilidad.

—Mira qué malos momentos eliges para sacar tu ética.

Miurá sólo pudo guardar silencio. Qué razón tenía Magdalena... Su vida completa era una mentira, una estrategia, una fachada de falsedades. La ética era un lujo que no podía permitirse aunque sus entrevistas y reportajes lo aparentaran. Mentir era su especialidad profesional, se podría decir, y de pronto, cuando la mujer de sus sueños estaba sola, desorientada y vulnerable frente a él, cuando pudo haber hecho cualquier cosa con ella, cuando pudo incluso sacarla de la ciudad y hasta del país, cuando pudo raptarla de haberlo querido, su propio discurso de honor y ética, valores que no se podía permitir tener, se lo impidió.

Pero a Elizabeth Limantour no podía mentirle. No a ella, con quien vivió sus últimos momentos de sinceridad ante la existencia y por quien estuvo cerca de dejar su vida de simulaciones. Liza era un hito en su vida: todo en él era un antes y después de Liza. Siempre se había dicho a sí mismo que aquel fatídico 30 de noviembre de 1900, en ese París al que amaba y odiaba, había sido su gran encrucijada, su punto sin retorno, el día que perdió para siempre la oportunidad de vivir la vida que hubiera querido y comenzó la de engaños y falsedades.

—A ella no podía mentirle, Beatriz... No a ella —dijo Miurá con una lágrima.

—Querido mío —respondió Magdalena besando esa lágrima furtiva—. Tú sabes mejor que nadie que todo con ella fue mentira desde el principio. No había forma de que aquello resultara bien. Puedes tratar de engañarte a ti mismo todo lo que quieras, pero no a mí. Tú y yo sabemos la verdad que tanto te niegas.

Pocas veces lloraba José de Miurá, y siempre era con Magdalena, con su pequeño resquicio de verdad y libertad, con la única mujer capaz de calmar sus ansias, templar sus iras y contener sus miedos. El periodista lloró una vez más en el único lugar permitido para ello.

—Además, tú sabes muy bien que Liza no es lo único que me ata a este país —agregó Miurá a modo de pretexto o consuelo.

—Y tú sabes muy bien que si quisieras podrías dejar todas las demás ataduras. Sabes muy bien cómo hacerlo. Lo único que de momento te mantiene en México son esas visitas y pláticas tan insanas con la señora Calimaya.

—Tengo que sacarla del mundo de fantasías en el que está, tengo que traerla de regreso. Se lo debo.

—Tú no le debes nada. Los dos tomaron decisiones en el pasado. El resto de su vida es resultado de eso, de las decisiones de ambos, y más de ella que tuyas. Lo sabes bien, querido. Además, hay dos cosas que no estás considerando. La primera es que quizá está más feliz en ese mundo de fantasías, donde puede vivir la vida que no tiene pero siempre quiso. La segunda es que, si logra-ras regresarla...

—Sería para don Luis Felipe de Calimaya —atajó Miurá cerrando los ojos y moviendo la cabeza con resignación—. Lo sé muy bien. Tienes razón. No sé por qué hago todo esto.

—¿Y qué es del señor Calimaya? —preguntó Magdalena.

—Sabes tan bien como yo que Johan Zimmermann lo mantiene en Mérida para hablar de los negocios sucios de todos.

Magdalena lo sabía. Era una mujer llena de secretos que conocía los secretos de casi todos los hombres. Ella lo sabía todo sobre el agente Zimmermann; a cambio, el espía alemán sabía que ella no era Magdalena sino Beatriz, con todo lo que eso significaba.

Mensaje de J. Zimmermann a Paul von Hintze

(desencriptado)

Ciudad de México, 11 de octubre de 1913

Almirante Von Hinzte
Su Excelencia:

Las obras del Canal de Panamá están prácticamente terminadas. El presidente norteamericano Woodrow Wilson estuvo ayer en aquel país para accionar el botón que detonó la explosión de la última carga de dinamita. Lo anterior sólo significa que seguirá aumentando la presencia norteamericana en el Caribe y en Centroamérica, en ambos océanos.

En este momento la marina norteamericana tiene total control de Nicaragua, país que comenzaron a desestabilizar desde 1909, cuando su gobierno se acercó precisamente al Imperio alemán para negociar la construcción de un canal alterno. Según informes del agente Sommerfeld, están en marcha los planes de Washington para invadir Haití y la República Dominicana, y la dominación de una Cuba supuestamente independiente es un hecho consumado con la presidencia del conservador Mario García Menocal, que permitirá mantener la invasión de la zona de Guantánamo, además de que ha aumentado considerablemente el flujo de inversiones americanas a la isla, en detrimento de los planes de inversión de los alemanes.

El caso mexicano es alarmante. El magnate petrolero inglés Weetman Pearson, conocido como lord Cowdray, quien dominó la extracción petrolera y la industrial ferroviaria durante el gobierno de Porfirio Díaz, y que logró mantener sus concesiones bajo el régimen de Madero, ha comenzado a retirarse de México.

El proyecto del ferrocarril en el istmo de Tehuantepec, competencia del Canal de Panamá, ha quedado completamente suspendido, y Pearson ha comenzado a vender una buena cantidad de acciones de su empresa petrolera El Águila, por recomendación de su propio gobierno, a representantes del gobierno holandés.

El gobierno de Su Majestad el káiser podría contemplar la posibilidad de intervenir en dichas transacciones si no desea quedar fuera del acceso al petróleo mexicano, tan necesario en la inminente guerra que se avecina.

Si Huerta se mantiene en el poder, Alemania tendrá garantizado el combustible; pero esa situación es muy poco probable. Se rumora que ha sido él quien mandó asesinar al senador Belisario Domínguez, y tras la disolución del Congreso son más los políticos que se acercan a buscar la ayuda norteamericana.

Según mis informes, el gobierno de Wilson, aunque intercambie telegramas amistosos con Huerta, ya contempla una invasión a México para apoyar a Venustiano Carranza, además de vigilar las instalaciones petroleras de Tampico y Veracruz. El pozo de Weetman Pearson, Potrero del Llano, está produciendo más de cien mil barriles al día. Necesitamos ese petróleo, pues el dominio de Inglaterra sobre el petróleo del Imperio turco es cada vez más contundente.

Excelencia, nuestra posición en México es muy frágil. Huerta caerá tarde o temprano y Carranza está absolutamente comprometido con Estados Unidos. Nuestro único hombre es Pancho Villa, con quien el agente Sommerfeld mantiene contacto. No olvide, sin embargo, que Sommerfeld es traidor, y también mantiene vínculos con Carranza. No sería de extrañar que también sirva de enlace entre Villa y el gobierno norteamericano.

Villa está repleto de armas alemanas, y rodeado de agentes nuestros que lo asesoran, pero hay cada vez más norteamericanos enrolados en sus filas. Bien manejado, Villa puede mantener ocupado al gobierno americano en este lado del mundo y evitar que se interese en los acontecimientos europeos.

Emiliano Zapata no tiene dueño, pero sus posibilidades en esta guerra son reducidas según mi análisis. Es urgente abastecer de armas, municiones y asesores al gobierno de Victoriano Huerta para ganar tiempo.

En cuanto al periodista español, es posible que haya descubierto la fuente de la filtración, pero me debato entre eliminarlo o mantenerlo con vida. Sus reportajes echan fuego a esta revolución, y que se mantengan la guerra y la inestabilidad es lo que más conviene al Imperio alemán.

Zimmermann

30 de octubre de 1913

París siempre representó los dos lados de la moneda del progreso. Era la ciudad de los cafés y los artistas, de los encuentros filosóficos, de la gente hermosa paseando por la orilla del Sena, el París de las modas, los vestidos, la elegancia y la civilidad. Hasta ese abigarrado grupo de artistas inconformes, con sus ideas rebeldes y su revolución bohemia, encajaba perfectamente con el encanto de la más encantadora de las ciudades europeas.

Éramos iguales y diferentes en muchos sentidos, todos esos bohemios y yo. Todos disfrutábamos de un ambiente de libertad, fuera de las ataduras y estructuras de la época, pero sólo ellos vivían de forma real esa libertad. Ellos pintaban por amor al arte y recurrían al truco de comprar entre ellos mismos los cuadros de todos, cada uno adquiriendo algo de los demás para tratar de aumentar el valor de su obra, pues tampoco estaban dispuestos a ser esclavos del mundo del mercado, de las galerías y los galeristas, de los mercaderes del arte que sólo sabían de dinero y para quienes el arte no era sino una forma más de ganarlo.

Ellos vivían al día, pintaban hoy sin saber si comerían mañana, y tras vender un cuadro se gastaban la limitada ganancia en la pléyade de vicios y excesos que podía ofrecer el lado oscuro y sórdido de aquel París. Verdaderamente vivían sin mañana. Yo, en cambio, vivía esa vida con la seguridad de mi noble cuna y la fortuna que la acompañaba. Ellos vivían la revolución bohemia; yo simplemente ju-

gaba con ellos a la libertad. Pero la vida es un juego, y yo simplemente decidí jugarlo con las reglas y condiciones que a mí me tocaron.

Por eso admiraba tanto la libertad y la valentía de Toulouse Lautrec. Siempre sentí una gran afinidad con ese noble de rancio abolengo dispuesto a sacrificar título, fortuna y posición para realizar sus ideales bohemios. Pobre Toulouse, siempre quiso escapar de todo, de su vida, de su origen, de su cuerpo, y al final sólo consiguió escapar de la vida demasiado pronto.

Esa costumbre endogámica de la nobleza de casarse entre parientes para no dividir tierras, títulos y fortunas marcó la vida y la salud de aquella alma tan sensible, cuyo cuerpo no rebasó el metro y medio de estatura, con piernas frágiles y huesos débiles en general. Los dos estábamos atrapados en un cuerpo que nos ponía límites: él, por ser deforme, y yo por no tener algo colgando entre las piernas.

Pero él, noble de nacimiento, aristócrata por derecho, heredero por azares del destino, tuvo el valor de renunciar a todo; no sólo a la fortuna que le hubiera garantizado una vida más fácil, sino a las rígidas estructuras de su tiempo, a las expectativas que la sociedad y su familia tenían en él por el simple hecho de haber nacido entre sábanas de seda. Lo dejó todo por perseguir sus sueños y ser libre.

Ciertamente, Toulouse y todos esos artistas del destrampe que se hacían llamar a sí mismos decadentes se pensaban libres. ¿Pero qué tipo de libertad puede existir cuando lo que en realidad haces es reaccionar contra lo establecido? Aunque sea para negarlo, lo establecido sigue rigiendo tu existencia.

Todos decíamos estar en contra del establishment, y sin embargo éramos sus esclavos: nuestra libertad y rebeldía se limitaban a negar lo existente, a escapar de la realidad, a evadirnos. Finalmente, por estar en contra de la sociedad, obsesivamente en contra, sólo logramos encadenarnos a su lado más oscuro: el vicio, la prostitución, el ajenjo con láudano y tantas otras drogas, la locura, las enfermedades, la muerte. Ésa fue la vida de Toulouse Lautrec.

La ilusión de una libertad que consiste en poder entregarse sin reparo a los vicios no es libertad en absoluto; la libertad de mantener patrones destructivos de conducta, condicionamientos, los excesos que llevan a la propia destrucción, no es verdadera libertad sino una de las trampas más sutiles de la esclavitud. Nunca olvidaré lo que un día me dijo Toulouse: "Desde tu mundo sin problemas, el vicio y la decadencia parecen aventura y libertad; pero, en realidad, nosotros y nuestro ambiente, nuestro mundo, nuestros rincones y arrabales no son más que el lado oscuro del progreso. Somos los sobrantes de la modernidad, el daño colateral, los despojos de la Revolución industrial".

Y ésa era la otra realidad. París podía ser tan hermoso y bohemio como se quisiera vivirlo o imaginarlo, pero había una parte peligrosa y oscura. Sí, el progreso y la modernidad no eran para todos; de hecho eran para muy pocos y se sustentaban de la miseria de los miserables. La sociedad estaba molesta por las condiciones que se le imponían, los arrabales eran cada vez mayores y los aristócratas cada vez más ricos, mas arrogantes y prepotentes, convenciéndose a sí mismos de ser personas superiores, de merecer su condición afortunada.

Los burguesitos y los aristócratas eran los dueños del mundo y del resto de las personas, eran el símbolo de esa civilización que el doctor Freud definió perfectamente como una barbarie reprimida. Los buenos, decía él, son los que se contentan con soñar aquello que los malos hacen realidad.

Estos ricos de doble moral podían desfilar con sus moños y sombreros en medio de cientos de muertos de hambre, ignorándolos como si no existieran, mientras sus criados los iban retirando del camino de sus amos como si fueran objetos, cosas, la basura que nadie recogía de las calles de París. Así llegaban esos señoritos hasta las habitaciones de las prostitutas, que estaban dispuestas, por unas migajas sobrantes del capitalismo, a hacer lo que fuera por complacer a un dandi de nombre desconocido o inventado.

París era sublime para pasear por sus anchos bulevares llenos de arte y colorido, pero para disfrutarlo había que ignorar la explotación que servía como cimiento a toda esa parafernalia. El desarrollo industrial generaba cada vez mayor explotación, con jornadas intensas y una paga miserable —la mitad si eras niño o mujer—, en un sistema laboral que jamás liberará a los trabajadores, pues todo su trabajo no hace sino dar más poder y recursos al explotador. Siervos feudales liberados para ser convertidos en proletarios: el nuevo tipo de servidumbre que demandaban el mundo industrial y la civilización.

A pesar de todo amaba París y creía ingenuamente que un día el progreso sería para todos, sin saber que éste se basa precisamente en la desigualdad. Pero cómo me gustaba esa Francia, esa bella época. Lo que más disfrutaba era ir al café Les Deux Magots, en el distrito de Saint-Germain-des-Prés. Es curioso que el negocio se anunciara como café, ya que, debido a su alto costo, eso era lo que menos se tomaba; lo que ahí se servía era vino y desde luego absenta, ese alucinante y alucinógeno licor de ajenjo.

En ese lugar me encontraba con mis amigos de la vida bohemia; platicábamos sobre literatura, arte y política. Ahí convergía un mundo infinito de vidas y de historias, de sueños y de anhelos, de éxitos y de fracasos. Estos últimos les dolían a todos porque finalmente todos empezaban así, unos con más suerte y otros con menos, pero la pasión y los sueños eran los mismos. Ahí, en el número seis de la plaza de Saint Germain, cómo nos divertíamos con todas las anécdotas y las historias. Cómo disfrutábamos, cada quien a su modo, de la vida bohemia...

José de Miurá oía sin escuchar; su cuerpo estaba presente, pero su mente seguía con Magdalena, con Zimmermann, con las guerras y los peligros de su profesión. "No te engañes a ti mismo", le había dicho aquella mujer que engañaba a casi todos en cuanto a su nombre y en cuanto a todo lo demás. A todos pero no a Miurá. Ella era su amiga, su amante, su confidente y, lo más importante de todo, su informante. Nadie como una mujer pública para conocer la vida secreta de todos.

"No te engañes a ti mismo." La voz de Magdalena seguía hablando en la mente del escritor mientras Elizabeth Limantour continuaba con sus desvaríos. Pero seguía engañándose mientras Liza lo engañaba a él, o por lo menos le contaba historias dudosas en las que aparentemente ella creía. Se engañaba a sí mismo y, como comentó acertadamente Magdalena, siempre había engañado a Liza, aunque nunca hubiera sido su intención hacerlo.

Por otro lado, ella también lo había engañado en aquel París del cambio de siglo, cuando ambos jugaban, con fortunas de respaldo, a la vida bohemia; cuando a ella le mandaron decir de México que sabían de sus desmanes y desvaríos, que vivía de fiesta entre putas y pintores de arrabales en vez de educarse como una dama, que era para lo que había sido enviada a París; cuando a él lo requirieron en su patria y su familia para cumplir con sus obligaciones; cuando ambos se enfrentaron a la posibilidad de seguir su revolución bohemia, pero ya no como un juego sino como realidad, con el reto, el miedo y la incertidumbre que eso suponía, pero con amor, belleza, verdad y libertad. Los ideales de aquella revolución.

Se acercaba el esperado arribo del siglo xx; era noviembre de 1900, habían terminado la exposición mundial y los Juegos Olímpicos, y ahí estaban los dos amantes en París. Él le propuso seguir juntos aquella aventura, dejar sus pasados y sus familias, perder su seguridad económica, sus fortunas, y recorrer juntos aquel mundo, conocer a todos los artistas, ver todas las grandes capitales, vivir todas las aventuras y todas las experiencias. Fue cuando algo, un resquicio de su original educación conservadora salió a flote, y para vivir juntos la aventura él le propuso matrimonio.

Liza lo rechazó. Le recordó que no había cruzado el océano para ser el adorno o la propiedad de nadie, que la aventura había terminado, que era momento de seguir otros caminos, que recorrería Europa y conocería a las grandes mujeres de la época, a los grandes maestros, los mejores museos.

Fue cuando se separaron, cuando la desilusión marcó su vida y lo orilló a tomar la serie de decisiones que lo convirtieron en quien era ahora. Elizabeth Limantour, la niña mimada destinada a ser una señora de sociedad, hizo lo que se esperaba de ella. Lo rechazó, le mintió y, en vez de recorrer el mundo, volvió a México para casarse con un noble empobrecido que necesitaba la fortuna de Liza para que sus títulos del pasado le sirvieran de algo. Toda su bohemia había sido una farsa; quizá también su amor y sus aventuras. Al final lo había dejado todo para cumplir su destino y ser una dama emperifollada en una sociedad que se dedicaba a imitar los modales franceses.

Una voz del mundo exterior y del momento presente sacó a José de Miurá del interior de su mente y de las voces del pasado:

—Mi querido amigo Miurá —dijo Liza—, lo noto más ausente que nunca, como si estuviera usted en otro lado y no hubiera puesto atención a nada de lo que le he contado.

Como periodista, Miurá había desarrollado la capacidad de tomar nota de los discursos de su interlocutor aunque no estuviera poniendo atención, así que, sabedor de que pocas cosas disgustan más a ciertas mujeres que dejar de ser el centro de atención, extendió su mano para mostrarle a Liza sus apuntes, donde estaba escrito cada detalle.

—Lo siento —dijo Miurá al tiempo que mostraba las notas—. Estoy un poco disperso, con mucho trabajo y preocupaciones. Pero sí te he puesto atención; aquí está todo.

Con la mente de vuelta en el momento y la situación presentes, Miurá escrutó el ambiente con la mirada y por vez primera lo vio muy distinto. Lo vio como era. Una mansión enorme, llena de lujos pero vacía de vida, llena de obras de arte pero vacía de alma, y el fantasma de la Liza que él había conocido, sentado con las ropas, los modales y las buenas costumbres de una señora refinada de sociedad, mientras de su boca salían historias de pintores y arrabales. De pronto supo que no quería estar ahí.

Siguió mirando los detalles a su alrededor. Dos de ellos nunca pasaban inadvertidos. El primero, aquella hermosa pero amargada dama de compañía. Ahí estaba siempre Almudena Carvajal, como gendarme lejano, sentada en un rincón con libros de poesía, de los que sí puede leer una señorita decente, haciendo el necesario acto de presencia para resguardar la virtud y el buen nombre de Liza y el de su marido, que era lo más importante. Siempre presente, siempre modesta y distante, pero siempre con un ojo en el rostro de Miurá y un oído en las historias de Liza. Siempre con esa mirada, ese rostro y esa actitud que parecen serios pero en los que el buen observador puede detectar la envidia. La envidia de Almudena era evidente aunque imprecisa. Podía deberse a la elegante mansión, al marido de buen nombre, a la riqueza o quizá incluso a las historias de Liza, mezcla de fantasía con realidad pero que al menos demostraban que Elizabeth Limantour se había tomado ciertos atrevimientos en la vida, de esos que las señoritas de sociedad siempre sueñan pero deben reprimir. Envidia quizá de que, además de un marido, hubiera otro hombre, más joven, más galante, más educado e inteligente, más arriesgado e irreverente, poniendo tanta atención en la persona de la señora Calimaya.

El otro detalle, siempre ahí pero mucho más amable, era Panchita, siempre presente aunque con mucha más discreción. Una nana evidentemente preocupada por el estado de su niña, y quizá hasta contenta de verla sonreír en presencia de aquel extraño escritor.

"Qué sociedad tan rara —pensaba Miurá—, en la que un miembro de la servidumbre profesa un amor mucho más leal, tierno y cierto que el que se puede recibir de los padres, de un marido o de una supuesta amiga." Y era ese tipo de gente, esa clase social que crecía sin amor y al amparo de sirvientes, la que estaba destinada a regir el mundo. Quizá eso explicaba en cierta medida el terrible estado de aquel mundo.

Ahí estaba siempre Panchita, muy atenta, muy pendiente, entrando en la sala de estar un número exagerado de veces para ver si todo estaba bien, si no hacía falta nada. En cada una de esas serviciales intervenciones se tomaba el mayor tiempo posible para entrar y salir de la habitación, con la oreja muy levantada, no con curiosidad, como Almudena, sino con verdadera preocupación. Al retirarse, José de Miurá lo notaba muy bien, se quedaba mucho tiempo junto a la puerta escuchando historias de un mundo que de seguro su mente era incapaz de concebir.

—Y sigue usted muy distraído, amigo Miurá —dijo Liza con una sonrisa coqueta—. Debería ofenderme por su falta de atención, aunque sabe muy bien que no puedo enfadarme con usted.

—Discúlpame, Liza —respondió Miurá, quien siempre usaba el informal tuteo, por más que Liza se aferrara al protocolario, frío y distante usted—. Efectivamente estoy muy distraído. Creo que es mejor que terminemos por hoy y yo saque de mi mente los asuntos que me impiden ponerte atención.

José de Miurá se puso de pie y besó la mano de Elizabeth, mientras Almudena no dejaba de poner atención a aquel desaire, y Panchita, discretamente colocada detrás de las puertas abiertas, se retiraba para no ser descubierta. Miurá llegó al centro de la habitación y, como siempre hacía, dirigió alguna frase a su hermosa y distante celadora.

—Hasta pronto, señorita Carvajal. Agradezco como siempre que engalane esta habitación y estas sesiones con su belleza sin par y su encantadora discreción. No se moleste en levantarse; ya me he aprendido el camino a la salida.

Dicho lo anterior, Miurá salió de la habitación en la que se reunían, que era una clásica salita "de estar" —como si no se estuviera en todas las demás salas cuando se estaba en ellas—, en la que había algunos sillones, habanos, bebidas francesas, algunos libros y un piano de cola. Así era la clase alta: hasta para estar sin hacer nada requería una habitación especial que costaba más dinero del que un trabajador vería en toda su vida.

Atravesaba el gran salón que lo separaba del recibidor de la mansión cuando escuchó una voz a sus espaldas, una voz que nunca sonaba:

—Disculpe… Señor Miurá.

Al volver la mirada pudo ver, parada altivamente en la mitad del salón, a Almudena Carvajal. Una mujer hermosa a la que Miurá no había observado con detalle. Piel muy blanca, ojos muy verdes, cabellos muy oscuros y ondulados, y un detalle que la hacía ver más radiante que nunca y que hasta entonces no había estado presente: un esbozo de sonrisa. Miurá se acercó a ella y se detuvo a un metro de distancia, mucho más de lo permitido por las buenas costumbres.

—¿En qué puedo serle útil a tan hermosa y fina señorita? —respondió Miurá.

Almudena quedó muda unos instantes. No sabía qué hacer; ya era incorrecto dirigirse de esa forma a un hombre soltero, y evidentemente libertino como Miurá. Más aún era permitir esa distancia tan corta, que toleró, y peor aún mantener esa sonrisa, que no borró. Pasaron unos segundos de timidez.

—No lo entiendo —dijo Almudena, recuperando parte de la fachada y la compostura.

—No sé a qué se refiere, pero para mí será un honor ayudarla a entender lo que sea, si está a mi alcance.

—No sé por qué sigue usted viniendo. Usted no es tonto y tiene que saber que esas historias que ella le cuenta son mentira. ¿Qué ve usted en Elizabeth Limantour?

Miurá violó todos los protocolos al dar un paso más hacia Almudena Carvajal, que, visiblemente nerviosa, consintió el acercamiento. Más aún, toleró el atrevimiento del escritor cuando le acarició el cabello a la altura de las sienes, al tiempo que le dedicó una sonrisa llena de nostalgia.

—Veo mucho pasado, señorita Carvajal. Eso es lo que veo. Veo mi vida, mi pasado, mis decisiones, y trato de ver mi futuro.

Ambos guardaron silencio. Él había dado la respuesta más sincera que le había llegado a la mente y que, evidentemente, no significaba nada para Almudena Carvajal.

—Y también la veo a usted, señorita —agregó Miurá.

—¿A mí?

—Sí, a usted. Es más joven que Liza, pero está condenada a llevar su misma vida y su misma miseria. No crea que no distingo la envidia con que la mira, y sólo puedo decirle que no tiene nada que envidiarle que no sea nostalgia y soledad. Sé que Liza me cuenta algunas verdades mezcladas con fantasías, sé que me cuenta una vida falsa. Pero también sé por qué lo hace. Lo hace por la misma razón que lo haría usted si decidiera continuar con la vida que la sociedad le tiene destinada.

—Mentir es un pecado, señor Miurá; yo jamás lo haría. Además, uno no elige su vida, mucho menos siendo mujer.

—No son mentiras, señorita Almudena; son sólo fantasías, y soñar con la felicidad no puede ser pecado bajo ninguna circunstancia. El único pecado que concibo contra un dios que supuestamente es pura bondad es no ser feliz. En ese sentido toda la sociedad peca, incluyéndola a usted. Y créame: si sigue su camino sin cuestionarlo, pecará más aún. La vida sí se elige, señorita. Usted no eligió ser mujer ni nacer en este país, en este momento y con sus circunstancias sociales, pero puede elegir todo a partir de ahí, y con la felicidad como único parámetro. Liza eligió una cárcel de oro que usted envidia, pero, aunque sus rejas sean doradas, no deja de ser una prisión.

Almudena quedó muda. Nunca nadie le había hablado de esa forma, con ese atrevimiento y a esa distancia tan indecente que ella misma no se atrevió a ampliar. Un hombre diciéndole que las mujeres tienen derecho a decidir, más aún, a ser felices sin importar la sociedad y los demás hombres… Parecía un sueño imposible.

—Y usted, señor Miurá, hablando del pecado de no ser feliz, ¿es usted un pecador?

—No lo era y no lo fui por años, porque nadie nace condenado a la infelicidad, que es una decisión personal. De un tiempo para acá, no obstante, llevo buena parte de mi vida siéndolo, señorita Almudena. Pero he estado pensando en dejar el mal camino de una vez por todas. Usted está a tiempo de intentarlo también.

Miurá siguió su largo camino hacia la salida de aquella lúgubre mansión carente de vida. Salió del salón, dio la vuelta en la biblioteca y, al llegar a la puerta, se encontró con otra sorpresa. Ahí, frente a él, cerrándole el paso, vestida como toda una señorita, con cierta seriedad pero con esa sonrisa implícita que logran conservar los niños, estaba Isabela, la hija de Elizabeth Limantour.

Miurá se detuvo frente a ella y la escrutó con la mirada. Sí, era la viva imagen de Liza pero con un rostro adusto que no podía deberse más que a la influencia del padre. Sintió una mezcla de ternura y compasión; pobre niña, hermosa como todos los niños, inocente y pura como todos, destinada a la felicidad como todos, pero dentro de esa terrible jaula y con un destino trazado del que difícilmente podría evadirse. Se agachó para que sus ojos quedaran al nivel de los de la niña.

—¿Puedo ayudarte en algo, pequeña damita?

—¿Usted quiere a mi mamá? —preguntó con candor e inocencia.

José de Miurá y Zarazúa, que podía enfrentarse a políticos, espías, embajadores y hasta periodistas y escritores, se quedó sin respuesta por primera vez en su vida. Empero, a los niños que preguntan con inocencia hay que responderles con la verdad.

—Sí, pequeña; claro que la quiero. Somos amigos.

—Qué bueno que la quiere —dijo la niña con una sonrisa.

—¿Por qué lo dices? —preguntó extrañado.

—Porque mi papá no la quiere. Y alguien tiene que quererla.

El silencio volvió a invadir a Miurá. Los niños, siempre tan sabios antes de que la sociedad los destruya.

—Tu papá sí quiere a tu mamá, pequeña damita. La quiere mucho. Es sólo que no sabe cómo expresarlo, cómo decirlo, cómo hacérselo sentir. Tiene muchos problemas, muchas preocupaciones, pero te aseguro que las quiere a ella y a ti.

—Yo sé que me quiere a mí —respondió la pequeña—. A mí sí me lo demuestra, a mí me abraza y me besa, y se ha ocupado mucho de mí ahora que mi mamá está enferma y usted trata de curarla. No sé por qué puede demostrármelo a mí y a ella no.

—La vida es difícil para los hombres, pequeña amiguita. La sociedad los obliga a no ser expresivos.

—Pero usted sí lo es.

—Bueno, querida, es que yo trato de no hacerle caso a la sociedad. Creo que ser expresivo y feliz es más importante.

Miurá se escuchó a sí mismo. Escuchó a un Miurá mucho más joven, a uno del pasado; a ese que, en efecto, creía que ser feliz, creativo, expresivo, amoroso, era más importante que cualquier otra cosa. No pudo evitar darse cuenta de que ese idealista había desaparecido casi por completo, que sí había permitido que la vida y la sociedad lo endurecieran a pesar de todo. Una niña le daba la lección más importante de su vida. No era de extrañar, considerando que los niños son los verdaderos sabios.

—Mira lo que me dio mi papá —continuó la niña, al tiempo que mostraba a José de Miurá un medallón—. Es de mi mamá —continuó—, ella siempre lo usa; pero me lo dio a mí ahora que ella, por su enfermedad, está tan distante, para que la recuerde.

Todo el pasado cayó como balde de agua fría sobre José de Miurá. Conocía ese medallón perfectamente, así como conocía el edificio que estaba grabado en él. Conocía su historia. Toda su vida pasó frente a él; todos sus miedos, sus anhelos, sus amores, su felicidad e infelicidad se presentaron de golpe. Era un medallón de oro con un edificio grabado en él; la basílica del Sacré Cœur, en lo más alto de Montmartre. Su corazón palpitó con toda su fuerza, le sudaron las manos, sintió una mezcla de alegría y tristeza.

—¿Me dejas verlo? —preguntó Miurá.

—Claro —dijo la niña tendiéndole la joya con una sonrisa.

Miurá se quedó embelesado con el medallón. El Sacré Cœur, el corazón de Montmartre y de toda esa vida bohemia. Volteó el medallón con miedo; toda su vida y su mente se detuvieron en ese momento. Ahí estaban las palabras que esperaba ver:

Amar más allá del tiempo y el espacio, más allá de la razón.
Amar hasta ir más allá de lo humano.

Una lágrima salió de sus ojos y corrió por su mejilla. Él mismo había grabado esa frase detrás de ese medallón antes de regalárselo a Liza, justo el día en que se separaron, aparentemente para siempre. Sí, Liza lo había dejado, había huido de la aventura bohemia, había rechazado los planes e ilusiones que él le había propuesto. Se había negado a recorrer el mundo con él y se volvió a México a cumplir su destino. Pero esa medalla demostraba que nunca lo había olvidado, que recordaba no sólo los días de París, sino un París con él. Esa medalla decía que Liza lo había amado, que quizá lo amaba, que atesoraba el recuerdo de los días en que jugaron a ser rebeldes y bohemios.

—¿Por qué lloras? —preguntó la niña.

—No lloro —respondió Miurá—. Sólo tuve un recuerdo, uno alegre. Es muy bonita la medalla de tu mamá, y es muy bonito que ahora tú la tengas, que tu papá te la haya entregado para que la cuides mientras tu mamá mejora.

Rompiendo todo protocolo, Miurá se acercó a Isabela y la besó en la frente.

—Cuídala bien —le dijo—. La medalla y a tu mamá; ya verás que pronto estará bien.

Miurá salió de la casa de Calimaya con muchos pensamientos en la mente, con nuevas esperanzas, con nuevas ideas, con el propósito de dejar de pecar de infelicidad de una buena vez. Al mismo tiempo sintió pena por la pequeña Isabela: su madre estaba inmersa en un mundo de recuerdos, nostalgias y locura, y su atormentado padre se hallaba a mil kilómetros de distancia y llevaba fuera varios meses.

"Esa niña está muy sola —pensó Miurá—, y tal como corresponde a su clase, está creciendo al cuidado de sus nanas y no de sus padres. Ya es tiempo de que don Luis Felipe regrese de Mérida y se ocupe de lo verdaderamente importante."

Miurá recorrió las calles del barrio de Nuevo México, la colonia francesa de la capital, con rumbo al centro de la ciudad. Sus ojos estaban radiantes.

Toda la vida se basa en decisiones, y una decisión del pasado no debe marcar el destino. Siempre es posible tomar nuevas decisiones que lo cambien todo, y ahora todo estaba a punto de cambiar. Si ese pasado tan pesado, tan oscuro, tan enredado, se lo permitía, Miurá estaba dispuesto a volver a ser libre. Pero tenía que encontrar la salida de una terrible y laberíntica prisión que había sido construida lentamente por él mismo.

Ciudad de Mérida, 5 de noviembre de 1913

Muy estimados señores don Federico Molina
y don Luis Felipe de Calimaya
apreciables socios:

Sé muy bien que falto a todas las normas de protocolo y de la más elemental educación, más aún, a la formalidad y la puntualidad alemanas. Cuando los cité a ambos en la ciudad de Mérida, en junio de este año, estaba seguro de no demorarme en llegar; sin embargo, como les he comentado en mis misivas anteriores, diversos acontecimientos que afectan el mundo de los negocios me han impedido cumplir mi compromiso y entrevistarme con ustedes.

He sido breve y evasivo en mis anteriores comunicados, en los que me he limitado a disculparme por mi ausencia y a prometer llegar a su encuentro lo antes posible. La sinceridad y la honorabilidad me exigen ahora hablarles algo más de los hechos y de los motivos de mi ausencia.

Señores, como ustedes saben, tengo intereses comerciales y de negocios en varios puntos estratégicos del planeta, incluyendo México, y son precisamente los hechos terribles de los últimos meses los que han mantenido mi atención en otros lugares, velando siempre por mis intereses, así como buscando nuevas oportunidades, ahora que el frágil equilibrio mundial está por romperse.

En breve, es muy posible que deba volver muy pronto a Alemania o quedarme en Nueva York, pues los acontecimientos europeos predicen un estado de guerra, aunque desde luego es imposible saber las magnitudes de ésta. Las grandes potencias como Inglaterra y Rusia, y los imperios decadentes como el austriaco y el turco, han entrado en un juego de estrategias y amenazas para dominar el territorio de los Balcanes. Es definitivo que mi Alemania, la otra gran potencia, no tardará en involucrarse.

Por otro lado, los propios acontecimientos en su México hacen que el clima de negocios ya no sea el adecuado para los inversionistas como yo.

El asesinato del senador Belisario Domínguez y la disolución del Congreso han encendido aún más el fuego de esta guerra civil. Más preocupante es que el gobierno de los Estados Unidos haya anunciado su desconocimiento al gobierno de Victoriano Huerta y Aureliano Blanquet, resultado de las amañadas elecciones del 26 de octubre.

A lo anterior hay que agregar el avance de los rebeldes en la toma de ciudades estratégicas, como ese bandido, Pancho Villa, que ha tomado Ciudad Juárez. Además, la posibilidad de una invasión norteamericana al país es cada vez más patente.

En fin, caballeros, no quiero aburrirlos con historias de México y el mundo, sino notificarles que, a causa de los sucesos que he descrito, he decidido abandonar mis negocios con ustedes. No únicamente por la inestabilidad financiera, sino porque el negocio del henequén no tiene más futuro, una vez que los americanos tienen plantíos de esa especie en la isla de Cuba.

Como dueño del setenta por ciento de nuestro negocio, tomé la decisión personal de dividir la empresa y liquidarla. Ya he vendido o arrendado las diversas tierras de cultivo y la maquinaria a empresarios norteamericanos que no tardarán en llegar con ustedes con los documentos pertinentes para tomar posesión de lo que ahora es suyo.

Lamento no comunicarles estas noticias en persona, pero todas esas operaciones me han tenido ocupado en la ciudad de Nueva York. Amplío mi disculpa al caballero don Luis Felipe de Calimaya, quien sé que se ha trasladado desde la capital únicamente para nuestro encuentro.

Adjuntos a esta misiva hallarán los papeles donde se les restituye su parte de este negocio ahora disuelto, según los precios del mercado mundial, que, como comprenderán, han ido en picada. Por eso las cifras estarán muy por debajo de sus expectativas y necesidades.

Según los registros, a cada uno de ustedes corresponde un diez por ciento de las acciones. Encontrarán adjuntos los pagarés por su parte correspondiente, o lo que se pudo salvar después del último desplome.

Un diez por ciento restante, dividido entre ustedes dos, correspondía precisamente a la hacienda, cuyos títulos de propiedad poseo en garantía.

Mis asesores han investigado la propiedad. Me informan que en realidad pertenece a la señora doña Elizabeth Limantour de Calimaya, por lo que ustedes nunca tuvieron el derecho de integrarla como parte de su participación.

Siendo así, y en estricto sentido de justicia, sumado a la caballerosidad y honor que distinguen a los alemanes, me he tomado la libertad de enviar las escrituras directamente a la Ciudad de México a nombre de su legítima propietaria.

Caballeros, espero que comprendan que no hay nada personal en estos procedimientos. Si capitalicé su negocio tras la caída de la bolsa de Nueva York de 1907, fue sólo por intereses económicos, y por esa misma razón me vi obligado a proceder en la forma que les he descrito.

Señor Molina, fue un placer trabajar con usted estos años. A usted, señor Calimaya, lamento no haber tenido nunca la oportunidad de conocerlo en persona; así son los negocios. Espero que considere la devolución de las propiedades de su esposa como un gesto de buena voluntad.

Sin más pendientes, quedo de ustedes.

Johan Zimmermann

Ciudad de Mérida
6 de noviembre de 1913

A un embaucador profesional no le gusta que lo embauquen. Pocas cosas soporta menos un mentiroso profesional que las mentiras hacia su persona. Ser un cazador cazado es la vergüenza de todo farsante. Quizá por eso Federico Molina no cabía en sí de rabia al sentirse engatusado por aquel miserable alemán. Estuvo encolerizado y regodeándose en su propia rabia toda la noche, hasta que a la mañana siguiente pudo mostrar esa infame carta a Luis Felipe de Calimaya y seguir dando rienda suelta a su ira.

—¡Ese grandísimo hijo de la gran puta nos ha engañado de lado a lado! Nos ha tenido como pendejos esperando en Mérida mientras él se hacía rico en Nueva York a nuestras costillas, con nuestro trabajo, nuestro esfuerzo y nuestro dinero. Jodido alemán de mierda.

Federico Molina no cabía en sí de rabia. Su piel blanca estaba roja por la ira, se le saltaban las venas del cuello y los ojos estaban a punto de salirse de sus órbitas. Era como un perro rabioso echando espuma por la boca. No dejaba de vociferar todos los improperios que venían a su mente y cuanta maldición pudo recordar en contra del alemán; la reacción de un estafador cuando se ve o se siente estafado.

Por su parte, don Luis Felipe de Calimaya permanecía mudo, contemplativo, como sopesando una situación que por alguna extraña razón no le resultaba tan terrible. Llevaba seis meses en Mérida lamentando casi cada día que, a falta de noticias del alemán o de cartas de éste en que asegurara su pronto arribo, se veía obligado a permanecer en la capital yucateca, lejos de México y lejos de una Elizabeth que no dejaba de frecuentar al tal Miurá.

Pero, además, algo de la ciudad de Mérida incomodaba a Calimaya, algo que durante años había considerado normal, y no sólo eso, se había valido de ello para hacer prósperos negocios: la esclavitud. El mismo Calimaya no entendía su incomodidad. Había estado varias veces en la llamada Ciudad Blanca, desde que se casó con Elizabeth, en 1901 —y, como correspondía a los usos de la época, había tomado control de su vida entera, propiedades incluidas—, pasando por la crisis que arruinó su negocio en 1907 —la cual relacionó con ese infame alemán—, hasta los tiempos revolucionarios, que hacia 1913 azotaban el país entero, aunque Yucatán fuera el menos incendiado de todos los rincones. Había estado cualquier cantidad de veces en Mérida, dándose la vida del gran señor que se ufanaba de ser, viviendo como noble, como un señor feudal atendido por sus siervos, que era como finalmente vivían todos los grandes acaudalados de la zona, ese pequeño grupo de terratenientes criollos que cien años después de la Independencia seguían sometiendo a los indígenas mayas y que burlona y sarcásticamente comenzaban a ser llamados por los periodistas liberales la "Casta Divina". Durante trece años había sido tratado como rey por una servidumbre maya que vivía en un estado de virtual esclavitud. Sin embargo, por primera vez algo en aquella situación le resultaba incómodo.

Federico Molina, su socio, era uno de los más conspicuos integrantes de esta Casta Divina, el grupo de industriales y terratenientes que dominaban la industria del henequén u oro verde, así como el resto de las actividades económicas del estado y, por añadidura, las políticas.

Olegario Molina, pariente de Federico, era el gran patriarca de dicha casta, un político influyente del porfiriato que ahora, a causa de la caída del régimen y de los movimientos revolucionarios y libertarios encabezados en Yucatán por periodistas como Felipe Carrillo Puerto, se había visto obligado a exiliarse en Cuba, desde donde seguía siendo el gran jefe de esa mafia de españoles que no se habían percatado aún de la independencia del país, o que intentaban que ésta no cambiara nada en Yucatán, donde los mayas seguían padeciendo la misma opresión que en tiempos virreinales.

El silencio contemplativo de Calimaya no hacía sino incrementar la rabia de Federico Molina, quien esperaba poder intercambiar improperios contra el alemán con su socio.

—¿No vas a decir nada, Luis Felipe? —bramaba Molina con palabras que salían como escupidas por su boca—. Algo tenemos que hacer contra ese pinche alemán de mierda que pretende vernos la cara; no podemos quedarnos así. Está en juego gran parte de lo que tenemos, además de nuestra reputación...

Reputación. De eso había vivido don Luis Felipe de Calimaya, de un apellido de rancio abolengo que había llegado al siglo XX con prosapia pero sin fortuna. Ventajas de vivir en un país que no tenía clases sociales sino estamentos medievales, donde la posición social era un hecho otorgado por el nacimiento y prácticamente inamovible, donde el pobre que lograba enriquecerse era un fenómeno extraño y siempre señalado por los ricos de alcurnia, que de alguna forma consideraban más digno haber heredado una fortuna que construirla con el esfuerzo, como era el caso de aquellos escasos nuevos ricos.

Reputación y un buen apellido. Todo lo necesario para vivir en un país arraigado en formas feudales heredadas de una raíz española que se empeinaban en negar. Un buen nombre, legado de nacimiento, una noble cuna que garantizaba un honor y una posición social que nada tenían que ver con la calidad moral, la riqueza, los haberes, el trabajo. Extraño país donde el nombre y el círculo social hacían a un hombre más rico que la riqueza misma; riqueza que al final era necesaria para mantener la vida de ostentación que lo mantiene a uno dentro del círculo selecto. Por eso se había casado con Elizabeth Limantour. Una familia noble empobrecida se unía con una familia adinerada pero carente de títulos, al más puro estilo de la Europa monárquica.

—¿Qué vamos a hacer contra el jodido alemán? Calimaya, di algo, por una chingada.

Calimaya no dejaba de cavilar mientras su socio seguía deshaciéndose en aspavientos, insultos y maldiciones.

—No hay nada que hacer —dijo finalmente, con una calma que no hizo sino encender más la furia de su socio.

La noticia lo perturbaba, lo sorprendía; la ausencia del alemán le molestaba, sobre todo porque lo había mantenido alejado de México por seis meses. Pero, por encima de esos sentimientos, la sonrisa interna de Calimaya, que no podía permitirse external, se debía a que finalmente podía volver a la capital del país, a su mansión… y a su mujer.

Efectivamente, don Luis Felipe de Calimaya estaba contento de poder volver a su mansión con su mujer, sacar de una buena vez por todas a aquel escritorzuelo español y tomar las riendas de su casa; quizá dedicarse menos a los negocios y un poco más a su mujer.

Tal vez lo motivaba el amor, pero ese tipo de amor tan común en los seres humanos: condicionado, con expectativas, mezclado con posesión, control y celos. El amor que viene de la mente y no del corazón, del razonamiento y no de las emociones; ese amor que suele parecerse más a un negocio. Ese triste remedo de amor que nos hemos enseñado los seres humanos por generaciones. Un amor de mercader, un amor con contratos. Así es como pensamos que ama Dios: con un amor absoluto pero siempre lleno de condiciones.

—¿Cómo que no hay nada que hacer? Ese jodido cabrón nos dejó fuera, nos chingó, nos quitó todo el negocio, nos embaucó...

Por toda respuesta, cada andanada de improperios de Federico Molina recibía el silencio de Calimaya, que no dejaba de rumiar una serie de ideas y pensamientos. En el fondo tenía que aceptar que ese tal Miurá había ejercido en él más influencia de la que pensaba. Por primera vez le molestaba la desigualdad de Mérida, se sentía incómodo al recibir trato de marqués por parte de unos siervos que, tal como señalaba Miurá, en realidad eran esclavos.

Inconsciencia. De pronto veía una desigualdad y una injusticia que no había sido capaz de notar. Vivir en una sociedad donde los grandes señores pueden gastar en un día lo que un trabajador no verá en toda su vida es algo que sólo puede lograrse sumergiéndose en una total inconsciencia, una ignorancia deliberada que permite no ver ese lado oscuro del progreso, una ceguera selectiva que posibilita al individuo seguir rigiéndose por los cánones de una moral prefabricada y protocolaria, al tiempo que practica la inmoralidad de la injusticia social. Don Luis Felipe de Calimaya de pronto veía la realidad con una pizca de incómoda conciencia.

Mérida era una ciudad floreciente, con palacios que nada tenían que envidiar a los grandes palacetes renacentistas de Florencia o Venecia. Grandes casonas con mayor majestuosidad que las de la propia Ciudad de México y cuyas fachadas ostentaban mármol blanco al estilo neoclásico afrancesado del porfiriato. Impresionantes castillos de una burguesía agrícola con ínfulas de nobleza europea, pero levantados sobre los hombros y los cadáveres de miles de mayas que habían sido sometidos varias veces desde los tiempos de la Conquista, pasando por diversos conflictos virreinales, hasta la infame guerra de castas librada durante el tiempo del viejo Porfirio y en la que los indios de un México liberado volvieron a ser conquistados y sometidos a la esclavitud.

—¿No vas a decir nada, pinche Calimaya? —gritó desesperado Federico Molina—. Hablamos de tus intereses, de tu fortuna, de tu negocio. Es tu nombre y tu reputación. Tu futuro y el de tu esposa.

—Por lo que a mí respecta —respondió finalmente Calimaya—, tú podrías ser el tal Zimmermann. Se hizo nuestro socio capitalista en Nueva York, cuando estuvimos ahí en 1909. Tú cerraste el trato y recibiste el dinero; tú trataste con él en varias ocasiones; tú has concretado y firmado los acuerdos. Por una casualidad o por otra, como en esta ocasión, yo nunca he tenido la oportunidad de verlo en persona. En lo que a mí respecta, repito, tú podrías ser el tal Zimmermann y ser quien está engañándome y dejándome fuera del negocio.

—¿No estarás insinuando de verdad que...?

—Claro que no —interrumpió Calimaya—. No estoy insinuando ni pensando eso. Principalmente porque tú nunca habrías tenido el honesto detalle de respetar las propiedades de mi esposa, dejarlas fuera de este asunto y devolverle a Elizabeth lo que le corresponde y que tú asumías como tuyo. No entiendo por qué ese hombre lo está haciendo, pero sé que es un gesto que tú jamás habrías tenido.

—No estarás hablando en serio —respondió Molina con una sonrisa que evidenciaba más nervios que simpatía—. Tú eres mi socio y antes de eso mi amigo. Y tu mujer... bueno, es como una hermana para mí. Yo jamás...

—No pretendas engañarme a mí ni engañarte a ti, Federico —interrumpió tajante Calimaya—. Tú y yo nunca hemos sido amigos. Hemos sido socios por conveniencia, porque hemos sabido hacer dinero juntos, y porque ese dinero lo hemos hecho gastando la fortuna de mi mujer y la inmensa dote que acompañó a nuestro matrimonio; dote que tú mismo perseguías.

—¡No te permito que insultes mi honor de esa forma! —exclamó Federico, reuniendo toda la indignación que fue capaz de fingir.

—No juegues al honor conmigo —cortó Calimaya—. Tú y yo jamás hemos sido hombres de honor. Como pasa con casi todos los caballeros de nuestra clase, vivimos de modos muy civilizados mientras ejercemos la barbarie sobre otros, como los peones esclavos sobre los que ha descansado nuestro negocio.

—¿Y a ti qué te pasa? No me digas que la influencia de todos esos jodidos calzonudos ya llegó a la capital y que te has convertido en un pinche comunista. No me hagas reír. Tú, un señorito bueno para nada.

—No soy ningún pinche comunista. Ni siquiera estoy seguro de saber lo que es eso. Lo que sí sé es que nosotros dos somos iguales a esta hermosa ciudad: mucho lujo, riqueza y ostentación levantados sobre la miseria y la podredumbre.

—Tienes razón: no te has vuelto comunista, sino un pinche maricón de mierda. Eso, un pinche maricón como tu amigo Ignacio de la Torre, que tanto gustaba de ir a bailes vestido de mujer. Un marica que ni siquiera es capaz de luchar por lo suyo y que se rinde a la primera. No tienes nada, pinche Calimaya, ¿qué no te das cuenta?

Varios episodios de la vida de Luis Felipe de Calimaya pasaron frente a sus ojos en fracciones de segundo. Cuando era un joven encandilado con la belleza de Elizabeth Limantour y sus dotes artísticas, y hasta con ese espíritu de libertad que asomaba tímidamente en ella. Cuando la pesada carga de ser un aristócrata, descendiente de los condes de Calimaya, aún no caía del todo sobre él. Cuando se despidió fríamente de Elizabeth, como las buenas costumbres lo exigen, sin emociones excesivas, el día que ella marchó a París a educarse como señorita, o a lo que fuera que hubiera ido en realidad.

Recordó su matrimonio, un contrato social para beneficiar a ambas familias. También evocó lo radiante que estaba Elizabeth, más de lo que permitían los buenos modales, y cómo sus condicionamientos de macho y noble lo llevaron a recriminarle por su belleza y a representar en silencio, frente al altar, el primer drama de celos.

En su mente vio el nacimiento de su adorada hija, su preciosa Isabela, y por primera vez contempló también los momentos en los que fue matando lentamente el espíritu de su mujer: cuando no escuchaba sus historias de París, cuando le impidió asistir a la escuela de San Carlos, las veces que la calló con la mirada cuando se obstinaba en opinar en público, cosa exclusiva de caballeros, o la ocasión en que le prohibió participar en la exposición colectiva de artistas mexicanos que el científico y pintor Gerardo Murillo, conocido como el Doctor Atl, organizó durante las fastuosas fiestas del centenario de la Independencia en 1910.

Recordó la primera vez que escuchó mencionar al tal José de Miurá, cuando sorprendió a su mujer leyendo algún escandaloso artículo de ese periodista, allá por 1903. Era algo sobre la construcción del Canal de Panamá y el imperialismo norteamericano, lo que por entonces él consideró una pendejada liberal. Pero desde aquel tiempo el escritorcillo ese no dejó de estar presente. Había artículos suyos en la prensa que Elizabeth se empeñaba en leer y, peor aún, discutirlos en tertulias literarias a las que tuvo que poner fin por sediciosas.

Calimaya recordó que el nombre de aquel nefasto español ya había sido mencionado en las historias parisinas de Elizabeth que él se negaba a escuchar, que sus artículos y reportajes aparecieron cada vez más frecuentemente en su casa, y que, aparentemente por casualidad, Elizabeth y el tal Miurá coincidieron en Nueva York en 1909, cuando ella volvía con Isabela del primer viaje de la niña a París, mientras él y Federico Molina buscaban desesperadamente la forma de salvar su fallido y quebrado negocio henequenero basado en la esclavitud, el cual habían construido con la fortuna de la propia Elizabeth, que él mismo y Federico se habían dedicado a dilapidar.

Su mente se quedó atrapada en Nueva York. Cuánta razón tenía Miurá sobre aquello que le había dicho del control. No tenía control sobre nada. En aquella ocasión, toda su fortuna se perdió por los juegos que el magnate John Pierpont Morgan, dueño de los bancos, el acero y la electricidad de Estados Unidos, hizo en la bolsa de Nueva York en 1907 para empobrecer a muchos e incrementar su fortuna y su imperio. Recordó entonces cómo aquel gigante de la industria, el hombre más rico y poderoso del mundo, acababa de morir meses atrás, en marzo de aquel 1913, tras agonizar en Europa, aparentemente a causa de una intoxicación por comer pescado en mal estado mientras viajaba por el río Nilo, casualmente en el mismo barco en el que navegaba don Porfirio Díaz, disfrutando y padeciendo su exilio con su esposa Carmelita. Ni siquiera el hombre más rico del mundo tenía control sobre la vida, y menos aún sobre la muerte.

Ese maldito viaje a Nueva York en el que su hija Isabela se veía tan radiante después de haber conocido París, pero en el que Elizabeth se veía tan frustrada después de haber estado nuevamente en la ciudad de sus sueños. Ese terrible viaje en que Federico Molina conoció al tal Johan Zimmermann y consiguió las inversiones necesarias para salvar su negocio, y en el que sorprendió a Elizabeth en el único momento en que cambió su mueca por sonrisa, cuando, aparentemente de forma casual, se encontró con el periodista español en el Museo Metropolitano.

Para mayor casualidad, el español viajó a México en 1910, y desde entonces sus escritos no cesaron de aparecer por la mansión Calimaya y su nombre no dejó de ser mencionado por su esposa cuando cotilleaba con sus amigas. Eso lo sabía porque Almudena Carvajal, asistente habitual de esas tertulias femeninas, se lo había dicho: Elizabeth no sólo tocaba temas indecentes para una señora de sociedad, sino que hablaba constantemente de un mismo hombre, un escritor rojillo proveniente de España.

La mente de Calimaya seguía siendo un torbellino. El jodido español siempre había estado presente. De hecho fue la causa de aquella discusión en la que Elizabeth se marchó para reaparecer dos días después, con amnesia y andrajosa, en la puerta de su mansión. Aquel mes de febrero, cuando las noticias del inminente golpe de Estado que se planeaba contra el ingenuo presidente Madero llegaron a sus oídos, y temeroso de los desmanes de la Revolución, que comenzaban a llegar a la capital, decidió proteger a su familia llevándose a todos por algunos días o semanas a su hacienda en la cercana villa de Guadalupe Hidalgo.

Ahí comenzó todo: la caída de Madero y la de su propia vida. Mientras una rebelión contra el presidente tenía lugar en la Ciudad de México, en tanto que su protector, Victoriano Huerta, organizaba su derrocamiento en la embajada de Estados Unidos, y su posterior renuncia y asesinato, Calimaya, su mujer, su hija y la servidumbre pasaban el tiempo en la hacienda, lejos del bullicio. Ahí fue cuando encontró a su mujer leyendo un panfleto del tal Miurá, cuando se lo reclamó airadamente... Y entonces explotó la bomba.

Luis Felipe de Calimaya había reclamado a su mujer que leyera a ese sedicioso, al tiempo que interpretaba el papel de marido indignado, sugiriendo la existencia de un romance entre Elizabeth y el escritor aquel, evidentemente socialista, con quien ella mancillaba su honor. ¡Honor! Ésa fue la palabra que hizo detonar todo. Le reclamaba a su mujer cuando él frecuentaba el tugurio de la Madame Porfiria, cuando era evidente que tenía una amante en aquellos bajos mundos, cuando junto a Federico Molina había malgastado el dinero de su propia esposa en negocios nada honorables y de los que sólo habían salido bien librados gracias a la intervención de un inversionista alemán.

Como casi todos los hombres de la alta sociedad, con sus buenas costumbres, protocolos apretados y falsas estructuras morales, él, Luis Felipe de Calimaya, se veía obligado a llevar una doble vida, a practicar una doble moral, a aparentar un comportamiento impecable, a hablar de un honor inexistente pero muy bien fingido, a vivir una vida de simulaciones donde en casa y ante la buena sociedad se era uno, pero en algún rincón oculto, en algún recoveco incivilizado e inmoral, los hombres morales y civilizados podían dar rienda suelta a los instintos que su noble cuna prohibía.

Nada indigna más a un hombre indigno que ser descubierto en lo más profundo de su lado oscuro. Él, que intentó jugar al indignado ante su mujer, resultó exhibido por ella, por una Elizabeth que conocía las vergüenzas que él debía ocultar: que frecuentaba lugares indecentes, que tenía un amorío prohibido, que había malgastado la fortuna de su esposa y que durante 1909, cuando ella había estado en París con Isabela, Almudena Carvajal había tratado de metérsele en la cama.

Elizabeth lo sabía todo sobre la doble vida de su marido, como casi todas las mujeres; también como casi todas, especialmente en aquellos altos estratos de hipocresía y falsedad, sobrevivía fingiendo ignorancia como única forma de mantener su estatus y su vida en apariencia perfecta. Mujeres que se quejan de ser prisioneras cuando ellas mismas han construido lentamente la jaula de oro de la que tienen miedo de escapar.

Calimaya había jugado el juego del indignado, apelando a su honor de hombre, de marido, de padre, de proveedor, de capitán del barco, y todo se volvió en su contra. Fue la gota que derramó el vaso. Elizabeth le reprochó su doble vida, gritó desesperada algo sobre los sueños que había abandonado para convertirse en un adorno sin alma y salió corriendo de la hacienda, mientras su marido, que no podía permitirse mostrar sus emociones, la vio subir a uno de los caballos y salir a todo galope bajo la lluvia, como una fiera herida, como una loca que ha perdido su última pizca de cordura. Volvió a saber de ella dos días después, cuando apareció desorientada, andrajosa y con amnesia ante la puerta de su casa y sin reconocer a nadie.

—¡No tienes nada, pinche Calimaya maricón! ¡Nada!, ¿me oyes?

La voz iracunda y fuera de sí de Federico Molina sacó a Calimaya del mundo de recuerdos, reflexiones y pensamientos en que se había sumergido. Esbozó una sonrisa, quizá por primera vez en su vida.

—No, mi querido mal amigo. Tú no tienes nada. Ese jodido alemán al que yo nunca conocí, al que tú involucraste en nuestros negocios, te ha quitado todo. Te ha dejado lo mismo que a mí: un montón de papeles casi sin valor y, si queremos aprenderla, una lección.

—Te has vuelto loco —gritó desesperado Federico.

—Al contrario. Me siento más cuerdo que nunca. Tú no tienes nada. Tú, que malgastaste la fortuna de Elizabeth con mi consentimiento y mi confianza. Tú, que te dedicaste más a los viajes y a las mujeres que a los negocios, jugando con el dinero de mi esposa. Tú, que siempre la quisiste a ella, porque no creas que no lo sé. Tú, que intentaste seducirla desde el viaje a Nueva York. Tú, que no dejaste de propiciar encuentros con ella a partir de entonces, que te dedicaste a endulzarle el oído.

—¡Porque alguien tenía que hacerlo, jodido maricón de mierda! Porque alguien tenía que atender y tocar a la esposa a la que tú te negabas.

Así es. Nada indigna más a un hombre indigno que ser descubierto en lo más profundo de su lado oscuro. Federico Molina era un vividor y había mantenido una existencia de lujos y excesos malgastando la fortuna de Elizabeth Limantour, la fortuna que equivocadamente Luis Felipe de Calimaya le había confiado. Era también un seductor al que poco importaban las felonías y había tratado de meter en su cama a Elizabeth Limantour, seguramente con el único fin de acceder directamente a su fortuna en vez de tener que fingir amistad ante Calimaya.

—Tú no tienes nada, Federico. Yo por lo menos tengo cosas que recuperar, y cosas recuperadas, como la hacienda que ese tal Zimmermann le está devolviendo a mi mujer. Ésta en la que estamos y en la que has vivido como si fuera tuya, pero que no lo es. Ya no tienes la fortuna de mi mujer, ni su hacienda. Me siento más cuerdo que nunca, y la sensatez me indica que es momento de volver a la Ciudad de México. Tengo una esposa enferma a la cual cuidar y atender. Tú no tienes nada. Yo quizá tenga algo que recuperar.

¿Es posible una guerra mundial?

Por José de Miurá y Zarazúa
Corresponsal internacional

Hay una guerra entre las potencias por el reparto del planeta, una guerra mundial, pues no puede ser llamada de otra forma. Una guerra cuyo inicio bien podríamos establecer en 1912, cuando Winston Churchill decidió duplicar el presupuesto naval del Imperio británico como parte de una carrera armamentista contra el Imperio alemán, decidido a superar a Inglaterra en la producción de barcos acorazados y, por añadidura, en el dominio de los mares del planeta.

También podría decirse que esa guerra existe desde 1904, cuando se enfrentaron el Imperio ruso y el japonés, en el primer conflicto bélico entre civilizaciones que no fue ganado por el hombre blanco. Como ocurre en todas las guerras, las causas de aquélla fueron poder y territorio; en esa ocasión, la Manchuria y la Corea chinas, que eran disputadas por Rusia y Japón.

Pero siempre hay guerras detrás de la guerra, y ésta no fue la excepción. China venía siendo sometida desde mediados del siglo XIX, cuando los ingleses le declararon la guerra y la destruyeron, en dos ocasiones, para mantener sus privilegios comerciales, y principalmente el derecho a vender el opio que producen en Afganistán e Indostán. Desde entonces, Inglaterra, Rusia, Francia, Japón y los Estados Unidos buscaban intervenir en la política y la economía del decadente Imperio chino, al cual presionaron hasta reducirlo a polvo, al apoyar a rebeldes como Sun YatSen, Yuan Shikai y Chiang Kaishek para derrocar a la última dinastía imperial.

Al día de hoy no existe una China. El imperio ha caído y la proclamada República Nacional es un caos donde la mayor parte del territorio está fuera de control. El gobierno controla únicamente Cantón y los alrededores. El norte está plagado de señores de la guerra protegiendo sus feudos; la provincia occidental de Xinjiang, poblada por la etnia uigur, de origen turco-mongol, y musulmanes, se ha separado virtualmente, mientras que la región de Tíbet, cuya soberanía había sido reconocida a China por Inglaterra y Rusia, ha sido proclamada independiente por el décimo tercer dalái lama, Thubten Gyatso.

Todos esos acontecimientos constituyen un episodio más de una larga guerra entre imperios. Inglaterra y Rusia pelean por el dominio de Asia Central, desde el Tíbet hasta Indostán. Rusia ha aceptado el derecho inglés sobre Indostán a cambio del reconocimiento inglés sobre el derecho ruso en Afganistán, y para evitar un conflicto renunciaron al Tíbet, depositado bajo soberanía china.

Pero cuando Rusia y Japón se enfrentaron por el dominio de Corea y el enclave de Port Arthur —puerto arrendado por los rusos a los chinos—, Inglaterra y los Estados Unidos, temerosos del poder ascendente de Rusia, apoyaron la militarización de Japón, quien ha tomado posesión de Corea y no deja de reclamar que Estados Unidos tenga posesiones en el Pacífico desde finales del siglo XIX, cuando conquistaron Hawái y las Filipinas.

Japón, como Alemania y Estados Unidos, entró tarde a la carrera industrial y ahora reclama el derecho a tener colonias para sustentar su crecimiento.

Esa guerra mundial bien pudo haber comenzado en 1885, cuando, en el Congreso de Berlín, las potencias al mando y las emergentes se repartieron la totalidad del continente africano. Aunque en realidad ese acontecimiento es resultado de uno anterior: el mismísimo nacimiento del Imperio alemán en 1871, después de que Otto von Bismarck unificara en un solo país todos los reinos alemanes.

Hacia 1871 el planeta tenía tres claras potencias que habían aceptado el statu quo planetario: el Imperio británico —a la cabeza—, el francés y el ruso. Ahora, cuarenta años después del nacimiento de Alemania, una Alemania que se ha colocado al frente y ha desplazado a los tres poderosos, los tradicionales enemigos se han unido en una Triple Entente para aniquilar a Alemania cuando sea necesario.

Pero esta guerra mundial se puede rastrear desde mucho tiempo atrás, cuando, tras una guerra de siete años que culminó con un tratado de paz en París, en 1763, Inglaterra despojó a Francia de todos sus territorios en Norteamérica e Indostán. En esa guerra, o en esa paz, nació el Imperio británico que hoy domina treinta por ciento del planeta y ve con temor el crecimiento de Alemania.

Los alemanes quieren conquistar el mundo, Winston Churchill no se cansa de gritarlo; eso le molesta porque el mundo ya fue conquistado por los británicos y no lo quieren perder.

Pero en realidad el origen de esta gran guerra mundial se puede establecer mucho tiempo atrás, desde que los españoles descubrieron, conquistaron y colonizaron América a partir de 1492. Desde entonces, las potencias de la época, Portugal y España, comenzaron a pelear por el dominio de todo, de América, de las rutas africanas, de las Filipinas y de las Islas de las Especias, hoy colonia holandesa.

Al conflicto por el dominio del planeta se sumaron lentamente, a lo largo de los siglos XVI y XVII, Inglaterra, Francia y el Reino de los Países Bajos (Holanda), hasta llegar a la citada guerra de siete años, que supuso una nueva repartición del mundo entre esas potencias, así como el Imperio ruso y la emergente Prusia, origen de la actual Alemania.

Así, a mediados del siglo XIX, seis potencias europeas se disputaban la dominación mundial: España, Portugal, Inglaterra, Francia, Holanda y Rusia; otras dos, Prusia y Austria, luchaban por ampliar sus territorios en Europa.

En la segunda mitad de ese siglo se sumaron a la guerra el Imperio alemán, surgido en 1871, además de Estados Unidos, que tras el final de su Guerra Civil, en 1865, comenzaron su revolución industrial y por lo tanto su necesidad de colonias. A este conflicto por el dominio de todo se sumó el Imperio japonés tras 1867, cuando el emperador Meijí comenzó la industrialización nipona.

Así pues, España, Portugal, Inglaterra, Francia, Holanda, Rusia, Alemania, Japón y Estados Unidos mantienen una guerra relativamente silenciosa por el dominio de los recursos del planeta. A esto hay que sumar a Rusia y el Imperio austrohúngaro, que luchan por ampliar sus territorios europeos a costa de lo que pierde el decadente Imperio turco, conocido ya como el enfermo del Bósforo.

En resumen, las potencias llevan siglos luchando entre sí con cualquier pretexto pero con una sola causa verdadera: el poderío mundial. Mientras el mundo fue suficientemente grande y quedaban territorios por repartir, concertar la paz fue relativamente fácil a través del reparto territorial, como ocurrió con Polonia, que fue desmembrada en beneficio de Prusia, Rusia y Austria en 1776.

No obstante, desde que comenzó el siglo xx el planeta entero está repartido. Todo está ocupado y cada uno de los poderosos quiere más, por lo que ya no queda más remedio que arrebatar. A esto hay que agregar que la humanidad lleva cinco siglos perfeccionando su capacidad de aniquilarse unos a otros, capacidad que se potencializó con la Revolución industrial y el descubrimiento de nuevos combustibles como el petróleo.

Para el habitante común, deslumbrado con exposiciones como la de París en 1900 y por simulacros de paz como los Juegos Olímpicos, el siglo xx comenzó con augurios de paz. Pero las potencias saben que se avecina la guerra; se están preparando para ella, y sólo esperan un pretexto, porque en este mundo de simulaciones toda guerra necesita un pretexto, una justificación que la haga parecer justa, ya que los salvajes que las llevan a cabo enarbolan la bandera de la civilización y el progreso.

Los poderosos aún quieren más y el mundo ya está repartido. Eso sólo puede significar la guerra, una guerra de magnitud mundial en la que estarán involucrados todos los decadentes y los poderosos, y en la que estará en juego un nuevo reparto del planeta.

El enfrentamiento lo ganará el que tenga el control del petróleo, el nuevo combustible de la industria bélica; por eso la guerra se está peleando ya en México, donde, bajo la máscara de una guerra civil que algunos llaman Revolución, las potencias pelean por el dominio del petróleo a través del financiamiento y el apoyo a los diversos bandos del conflicto armado.

El actual gobierno mexicano es una dictadura disfrazada de democracia. El dictador, Victoriano Huerta, no cuenta con el reconocimiento de Estados Unidos, cuyo presidente, Woodrow Wilson, ya ha anunciado un boicot contra Huerta para obligarlo a dejar el poder, mientras que el encargado de negocios de la embajada de Estados Unidos en México, Nelson O'Shaughnessy, habla de una posible invasión americana a territorio mexicano.

El gobierno de Huerta, que carece del apoyo y el reconocimiento de Estados Unidos, sí cuenta con el respaldo alemán. Por otro lado, el actual líder de los rebeldes, Venustiano Carranza, tiene el apoyo estadounidense, incluyendo el suministro de armas, aunque entre sus hombres más cercanos tiene agentes del Imperio alemán, como Félix Summerfeld, un doble agente que también asesora al más importante de los rebeldes, el que se hace llamar Pancho Villa y que comienza a controlar grandes extensiones de territorio. En pocas palabras: Estados Unidos y Alemania pelean por el petróleo mexicano a través de los mexicanos mismos.

No obstante, la mayor parte del petróleo mexicano sigue en manos inglesas, en la persona del magnate Weetman Pearson, quien sin embargo ha comenzado a deshacerse de sus acciones, muchas de ellas adquiridas por representantes de los gobiernos de Inglaterra y Holanda. Buena parte de esas acciones están siendo negociadas, a través de alias y testaferros, por otro espía alemán, quizá también doble o triple agente, quien a través de diversas personalidades esconde su verdadero nombre, conocido por muy pocos: Johan Zimmermann.

Quizá por consejo de agentes como Zimmermann, Victoriano Huerta disolvió el Congreso y se erigió en la práctica como dictador. Huerta se aferra al poder y Alemania se aferra a Huerta, el presidente que mandó asesinar al senador Belisario Domínguez, hecho que todos conocen pero callan, quizá porque saben que el senador fue asesinado precisamente por acusar al presidente de asesinato: el de Francisco Madero y José María Pino Suarez, presidente y vicepresidente de México, en febrero de este año.

Ante la inminente invasión norteamericana y la caída del régimen del dictador Huerta, gracias al respaldo norteamericano a Venustiano Carranza, el gobierno alemán ha buscado auxiliar a Pancho Villa con armas máuser, apoyo logístico y asesores en estrategia militar.

Con apoyo y armas alemanas, Villa ha tomado puntos estratégicos del territorio mexicano. Villa, quien ha declarado no aspirar a la presidencia del país, es ya, de facto, gobernador de Chihuahua, y se ha entrevistado con una delegación que representa al caudillo agrícola del sur, Emiliano Zapata, con quien tanto americanos como alemanes tratan de establecer contacto e influencia, hasta ahora de forma infructuosa.

El cerco sobre el gobierno de México se está cerrando. Algunos de los rebeldes tomarán el poder, y ésa es la guerra secreta entre Alemania y los Estados Unidos, país que ya se prepara para invadir México.

Es posible una guerra mundial. No sólo eso: es de hecho inminente, sólo falta la chispa que haga estallar este gran barril de pólvora. Comenzará pronto una guerra mundial en Europa y a causa del petróleo; esa guerra ya ha comenzado en México.

Ciudad de México, 1 de diciembre de 1913

París
Viernes 10 de agosto de 1945

Comprende esto y comprenderás todos los conflictos del mundo: todos somos un campo de batalla; la guerra entre los individuos es la causa de la guerra entre las naciones, es la causa de todas las guerras. Todos los humanos somos iguales: luchamos con la misma voracidad por defender lo que según nosotros nos pertenece, aquello que deseamos y que nuestra razón nos justifica para poseer. La diferencia entre nuestras pequeñas guerras y las grandes guerras de los poderosos es tener o no tener el poder y los recursos.

Toda guerra necesita un pretexto. Los políticos lo buscan y los historiadores lo convierten en verdad al contar la versión de los vencedores; pero los demás nos convertimos en cómplices al no cuestionarlo. Todos somos culpables. La ignorancia y la inconsciencia son una opción; salir de ellas, también. La conciencia y el conocimiento nos confrontan con la realidad, con nuestra complicidad en la construcción de este infierno al que llamamos mundo.

Todas las guerras son por el poder, por los intereses de una élite; pero todas son peleadas por masas amorfas movidas por identidades e ideologías, por miedo. Una guerra termina y otra comienza; Japón ha sido aniquilado y Alemania dividida. Dos nuevos poderosos toman la estafeta europea en la guerra por el dominio mundial.

En 1914 un serbio mató en Bosnia al archiduque de Austria; treinta años después hay más de ochenta millones de muertos, ciudades destruidas, esperanzas aniquiladas, supervivientes temerosos. Ciento ochenta millones de soldados marcharon por Europa en esos treinta años; ciento ochenta millones de seres humanos dispuestos a matar y morir. La tercera parte de la población de un continente fue envenenada para asesinar por el beneficio de unos cuantos.

Una guerra entre poderosos comenzó hace siglos, y el asesinato del archiduque Francisco Fernando fue la chispa que encendió el barril de pólvora, el pretexto para desatar el infierno en la tierra. Comenzó una gran guerra europea que se hizo mundial, una guerra entre millones de personas, entre decenas de naciones, entre clases sociales, entre ideologías. Una guerra que en realidad comenzó como el conflicto entre cinco personas.

La guerra mundial fue un enfrentamiento entre cinco individuos, pero cada uno de ellos demasiado poderoso, demasiado obstinado y demasiado controlado por sus impulsos egoístas.

Entiende esta guerra y las comprenderás todas. Ésta enfrentó al rey de Inglaterra, el káiser de Alemania, el zar de todas las Rusias, el emperador de Austria y el sultán turco; cada uno de ellos disponía de barcos, fusiles, cañones, tanques y lo que fue la principal arma: millones y millones de proletarios a los que estaban dispuestos a sacrificar con tal de imponer sus razones y su dominio. Su poder.

Se busca poder para tener control. Detrás de la ilusión de control está el miedo: el más ambicioso de poder es el más temeroso de todos. Masas temerosas guiadas por los más temerosos de todos ellos. Hasta ahora, ése ha sido el camino de la humanidad; un camino que sólo puede conducir al abismo de la autodestrucción.

La historia de la humanidad está hecha de decisiones, pero esas decisiones nunca han sido tomadas por la humanidad. Las masas no toman decisiones; los que siguen ideologías ejecutan las decisiones de los ideólogos, los que se aferran a identidades hacen lo que se espera de su identidad, los que se comprometen con un sistema de creencias han renunciado a pensar, a buscar por su cuenta, a decidir, y han dejado que el pasado determine su vida.

La vida está hecha de decisiones, pero muy pocos humanos han tomado las decisiones de toda la especie. Sin importar el disfraz de la actual democracia, desde hace siglos la humanidad ha sido gobernada por un puñado de familias y poderosos. Ellos tienen intereses, guerras; las multitudes sin rostro son su armamento, sus sicarios.

Hemos construido un mundo basado en la frustración y la insatisfacción, en la miseria de la mayoría, en una carrera frenética hacia ninguna parte. En un mundo así, la única revolución verdadera es ser feliz, y esa revolución no pueden llevarla a cabo las masas, sólo los individuos. Para ser feliz es necesario ser libre, y para ser libre hay que ser un verdadero individuo. Un individuo no puede tener identidad o ideología, no puede vivir atado al pasado ni con miedo del futuro.

Soltar todo pasado y tomar verdaderas decisiones libres, afrontar las consecuencias de los actos, aceptar la realidad como es y no como queremos que sea, tomar nuevas decisiones para encauzar la vida, abrazar la incertidumbre. Sólo un mundo sin miedos, de individuos libres que saben tomar sus propias decisiones, con la felicidad como único baremo, es un mundo donde reinará la paz.

Nos acercamos al final de la historia, un final que será un nuevo principio; el final de una historia en que dos individuos encontraron su propia paz en un mundo al borde de la guerra; una historia en que dos seres lograron aportar su felicidad y plenitud a un mundo demasiado lleno de insatisfacción y frustraciones; una historia igual a todas, que se construye y reconstruye con nuevas decisiones; una historia de libertad en la que se descubre que la guerra y la paz siempre son una elección. La guerra es la elección de los débiles y los temerosos; siempre existe la alternativa de la paz.

Ciudad de México

15 de enero de 1914

Es una pena que no pudieras conocer a Pablo Ruiz Picasso como yo tuve la oportunidad de llegar a hacerlo; el hombre detrás del artista, el ser sensible. Entender las motivaciones detrás de su genio, el ser contradictorio: por un lado tan sensible y por el otro ufano de ser un macho bravío al estilo español, muy andaluz, orgulloso de su Málaga pero con aires de catalán; un personaje que se declaraba a la vez comunista y pacifista, cuando, más allá de la justicia de las causas comunistas, la paz nunca fue su método.

Ése era Picasso. Quizá recuerdes que fuimos presentados con él cuando llegó por primera vez a París, en octubre de 1900, para estar en la exhibición del único cuadro suyo que sería presentado en la Exposición Mundial; Últimos momentos, me parece que se llamaba. Pero, ya ves, nos separamos un mes después, en noviembre, cuando tú seguiste el camino que te llevó a ser el importante escritor que eres hoy, y yo decidí usar mi libertad para exprimir al máximo la vida bohemia, rodearme de los genios más extravagantes y recorrer las capitales de Europa. Supongo que fue lo mejor para los dos.

Los primeros años del nuevo siglo no fueron tan buenos para Pablo, que oscilaba entre París y Barcelona, entre la pobreza y la buena fortuna, entre la euforia y la depresión. Pero finalmente así eran todos esos bohemios del cambio de siglo. Para mí, era como si la vida nunca me abandonara y no cesara de mandarme gente interesante. Te fuiste tú, pero apareció Pablo, quien también me hizo más llevadera la pérdida de esa pobre alma desbordante de pasiones que era Henri de Toulouse-Lautrec. Al pobre Toulouse ya lo habían recogido de las calles en varias ocasiones, en medio de delirios de alcohol, opio y absenta, hasta que terminó en un psiquiátrico. De algo le sirvió ahí su nobleza de cuna, pues le permitieron instalarse en Burdeos, en casa de su madre, donde murió en 1901.

Pablo no había cumplido los veinte cuando llegó a París para ser uno más de los artistas que probaban suerte en la ciudad más artística de Europa. Pero él no necesitaba de la suerte, su talento jamás necesitó de la suerte; era un prodigio, el Mozart o el Beethoven de la pintura. Lo que él necesitaba, como tantos genios desperdiciados por la humanidad, como Wilde, como Nietzsche, era un mundo a su nivel.

Llegó a París con su amigo Carlos Casagemas, su pobre amigo rico, cuyo drama marcó tanto a Pablo. Una noche de parranda conocieron a dos bailarinas del Moulin Rouge, quienes para ganar más dinero servían de modelos a varios artistas de Montmartre. Pablo quedó temporalmente prendado de Odette, pero desde el primer instante Carlos perdió absolutamente la cabeza por Germaine.

Ellos las acompañaban al Moulin Rouge y a La Gallete todas las noches; por las mañanas, cuando la resaca lo permitía, ellas los seguían a las galerías, sirviendo no sólo de compañía sino también de traductoras, a pesar de que Carlos sí hablaba francés, pero fingía cierta ignorancia para estar más cerca de Germaine. Pablo recorrió todos los museos, áticos, buhardillas y galerías para empaparse de tendencias y colores. Así quedó maravillado y deslumbrado con Monet, Renoir, Degas y las exquisitas líneas y trazos de Dominique Ingres, que le causaron gran impresión e influyeron su etapa más realista en la pintura.

Carlos se enamoró perdidamente de Germaine, se obsesionó con ella, se volvió loco por su cuerpo, por sus pasiones, por su sensualidad, una sensualidad que Casagemas nunca pudo satisfacer; pues resultó físicamente incapacitado para ello. Impotencia, esa estúpida palabra con la que los propios hombres se han condenado a sí mismos cuando la sangre les hace la mala jugada de no levantar su virilidad. Impotencia, como si todo el poder del hombre residiera en eso que les cuelga entre las piernas. Qué equivocado está el doctor Freud: ninguna mujer puede tener envidia de ese pellejo colgante y frágil en que los machos depositan toda su fuerza, como si fuera la cabellera de Sansón.

No; ninguna mujer puede envidiar ese apéndice colgante tan débil y endeble en torno al cual gira todo el mundo de los hombres estultos. Lo único que buscamos las mujeres es un poco de igualdad, de trato equitativo, tener las mismas posibilidades que los hombres en vez de ser lo que hemos sido por tantos siglos: sus esclavas, sus sirvientas, sus ornamentos, o un poco de las tres cosas. Bien decían Karl Marx y Friedrich Engels que la relación entre hombre y mujer es otra manifestación de la relación entre explotadores y explotados.

Las mujeres no queremos un estorbo como ése entre las piernas; sólo aspiramos a un poco del poder que, por alguna estúpida razón, los hombres relacionan con aquel pedazo de piel sobrante, siempre y cuando su sangre logre mantenerlo erguido. Son como niños. Impotencia, ese problema que podría resolverse fácilmente si hombres y mujeres no se temieran entre sí, y si el sexo no fuera un tabú del que jamás debe hablarse.

Casagemas no podía satisfacer a Germaine, quien quizá amaba al joven artista, pero necesitaba desahogar su insatisfecho impulso sexual en otros hombres. Pablo se dio cuenta de que su amigo se sumergía en la locura de las pasiones e intentó alejarlo del ambiente bohemio y lujurioso de París. Por eso se lo llevó a pasar el año nuevo en Málaga; pero la obsesión llevó al pobre Carlos de regreso a París a cumplir con su fatal destino.

Germaine modelaba para varios pintores, desnuda para muchos de ellos, y con algunos daba rienda suelta a sus pasiones al terminar la sesión artística. Era mujer de muchos, como tanto se acostumbraba en el París de aquellos artistas. Pero Casagemas no comprendía que la libertad que tanto decía buscar en París operaba también en el ámbito del sexo. Él la quería en exclusiva, aunque su cuerpo fuera incapaz de satisfacerla y sus prejuicios masculinos le impidieran hablar del tema.

Carlos regresó a París para proponerle matrimonio a Germaine, quien no había esperado castamente a su fallido adonis. Enloquecido por los celos, Casagemas se hizo de una pistola y se encaminó al Café Hippodrome para matar a su amante. Si no podía ser de él, no podría ser de nadie más. Era febrero de 1901; yo estaba con algunos amigos en aquel café cuando la misma Germaine nos contaba cómo había despreciado a Casagemas.

Ahí estábamos varios artistas cuando llegó Carlos convertido en un animal en celo, con pistola en mano y listo para liquidar a su pérfida amante. Casagemas disparó, pero erró el tiro; entonces, más enfurecido aún, la única opción que encontró para salvar su caída hombría fue apuntarse en la cabeza y disparar contra sí mismo. Nos quedamos todos pasmados, sin habla, sin saber qué hacer. Ahí vimos morir a alguien que poco antes estaba lleno de vida y de pasiones, pero también de esa rabia mezclada con furia, con celos, con posesividad, ese odio que hemos confundido con el amor. Tenía veinte años cuando terminó con su vida.

Muchos de sus amigos del ambiente artístico quedaron marcados por aquella tragedia, pero ninguno se obsesionó más que Pablo Picasso, quizá por no haber estado ahí, quizá por culpa al sentir que habría podido impedir aquel drama. Incapacitado para hacer nada por su amigo y protector, decidió honrarlo de manera póstuma y dedicó por lo menos tres cuadros a ese episodio de su vida, además de comenzar todo un periodo artístico marcado en lo cromático por el color azul y en lo temático por la depresión.

En medio de aquel drama no todo fueron malas noticias. Un buen amigo, Ambroise Vollard, que ya para entonces tenía fama como tratante de arte y galerista y con quien hacíamos exposiciones en la Rue Lafitte, me dijo que quería hacerle una exposición a Pablo. Fue así fue como éste regresó a París, se instaló en el piso que había pagado Carlos Casagemas y se encerró un mes a pintar a marchas forzadas para poder acabar las pinturas. Nadie lo vio en ese tiempo: entre el trabajo y la depresión no salía de su encierro. Decidimos respetar su espacio y su dolor.

Toda su mente perturbada se reflejó en sus lienzos, los cuales se volvieron literalmente azules y lúgubres. Un periodo azul que causó desagrado entre los compradores y críticos, quienes no gustaron de esos nuevos Picassos que mostraban abiertamente un alma atormentada y el infierno interior ante los ojos del mundo. Todo en el nuevo siglo era un derroche de esperanza, de futuro, de progreso, y la depresión pictórica del nuevo Picasso no estaba acorde con el espíritu de los tiempos.

Una vez más, el genio se hallaba en la ruina; había despilfarrado todo lo que había ganado en la galería de Vollard, y encima estaba deprimido. En medio de la desesperación, Pablo estuvo a punto de volver a su España; pero en el fondo sabía que la única forma de trascender las fronteras, tanto de la patria como del arte, era quedarse en París sin importar el costo. Los sueños deben perseguirse. Vivir de aquello que amas y amar aquello de lo que vives: eso no se compra, no tiene precio, y es más importante que la fama o el prestigio.

Comenzó a ganar algún dinero, suficiente para volver a las pinturas. La depresión de Pablo fue cediendo, y eso se notó en sus nuevas obras. A principios de 1905 expuso una serie de telas impregnadas de rosa que fueron bien recibidas por el público y la crítica, a tal grado que comenzó a hablarse de una transformación luminosa del artista. A este periodo rosa siguió uno lleno de influencias africanas; los galeristas empezaron a alabar a Picasso. En esta época, por ahí de 1906, gracias a Pablo y mis otros amigos artistas conocí al pintor

que inflamó mis pasiones, que me volvía loca, pero que era de todas
y de ninguna. Venía de Italia y se llamaba Amedeo Modigliani...

—¡Basta ya! ¡No puedo más con tus locuras!

José de Miurá había escuchado pacientemente los delirios de Elizabeth Limantour. Había vuelto a su casa y a sus locuras una vez más, tan sólo para decirle que aquello debía terminar; pero su sonrisa lo había atrapado y la nostalgia del amor pasado lo hizo sucumbir a un nuevo relato plagado de fantasías. Había acudido a su casa para enfrentarse a ella, para encararla con su locura, y para decirle la verdad que nunca había logrado comunicarle desde que se separaron en noviembre de 1900. Pero ahí estaba, nuevamente envuelto en relatos sin sentido alguno que de nada servirían a nadie. Para colmo, el conde de Calimaya finalmente había vuelto de su larga estancia en Mérida, y José de Miurá también había perdido el ánimo de soportar al aspirante a noble.

—Pero, mi querido amigo —replicó Elizabeth sin perder la compostura—, ¿de qué locuras me está hablando?

—¡Amiga de Picasso, cómplice de sus pasiones, testigo de aquel suicidio tan famoso en el mundo del arte, su amiga y confidente y hasta causante de sus exposiciones! Tus delirios ya han sobrepasado lo imaginable. Y ahora, en tu mente, en tus fantasías, pretendes liarte pasionalmente con Modigliani.

—Sé que la historia parece de novela romántica —respondió Elizabeth—, pero así era la vida de aquel París.

—Vida que no viviste, Liza. Tu mente ha construido una existencia alternativa, la que te hubiera gustado tener, de la que te perdiste por dejarme en Europa para venir a ser una señora de sociedad.

—Nos separamos para que cada quien pudiera vivir sus sueños...

—Tú eras mi sueño, Elizabeth Limantour —atajó bruscamente Miurá—. Tú eras mi sueño, y durante toda mi vida has sido mi estúpida obsesión. Pero esto se acabó. Ésta es mi última conversación contigo. Sólo a eso vine hoy: a comunicarte que esta locura ha llegado a su fin, que mi obsesión contigo y ese idílico pasado ha terminado. Tú me dejaste en París cuando yo te propuse matrimonio, me volviste a recitar tus discursos sobre la libertad, sobre no ser propiedad de nadie y recorrer libremente toda Europa, y lo que hiciste justo después fue embarcarte a México para convertirte en la señora de Luis Felipe de Calimaya. Si al menos me hubieras dicho la verdad, todo hubiera sido más digno, y quizá yo no hubiera estado obsesionado contigo toda la vida.

—Pero yo...

—No me digas nada —cortó Miurá—. Yo te amaba, Liza; pasamos casi dos años maravillosos en Europa, tú artista y yo poeta, con el mundo para nosotros, con un sueño a nuestro alcance. Te cansaste de decirme que nunca le pertenecerías a nadie, y te volviste a México para ser la propiedad de un aristócrata de ésos que decías aborrecer cuando estábamos en París... Me mentiste.

Miurá se interrumpió y quedó sumergido en la reflexión. La mentira. Qué derecho tenía de reclamarle a Elizabeth Limantour una mentira, cuando su propia vida era una madeja de engaños y lo había sido desde entonces. Liza le mintió al despedirse, pero él le había mentido desde el principio, desde el mismísimo día en que la conoció. Pero esa mentira era por su bien, para protegerla de un oscuro mundo que ella desconocía.

Él siempre quiso decirle la verdad, pero era imposible, y finalmente, cuando llegó el día en que decidió revelarle todos sus secretos en busca de perdón y comprensión, cuando le propuso casarse y recorrer juntos aquel mundo, para lo cual debía decirle toda la verdad, ese día ella lo despreció, lo alejó de su vida y se marchó para ser la mujer de un señorito.

Los secretos que Miurá estaba por confesar se quedaron atorados en su boca, y así permanecieron casi catorce años. Ahora se presentaba para poder escupir esa verdad que tanto le envenenaba el alma. Pero se dio cuenta de que la vida es más importante que la verdad, que esa verdad no iba a ayudar a la vida de Liza Limantour, y una vez más decidió conservarla. Él siempre tuvo una buena razón para mentir, y seguramente Liza también. No podía reprocharle nada.

—Liza —dijo Miurá, al tiempo que le tomaba las manos y la miraba a los ojos con la mirada más amorosa y compasiva de la que fue capaz—. Nada de lo que has contado es cierto, y algo en el fondo de ti debe saberlo. Toda esa historia está sólo en tu mente. Tú abandonaste Francia en noviembre de 1900 y regresaste a México, tu país de origen, donde te casaste con Luis Felipe de Calimaya, con quien tienes una hermosa hija que necesita a su madre de vuelta.

—Si eso fuera verdad —respondió Liza—, no podría saber todo lo que sé, no podría contarte las historias de París en estos últimos años, no sabría nada de Picasso, del suicidio de Casagemas, de Modigliani. Y tú sabes que todo eso es cierto.

—Lo es, Liza; pero tú no lo presenciaste. El suicidio de Casagemas ocurrió en febrero de 1901 en París, y ese mismo año y ese mismo mes tú estabas contrayendo nupcias con el conde de Calimaya. La única razón por la que conoces esas historias es porque regresaste a Europa en 1908, con tu hija, para mostrarle París, para cumplir con el ritual de la clase alta de este país de llevar a sus hijos al extranjero, sea Estados Unidos o Europa, como si eso los fuera a hacer mejores personas. Recuérdalo: tú y yo nos encontramos en Nueva York en 1909, en el Museo Metropolitano, precisamente cuando regresabas de ese viaje. Date cuenta de que tus fantasías no van más allá de 1907. No sé qué habrás hecho en ese viaje, si llevaste a tu hija a convertirla en lo que eres o en lo que hubieras querido ser, pero así fue como te enteraste de todas esas historias en las que hoy pretendes estar involucrada. Todo eso ocurrió, Elizabeth Limantour, pero tú no fuiste parte de esas historias. Renunciaste a ellas al mismo tiempo que renunciaste a mí, y regresaste a México para cumplir con un destino que no era el tuyo, sino el que la sociedad tenía marcado para ti.

José de Miurá y Zarazúa se puso de pie y recogió sus notas y su abrigo. No tenía caso seguir en esa casa ni oyendo esas historias. Ya había tomado la decisión de seguir con su vida, de soltar un pasado que lo había atormentado por catorce años, de buscar la felicidad que neciamente se había negado a sí mismo. Esperaba que Liza pudiera hacer lo mismo, pero finalmente no era su responsabilidad. Él estaba dispuesto a transformar su vida, y el primer paso para transformarse a uno mismo es observarse, comprenderse, aceptarse. Liza siempre podría cambiar su vida y su realidad, pero primero tenía que aceptarlas. No es fácil romper con el pasado, pero el precio de encadenarse a él siempre es más alto.

Miró a su alrededor una estancia en la que esperaba encontrarse por última vez en su vida. Ya no estaba en ella la señorita Carvajal, pues Calimaya estaba de regreso, pero sí pudo distinguir la huidiza silueta de Panchita, que discretamente siempre estuvo al pendiente de todas las conversaciones. Una lágrima corrió por su mejilla mientras veía a Liza Limantour, parada en medio de aquel salón, callada, con la tristeza reflejada en el rostro. Es difícil decirle adiós al amor de tu vida, pero más difícil es amar una sombra, un recuerdo, un pasado que se ha ido.

—Escúchame bien, Liza —dijo Miurá clavando sus ojos en los de su amada—. Vivimos un idílico romance en París; tú eras una señorita de sociedad que llegó para aprender los buenos modales de la clase alta, pero en lugar de eso decidiste vivir la vida bohemia de los barrios bajos y los grandes artistas. Yo llegué por mis propias razones, pero también me enamoré de ese mundo, de ese mundo y de ti. A cada uno de nosotros nos ganó un destino que ya estaba decidido y contra el que no nos atrevimos a luchar. Vivimos un gran amor entre 1899 y 1900, recorrimos muchos caminos, tuvimos noches de pasión desbocada, y ya. Nos despedimos en noviembre de 1900; tú volviste a México a casarte y yo... yo tampoco tuve el valor de llevar esa vida bohemia y tuve una vida llena de aventuras, pero también de secretos, soledad, amargura y desamor.

—Pero el destino no deja de juntarnos, mi poeta.

Mi poeta... Liza no lo había llamado así en catorce años. Eso había sido, poeta gracias a ella; un escritor que cambió los versos y los sueños por la razón y la lógica después de haberla perdido.

—Mi hermosa mexicana —él tampoco la llamaba así desde aquellos tiempos—. Nosotros hacemos el destino. Yo me obsesioné contigo, y mi profesión es vender información. No fue la casualidad sino mi obsesión lo que nos juntó aquella vez en Nueva York. Es cierto que seguía a los doctores Freud y Jung, además de que otros aspectos de mi trabajo me exigían estar en aquella ciudad, pero yo sabía cómo y dónde poder hacerme el encontradizo contigo. Lo mismo sucedió cuando los dos llegamos a México. Yo podía haber elegido otro destino, pero elegí éste por ti, y ahora ha llegado el momento de marcharme para siempre.

En aquel momento el rostro de Elizabeth Limantour fue surcado por algunas lágrimas. Sus hermosos ojos se clavaron en los del escritor.

—¿Eso quiere decir que ya no vas a escribir mi historia?

—Sólo tú puedes escribir tu historia, Elizabeth Limantour, y puede ser la que tú quieras. Pero no es la que me has contado, ni puede partir de ahí.

El escritor, con todos sus secretos inconfesables, se acercó a Elizabeth, la miró profundamente, acarició su mejilla como si no fuera a hacerlo nunca más, y tiernamente posó sus labios en los de ella, sin malicia, sin sensualidad. Ella lo permitió.

—Adiós, mi hermosa mexicana. Todas las historias deben tener un final, y es momento de llegar al final de ésta. Ya no puedo jugar al psicólogo; no lo soy ni pretendo serlo. No sé por qué accedí a esto. Quizá algo en lo más profundo de mi arrogancia pensó que podría ayudarte, que podría curarte; pero no es así. Creo que en realidad lo hice para poder estar cerca de ti. Sin embargo, he comprendido que debo salir de este pantano que es mi pasado, y que tú necesitas encarar la realidad. En París conocí a una mujer capaz de todo, fue la mujer de la que me enamoré perdidamente, una mujer que vivía su presente sin expectativas ni miedos, sin pasado ni futuro, una mujer capaz de comerse el mundo, y hoy, ahogada en un mar de fantasías, ni siquiera es capaz de salir de casa. Pero debajo de todo esto en lo que te has convertido y te has dejado convertir, esa mujer sigue viva. Esa mujer es libre. Nunca lo olvides.

Una chispa iluminó los ojos de Elizabeth Limantour. Fue lo último que el escritor pudo ver en ella antes de dar media vuelta para decir adiós al pasado y ver frente a sí un nuevo camino, lleno de incertidumbres pero con la promesa de la verdadera libertad.

José de Miurá y Zarazúa atravesó los pasillos y salones que conducían a la salida de la mansión Calimaya. No dudó, no volteó y tampoco dejó salir más lágrimas. Había dado el paso más difícil de su vida, había pronunciado el adiós más terrible de todos, pero también había liberado su alma.

Una sonrisa que comenzaba a dibujarse en su rostro se transformó en mueca cuando apareció frente a él don Luis Felipe de Calimaya.

—¿Me permite unas palabras, caballero?

Qué difícil era para el conde de Calimaya llamar caballero a José de Miurá, pero en el fondo tenía que aceptar que así se había comportado, por lo menos en su casa.

—Mi siempre poco estimado señor Calimaya —respondió Miurá con su sarcasmo acostumbrado—. ¿Qué lo trae por acá? Llegué a pensar que me iba a dejar a su mujer para siempre.

—Todo lo contrario, señor Miurá —dijo Calimaya bastante tranquilo, familiarizado ya con las maneras del escritor—. He vuelto de Mérida para hacerme cargo de mi esposa, de mi hija y de mi casa, labor que sólo me corresponde a mí.

—Lo felicito por esa decisión. No vaya usted a pensar que sólo yo y su socio Federico gustamos de su mujer. Es muy hermosa y además muy interesante; si alguna vez platica con ella lo sabrá.

Calimaya estaba determinado a no caer ante las provocaciones verbales del escritor, cuyas armas eran precisamente las palabras.

—Sólo quiero decirle, señor Miurá, que su presencia ya no será requerida ni bien recibida en esta casa.

—Pero qué casualidad, caballero —exclamó Miurá con una gran sonrisa—. Precisamente acabo de despedirme de Elizabeth, pues, en efecto, mi presencia en esta casa ya no es necesaria ni saludable para nadie.

La leve sonrisa que había esbozado Calimaya se desdibujó de su rostro. El maldito escritorzuelo liberal le había quitado el placer de la venganza, de correrlo de su casa aunque él pretendiera seguir en esas sesiones que sólo podían tener como objetivo robarle a su esposa. Justo ahora que se disponía a hacer valer su autoridad y sacarlo de ahí para siempre, a patadas si era necesario, el desgraciado pretendía despedirse. Don Luis Felipe se quedó mudo, con algo atragantado en la garganta.

—¿Y cómo le fue en Mérida, mi poco estimado caballero?

—Eso no es de su incumbencia, señor; mucho menos a partir de ahora, que sale usted para siempre de nuestras vidas.

—No se preocupe. Sé que no es agradable contarle a un desconocido cuando los negocios quiebran, pero ya le había dicho yo que ni el henequén ni la esclavitud tenían futuro en los mercados.

Calimaya trataba de contenerse pero la furia se iba apoderando de él. Ese desgraciado español rebelde siempre sabía mucho más de lo que debería. Su cara se iba tornando roja y sus ojos se desorbitaban de furia.

—Tranquilo, caballero. Ya le he dicho que sus secretos están a salvo conmigo. Además, debería sentirse aliviado: por lo menos recuperó la hacienda de su mujer. Quizá pueda dedicarse en ella a algo más respetable.

Ésa fue la gota que derramó el vaso. El tal Miurá estaba demasiado al tanto de muchas cosas que no sólo no eran de su incumbencia, sino que en teoría deberían ser secretas. Don Luis Felipe de Calimaya perdió la compostura y cayó en el juego de Miurá.

—¡Es usted un maldito insolente, un entrometido! Salga de mi casa inmediatamente y para siempre. No quiero volver a verlo por aquí nunca más. Como ya no hay ley ni orden en este país, si lo vuelvo a ver lo mataré yo mismo.

—¡Usted mismo! Pero, señor Calimaya, si usted nunca ha hecho nada por usted mismo, no creo que sepa hacer nada, mucho menos matar a alguien.

—No tengo por qué seguir soportando sus insolencias. Fuera de mi casa.

—Ésta no es tu casa —dijo una voz femenina a lo lejos—. Hasta donde yo sé, ésta es mi casa, igual que la hacienda de Yucatán, cuyas escrituras tengo en mi poder desde hace algunas semanas, poco antes de que regresaras de Mérida. Me llegaron de Nueva York y con remitente desconocido, con una nota que me aconsejaba cuidar mejor mis propiedades. ¿Sabes algo al respecto, querido esposo?

Elizabeth Limantour avanzaba velozmente por el pasillo, con paso firme, con la cabeza en alto y actitud altiva, arrogante, como nunca antes la había visto su esposo, pero como siempre la había visto Miurá. La mente de Calimaya estaba confundida: por un lado, su mujer se plantaba con un brío que él desconocía, le levantaba la voz a él, el hombre de la familia, y además lo encaraba con ese tema tan delicado; por otro lado, le había dicho "esposo", y eso sólo podía significar una cosa: Elizabeth había recuperado la razón.

—El señor Miurá ya se va, ya se ha despedido de mí y hasta de ti. No es necesario perder los modales ni la compostura. Después de todo él me curó; eso era lo que querías, ¿no es así?

Don Luis Felipe se quedó sin habla. Él quería recuperar a su esposa, y aunque era evidente que Elizabeth estaba de regreso, ésa no era su esposa. Ella nunca le había levantado la voz, nunca había exigido nada. Él quería a su esposa de vuelta, pero a su esposa, con la que se había casado más de una década atrás, no a esa mujer empoderada y dueña de sí misma.

—Elizabeth… querida… yo…

—Antes de que se vaya el señor Miurá —cortó tajante Elizabeth—, necesito cruzar otras palabras con él. Supongo que no te opondrás a que sostenga una conversación civilizada con mi huésped en mi casa. Menos aún ahora que has de tener muy claro que todo lo tuyo es en realidad mío, y que además, y no porque lo merezcas, siempre te he sido fiel.

Don Calimaya se quedó mudo al tiempo que Elizabeth Limantour hacía un ademán a José de Miurá para que entrara en un estudio. El escritor no se atrevió a decir nada ni a rechazar la invitación, por lo que entró en la habitación señalada seguido de Elizabeth, quien dejó a su marido pasmado en la mitad del pasillo, al lado de aquella habitación. Una vez cerrada la puerta, Elizabeth Limantour se quedó cara a cara con José de Miurá, a un metro de distancia y cada uno con la mirada clavada en los ojos del otro.

—¿Elizabeth? —titubeó Miurá.

—Sí, querido, soy yo. Elizabeth Limantour de Calimaya, esposa de don Luis Felipe y madre de Isabela. Me casé con él en febrero de 1901; lo dejé tomar posesión de mi persona, mi casa y mi fortuna, como son las cosas en esta sociedad. He vivido a su sombra desde entonces, callada, sometida, frustrada. En el fondo es un buen hombre, y lo sé; a pesar de todo le tengo mucha gratitud, una gratitud que tú no entenderías ni entenderás. Yo me dejé someter mucho más de lo que él me sometió. He tenido oportunidad de tener amantes y no los he tenido; tuve oportunidad de huir y quedarme en París en 1908, y tampoco lo hice. Por eso mismo, aquella vez que nos encontramos en el museo de Nueva York te pedí que te alejaras y no me comprometieras. Era y soy una mujer casada, por mi propia decisión, que tampoco pretendo que entiendas.

Miurá estaba totalmente atónito. De pronto, de entre la penumbra de la nostalgia y la locura había emergido Elizabeth Limantour, Liza, su mexicana, la artista, la mujer indomable.

—¿Pero cómo? ¿Estás bien?

—Estoy bien, José. Hace casi un año tuve una discusión terrible con mi marido en nuestra casa de campo, en las afueras de la ciudad. Nos refugiamos ahí cuando la revolución llegó a la capital y se dio el golpe de Estado que terminó con el asesinato del presidente Madero. Discutimos, le eché muchas cosas en cara, le dije muchas verdades a las que no supo responder. Salí corriendo de ahí y tomé un caballo; estaba lloviendo. No era yo misma: mis represiones de más de diez años salieron de una sola vez y corrí a todo galope, sin pensar, hecha una furia. Fue una insensatez. El caballo resbaló y yo caí, me golpeé la cabeza y en verdad olvidé quién era. Caminé desorientada hasta llegar a la construcción de la Casa de la Ópera. Fue ahí donde me encontraste y me ayudaste a llegar a casa. Después de eso no pensé volver a verte, y de pronto apareciste por la puerta principal, invitado por un hombre que se decía mi marido pero al que en ese momento yo no recordaba.

—¿Es decir que sí tuviste amnesia?

—Sí la tuve; a causa del golpe, supongo. Y quizá a causa de las represiones, de la frustración de una vida no vivida, de la cárcel que es la sociedad, sobre todo para las mujeres. Mi mente dañada comenzó a hacer historias sobre la vida que en realidad hubiera querido tener, la que pude haber tenido en París contigo, pero a la que renuncié por miedo. Eso fue todo, José; tuve miedo. Después me arrepentí, te busqué por todo París pero no pude encontrarte. Me dijeron que te habías ido a Alemania, pero nadie sabía nada más. No tenía cómo saber de ti. Sufrí mucho y pensé que no volvería a verte. Por eso regresé y me casé con el hombre que mi familia me tenía destinado. Ésa es, a grandes rasgos, toda la historia.

—Pero ¿desde cuándo estás bien? ¿Cuándo recuperaste la razón?

—Hace tiempo. Pero para entonces me había acostumbrado a tus visitas y comencé a fingir. Además…

Elizabeth Limantour se detuvo, la voz entrecortada. Las lágrimas salieron de sus ojos e intempestivamente se arrojó a los brazos de José de Miurá.

—Además, mi querido poeta, yo no estoy loca. Sé que te conté fantasías, te relaté la vida que hubiera querido y que hubiera podido tener de haber encontrado el valor de elegir, de tomar mi vida en mis manos. Te conté una vida hermosa por una sola razón.

Miurá guardó silencio.

—Te conté la vida que hubiéramos tenido porque… porque mi vida no me gusta. Mi vida es terrible, es una prisión, una condena. No es culpa de Luis Felipe ni de la sociedad, sino de mí misma.

José de Miurá y Zarazúa ya se había despedido del pasado, y de pronto el pasado salía de nuevo a su paso, a ponerle una nueva trampa. Vio toda su existencia pasar frente a él. Su vida en España, sus estudios en Alemania, sus viajes por el mundo escribiendo historias, hasta que esas historias lo llevaron a París, a presenciar la firma del tratado de paz entre Estados Unidos y España, el nacimiento del nuevo imperio. Se vio a sí mismo en París deslumbrado por el arte, la ciencia y el progreso; por los segundos Juegos Olímpicos, la fastuosa Exposición Mundial... y por Liza Limantour.

Aquella tertulia en casa de Émile Zola había cambiado su vida para siempre. Quedó prendado de Liza desde que la escuchó tocar el piano, y supo que era irremediablemente suyo desde la primera conversación en la que su belleza, su agudeza mental y su desparpajo hicieron emerger de lo más profundo de su alma al poeta. Vivió nuevamente, en unos segundos, toda su historia de amor, las noches en París, los viajes a Biarritz y a España, los planes a futuro.

Pero el futuro nunca llegó, por lo menos no ése tan soñado, ese de dos bohemios exprimiendo la vida en París. Finalmente eran dos bohemios de ficción. Liza Limantour era una señorita de sociedad con una familia adinerada como respaldo, y él... él también jugaba al bohemio cuando tenía una familia importante, un compromiso con la patria, un destino marcado y, desde luego, una pequeña fortuna de respaldo. Eso es lo que fueron: la burguesía disfrazada de bohemia.

Los dos podían jugar a la aventura por tener la vida resuelta. Sin embargo, de pronto él se había enfrentado al hecho de que su presupuesto sería cortado de tajo; de que, si querían seguir en la vida del artista, tendría que ser, ahora sí, en las mismas condiciones que todos esos arrabaleros. Miedo; nada incapacita más a los individuos y a las sociedades que el miedo. Liza regresó a México y él abandonó sus sueños de dramaturgo y poeta para seguir siendo un vendedor de información. Su corazón fue golpeado una sola vez, y permitió que eso se lo cerrara para siempre.

—La vida fue difícil para los dos, mi hermosa mexicana. Los dos tomamos malas decisiones en el pasado, pero las tomamos pensando que eran las correctas. Teníamos frente a nosotros el amor y nos venció el miedo; teníamos la opción de la locura y nos ganó la imposición de la razón. Desde entonces hemos dejado que la nostalgia de lo que no fue hace casi quince años determine todas nuestras miserias.

—Pero aquí estamos juntos otra vez, con una nueva posibilidad.

—No, mi hermosa mexicana. Sí tenemos otra posibilidad, siempre hay posibilidades, siempre se puede volver a encauzar la vida con nuevas decisiones, y yo ya he tomado esa decisión. Me marcho. Tengo un pasado al cual renunciar, un presente que disfrutar y un futuro que construir.

Elizabeth Limantour inclinó levemente la cabeza y se sacudió una lágrima antes de volver a mirar a los ojos a su poeta.

—Te conté una historia de fantasías porque es mucho mejor que la realidad. No me gusta mi vida.

José de Miurá y Zarazúa tomó de ambos brazos a su hermosa mexicana, la miró con una penetrante mirada llena de dulzura y le dio un beso en la frente.

—Cámbiala. Si no te gusta tu vida, mi hermosa mexicana, cámbiala.

—Es demasiado tarde.

—Nunca es demasiado tarde. Siempre tendrás libertad, la posibilidad de elegir un nuevo camino. Si no te gusta tu vida, cámbiala. Yo cambiaré la mía.

El escritor español salió de la habitación para encontrarse con un Luis Felipe de Calimaya absolutamente estupefacto, con la mirada perdida, sin saber qué hacer o qué decir.

—Don Luis Felipe —dijo amablemente Miurá—. He terminado mis asuntos en esta casa. ¿Me acompaña a la reja del jardín? Hay algunas cosas que quisiera decirle.

En ese momento, Luis Felipe de Calimaya no era dueño de sí mismo; estaba sin habla y aparentemente sin voluntad. Acompañó al escritor por la puerta principal que conducía al jardín y llegaron hasta el maravilloso árbol de jacarandas que apenas comenzaba a dejar ver algunos brotes de flor.

—Don Luis Felipe, no volverá a verme, quiero que tenga esa seguridad. También quiero que sepa que su mujer está bien de salud. No la he curado yo, sino el tiempo, que casi todo lo cura. Su salud está bien pero su corazón sufre, y yo sé que, a su modo y con sus límites, usted la quiere. La vida les ofrece una oportunidad. Ella está de vuelta, tienen una vida, y usted no lo perdió todo. Pueden salir adelante.

—No necesito sus consejos, señor Miurá.

—Sí que los necesita, remedo de noble; así que escúcheme, que, como ya prometí, será por última vez. Liza se fue de México en 1898 para ser educada como una señorita de sociedad, pero su espíritu nunca fue hecho para esa vida. En París descubrió su pasión, su arte, su talento y su libertad. Alguna vez se lo dije, don Luis, yo nunca tuve nada que ver con su mujer… Pero hubo una Liza que no fue su mujer; a esa Liza la amé y tuvimos un romance de fantasía por casi dos años, en París, en el cambio de siglo. Lo demás usted lo sabe. Regresó y desde entonces es su esposa; pero también desde entonces es un ave sin alas en una jaula de oro. Eso es todo. Su mente se ha recuperado, pero su corazón está lleno de heridas; ojalá sepa usted cómo sanarlas.

—Eso no es todo, caballero. Ya que está usted despidiéndose y contando historias de tan buena gana, dígame por qué han coincidido toda la vida, por qué estaba usted en Nueva York y por qué sabe usted tanto de mis negocios.

—Tener información es mi profesión, caballero. Es así de simple. Estuve obsesionado con Liza durante años; aproveché que mi trabajo implica viajar por el mundo, y así coincidí con ella en Nueva York, donde estaba usted con el señor Molina tratando de salvar su negocio henequenero tras la caída de la bolsa de 1907. Después tuve la oportunidad de elegir entre varios destinos, y por esa misma obsesión me quedé en México, de donde pretendo marcharme en cuanto tenga la posibilidad de hacerlo.

—¿Y por qué sabe tanto de mis asuntos personales y financieros?

José de Miurá se quedó callado por unos segundos, pensativo, reflexionando. Jamás le diría a Calimaya la verdad que le negaba a la propia Elizabeth.

—Quid pro quo, mi poco estimado Calimaya; quid pro quo, y yo me voy de México. Usted no tiene nada que contarme o decirme a cambio de mi historia, así que no hay trato. Sólo puedo decirle que la vida le dio una oportunidad que seguramente no merece. Federico Molina está hundido, pero usted conserva esta casa y la hacienda de Yucatán, que es muy valiosa y que puede dedicarla a actividades más honorables. Claro, no son de usted sino de Liza, pero lo mismo da.

Don Luis Felipe de Calimaya le cerró el paso al escritor.

—Tiene que decirme por qué sabe tantas cosas sobre mí.

El escritor lo miró en silencio unos instantes hasta que finalmente decidió hablar:

—Sólo le diré una cosa, señor Calimaya. La respuesta a todo, la clave, está en el tal Johan Zimmermann; pero usted nunca lo conoció, ¿cierto? No cuestione las oportunidades, sólo aprovéchelas. Eso es justo lo que yo haré.

1 de febrero de 1914

Magdalena y Miurá sabían tocar el cielo cuando yacían juntos; eran capaces de llevarse al horizonte donde se juntan en las ilusiones los mares y la tierra. Cuando se fundían en uno iban al borde del abismo, a esa puerta de entrada al infinito en que el día y la noche son fusión eterna, a ese lugar donde se juntan los más grandes amantes, los de las historias épicas.

Sabían llegar juntos al lugar imaginario donde el sol se funde eróticamente con la mar, donde los cielos y la tierra se vuelven uno, donde la luz se hace una misma con la oscuridad. Se transportaban a la frontera de los mundos, al límite final de los sentidos, a la última barrera de toda la existencia, hasta un punto que para los demás no existe, a los límites naturales entre los astros y la tierra, a ese destino final de los ensueños, la frontera inalcanzable que se aleja, hasta esa dimensión oculta que es destino de los versos.

En el lecho viajaban juntos hasta ese fin del mundo que jamás se acerca; se elevaban hasta el horizonte donde empieza el cielo, al cual accedían a través de la puerta del infierno que se hallaba entre sus piernas. Alcanzaban lo inalcanzable y conocían lo incognoscible, experimentaban en el sexo la disolución de todas las esencias. Se unían en un solo ser para entender lo inexplicable y percibir con los sentidos lo que no es sensible. Viajaban al horizonte cada noche que pasaban juntos, disolvían las fronteras de lo eterno y volaban hacia el confín lejano donde se unen el ahora y el entonces. Hacían un solo ser de sus almas y sus cuerpos, un ser eterno y divino como al inicio de los tiempos.

Hacían del sexo un acto sagrado, un instante eterno sin pasado ni futuro, una experiencia en la eternidad del aquí y el ahora, pero, paradójicamente, esas sesiones divinas atormentaban el alma del poeta. No creía albergar sentimientos hacia Magdalena. Sólo tenían sexo, desahogaban sus instintos y pasiones; eso es lo que hacían desde aquel día en que el destino o el azar los encontrara, pero él siempre la vio como su lado oscuro y su pecado.

Con Magdalena tenía lo que según su mente y sus constructos debía tener con Liza, la mujer a la que lo unía una especie de vínculo más allá de todos los vínculos, la mujer que había rescatado su corazón de la prisión de la mente que él mismo había construido, a la que le debía su sensibilidad y con la que había experimentado por vez primera aquel sexo sagrado que ahora alcanzaba con Magdalena. Su mente siempre estaba partida en dos y se debatía entre su razón y su locura.

Desde el primer momento Miurá supo que él y Magdalena compartían la misma esencia, pero jamás había visto eso como algo bueno; él era el primero en despreciar su propia naturaleza, esa doble vida, esa pasión inflamada, esa voluptuosidad desbordante, esa lujuria, esa lasciva concupiscencia, esa libidinosa carnalidad que era el origen de su alma de poeta, pero también de sus tormentos.

José de Miurá era como todos los seres humanos: un prisionero de su propio pasado, de sus condicionamientos psicológicos, en este caso muy católicos, muy pudorosos, represivos y morales. Intelectualmente sabía que todo eso era una estupidez, pero no bastan las teorías contra una mente programada. Por más que intentaba no hacerlo, José de Miurá y Zarazúa aún se juzgaba, y lo hacía severamente.

Juzgar, esa estúpida manía transmitida de generación en generación y que tan sólo envenena el alma de la humanidad; esa obsesión humana atribuida a un dios que ama pero juzga, que otorga instintos y los prohíbe, que hace humanos débiles a los que pone trampas, e inventa un infierno eterno para los que caen en ellas. No creía en ese dios neurótico, ni en ése ni en ningún otro; aun así, no lograba encontrar la paz interna.

Pero todos los conflictos existen sólo en la mente. Cada quien lleva la guerra o la paz consigo mismo, cada ser humano es la causa de su guerra y de su paz, y por añadidura de la guerra y la paz de todo el mundo. Miurá no era la excepción. Su mente llena de teorías libraba constantes batallas contra la realidad, una realidad en la que yacía con Magdalena mientras su mente le decía que no era ella a quien debía amar. Qué difícil es escuchar al corazón cuando la mente no calla.

—No sé qué hacer, Beatriz. He vivido convencido de que ella es mi alma gemela, el amor de mi vida, mi destino. Ya sabes, mi amor eterno, con quien debo estar. Ella es la causa y el origen de mis versos, el ideal de mis sueños. Ella es…

—Justo eso —interrumpió Magdalena—, una mujer idealizada, no una mujer de carne y hueso. No convives con una realidad sino con un sueño. Te asusta su perfección, pero ella sólo es perfecta en tu mente.

—Mientras tú, Beatriz, mi querida Magdalena, eres una realidad carnal, con todos tus defectos y virtudes, con todas tus emociones defendidas con tu racionalidad, con todas tus pasiones tan expuestas, tan exquisitas, tan dispuestas.

—Así es, querido; a mí no me puedes idealizar. Sabes lo que soy desde el primer día; conoces desde el principio mi ser completo, eso que llamas tu lado oscuro pero que no es oscuro en absoluto.

—Es justamente así. No me saco de la cabeza la idea de que tú representas mi oscuridad y ella mi luz. Sin embargo, nos ocurre lo mismo: nadie conoce mis secretos, sólo tú. Eres la única ante quien no debo fingir, pues el destino dispuso que nos conociéramos precisamente a través de nuestro lado oculto, quizá no oscuro pero sí oculto, subrepticio, furtivo. Y ahora aparece ella nuevamente, dispuesta a volver a estar conmigo, como siempre he dicho que debería ser. Pero tú...

—No, querido; yo nada. Te lo he dicho y te lo repito: yo no soy un obstáculo entre ella y tú; no tienes que elegir. No quiero que dejes de estar con ella por estar conmigo; eso jamás te lo he pedido. Nos hemos entregado nuestros momentos presentes, sin expectativas, sin promesas ni contratos. Ésa es nuestra magia: ninguno espera nada del otro.

—La peor estupidez que pueden cometer los amantes es prometerse amor eterno...

Magdalena era quizá la única que conocía a la perfección la tormenta detrás de la paz de aquel poeta, los conflictos de su mente, su guerra contra sí mismo. Quizá por eso se negaba siempre a ser parte de aquel conflicto.

—...Cosa que nunca nos hemos prometido —dijo Magdalena—. La vida pone frente a ti una oportunidad: puedes volver con ella a Europa y que el viaje les ofrezca las respuestas que tanto necesitas.

—No sé si Europa sea mi solución. Dondequiera que vaya estaré conmigo mismo. Llevaré mi guerra a donde sea que me marche.

—Además de que si vas a Europa encontrarás una guerra de verdad; el estallido es inminente. Bien sabes que las potencias sólo están a la espera del pretexto que les permita desatar el infierno.

—Lo sé muy bien. México arde y arderá aún más, y Europa no tarda en incendiarse. La paz de Europa es la paz del mundo, Beatriz, y su guerra será igual de mundial que su paz. México ya es parte de esa guerra, y los mexicanos, tan proclives al conflicto, pelean unos contra otros en este enfrentamiento entre potencias que ellos llaman Revolución y que piensan que es suyo.

—¿Y ya has decidido lo que harás?

—Alguna vez me dijiste que tenía toda una vida por delante si así lo quería, que sólo Liza Limantour me ataba a este país. Me atan muchas cosas, Beatriz; toda una red de conspiraciones y complicidades. Pero, efectivamente, Liza era lo que más me ataba.

—¿Era?

—Sí, Beatriz, era. No será fácil, pero he decidido ser libre. Me voy. No sé adónde porque el mundo entero estará en llamas y hay muchos intereses que no me dejarán partir. Debo hacer algo con esa red de conspiraciones. Lo sabes tan bien como yo: no se puede simplemente renunciar a lo que tú y yo hacemos. Morir es la única forma de renunciar a nuestro trabajo, y por primera vez en muchos años no estoy dispuesto a morir.

—En ese caso, un mundo en guerra puede ser una gran oportunidad; todos tendrán algo mucho más importante que hacer que buscarte. Además, eres un maestro del disfraz, en todos los sentidos posibles.

—Eso es justo lo que estoy tramando: el disfraz, la estrategia, la personalidad y el lugar para huir.

—¿Cuándo comenzará la guerra?

—Muy pronto. Los Estados Unidos ya preparan la invasión a México; sólo esperan un pretexto, igual que los europeos. Así es esta sociedad del simulacro: todos quieren y necesitan la guerra, pero todos fingen repudiarla.

—El actual gobierno ha dado muchos pretextos para la invasión. El ministro del Exterior, Cándido Aguilar, ha entrado en conflicto con el almirante Fletcher en el puerto de Tampico; sabe que Estados Unidos sólo busca el control del petróleo y está dispuesto a incendiar los pozos petroleros. El gobierno norteamericano no se cansa de lanzar anzuelos, y el gobierno mexicano no tarda en morder uno de ellos.

—No dejas de sorprenderme, mi querida Magdalena; ese rostro inocente me hace olvidar que eres una espía.

—No me llames espía; sólo trafico con la información, como tú.

—Y hablando de información, los norteamericanos no sólo invadirán por el golfo de México; parece que han comprado a Pancho Villa.

—No pensé que ese hombre estuviera en venta.

—No lo está; se vendió sin saberlo. Acaba de firmar un contrato con un dudoso estudio cinematográfico americano, Mutual Films. Le dieron veinticinco mil dólares a cambio de derechos de exclusividad; a partir de ahora su revolución no será más que una producción cinematográfica. Además del dinero, el estudio le dará armas y pertrechos de guerra, con el pretexto de que es material de producción.

—Precisamente ahora que el gobierno americano prohibió el tránsito de armas a México —interrumpió Magdalena.

—Justo así. No cuentan como armas sino como material de producción. Villa ha comenzado a reclutar mercenarios al norte del río Bravo; les paga un peso al día por ser parte de su ejército, uno que está formando ahora y que es cinematográfico hasta en el nombre: los Dorados de Villa.

Magdalena no pudo evitar soltar una carcajada, aunque el asunto, que parecía broma, era demasiado serio. Ambos sabían que los norteamericanos estaban moviendo sus piezas en un tablero de ajedrez. El gobierno de Huerta estaba acorralado, se quedaba sin armas al tiempo que los rebeldes no cesaban de recibirlas; la invasión a puertos mexicanos era inminente; el ejército de Villa tendría el potencial de tomar todo el territorio, quizá hasta Centroamérica, donde los gobiernos eran títeres de Estados Unidos, desde Guatemala hasta Panamá, donde el canal transoceánico estaba completo, y aunque no lo habían inaugurado oficialmente, el primer barco de prueba ya había pasado exitosamente de lado a lado. El silencioso Imperio norteamericano del que tanto escribía José de Miurá se estaba convirtiendo en una realidad.

—¿En verdad los mexicanos no se dan cuenta de que luchan entre sí por los intereses de otros? —preguntó Magdalena.

—Evidentemente no. Lo han hecho durante todo un siglo desde su supuesta independencia. Toda la América Latina, bautizada así por Napoleón III, fue creada por masones ingleses, menos México, creado por masones americanos, arrebatado a Iturbide por masones americanos.

—¿Quizá también ha llegado mi momento de salir de México? —dijo Magdalena con tono de pregunta, quizá en busca de consejo.

—La guerra llegará a la capital, Beatriz. Sin importar lo que hagan el imperio alemán y sus espías, esta batalla está ganada por los americanos. Personas como tú no serán bien vistas.

—Tal vez debo marcharme a París.

—No. Acepta tus orígenes y vete a Berlín.

—Tú tienes muchos traumas con París y los franceses —respondió con una sonrisa.

—Quizá así sea —replicó Miurá—. Pero la guerra no será en Alemania; es mucho más probable que se libre en Rusia, en Austria, en Francia. En Berlín estarás a salvo.

—¿Y tú adónde irás?

—No lo sé. Quizá a España o quizá a Berlín; a donde la vida me lleve.

—¿Le dirás la verdad a Liza?

—Ya no es necesario. Ella está bien y no necesita esa verdad.

—¿Y qué harás con Johan Zimmermann?

José de Miurá y Zarazúa guardó silencio, cerró los ojos y se mantuvo así por un tiempo. Ése era precisamente el asunto que tenía que resolver, sin lo cual jamás sería verdaderamente libre.

Reflexionó un momento. Tenía que enfrentarse a la situación más complicada de su vida.

—Creo que no me queda más remedio que acabar con él.

—¿Podrás hacerlo?

—No tengo opción, Magdalena. Si no acabo con él, será él quien termine conmigo. Es cuestión de vida o muerte.

8 de febrero de 1914

Las palabras no brotaban de la mente ni de la pluma de Miurá. ¿Cómo podía despedirse del amor de su vida? Se supone que uno no lo hace. Pero frente a él había dos hojas de papel con algunos garabatos, frases aisladas y muchos tachones. Una tenía el nombre de Liza y la otra el de Beatriz. Había otro documento lleno de líneas deshilvanadas en el que Miurá intentaba hacer un reportaje, pero su mente dispersa no le permitía llevar a cabo su especialidad: conectar hechos que para los demás parecían inconexos.

Preparaba su huida, el adiós a dos mujeres que habían sido muy importantes para él y el plan para poder desaparecer sin dejar rastro. Tenía que cambiar de vida si quería sobrevivir, y eso suponía dejar de escribir esos artículos que tanto molestaban a tantas personas. Sin embargo, ésa era la parte de él que más le gustaba, quizá la única: el escritor libre y liberal, el denunciante, el que descubría conspiraciones, el que abría los ojos de una sociedad dormida.

Pero sabía que en el fondo lo hacía por diversión. Era el reto más que la justicia lo que motivaba sus denuncias. O quizá en lo profundo de su ser aún seguía tímidamente vivo su rostro original, aquel idealista romántico, aquel artista sensible y espiritual, el bohemio que libaba la savia de la vida. El niño inocente, el humano puro que somos al nacer, antes de que la política y la sociedad nos moldeen de acuerdo con sus mezquinos intereses.

Ése era tal vez el viaje que debía emprender, no uno por el mundo sino al interior de sí mismo, el viaje del héroe, ése que comienza cuando somos expulsados del paraíso en que nacemos, expulsados por nuestros instintos egoístas, nuestro miedo, nuestra obsesión de ser alguien cuando en lo más profundo siempre somos lo que somos. Ese viaje de vuelta al Edén, ese recorrido que nos enfrenta a nuestros demonios pero que nos ofrece la posibilidad de volver a nuestro cielo original. El viaje del héroe, ese viaje circular que termina en el punto de partida, cuando uno descubre que estaba bien antes de comenzar esa carrera neurótica y frenética hacia ningún lado. Miurá tenía que volver a su origen, pero en esa ocasión el viaje al interior tenía que hacerlo muy lejos de México y de todos los enemigos que había ganado como traficante de información.

Quería escribir otra pieza periodística sobre los intereses de los poderosos que llevarían al mundo a una guerra de proporciones apocalípticas: los ingleses intentando desmembrar el Imperio turco para dominar su petróleo y promoviendo el separatismo del Imperio austrohúngaro para adueñarse de los Balcanes; austriacos y rusos presionando por la misma península para obtener posiciones geoestratégicas, aunque ello implicara envenenar de odio a serbios y croatas, lo mismo que habían hecho un siglo atrás con la América Hispana; el sionismo tratando de inventar un Estado judío en un territorio donde no había judíos, con discursos llenos de mentiras históricas y religiosas, sólo para que los inversionistas no perdieran sus intereses en el Medio Oriente.

Quería escribir sobre las injusticias de ese capitalismo liberal que convertía a los hombres en engranes, y de ese comunismo que, con discursos libertarios y emancipadores, sólo pretendía que los engranes humanos tuvieran otro dueño. Quería hablar de los civilizados blancos, ingleses, neerlandeses y alemanes en este caso, matándose incivilizadamente por el sur de África para dominar la ruta del océano Índico y las minas de oro y diamantes; de la barbarie británica empeñada en llevar la supuesta civilización a Indostán; del salvajismo con que los norteamericanos trataban a los filipinos después de liberarlos del salvajismo de los españoles; del enfrentamiento de los imperios británico, francés y ruso, que no tardaban en chocar contra el alemán, y del inminente combate que Japón y Estados Unidos librarían algún día por el dominio del Pacífico.

Quería denunciar a los gobernantes detrás de los gobiernos, esos magnates como Weetman Pearson, J. P. Morgan o John Rockefeller, y cómo los intereses de unos cuantos empresarios insaciables y voraces podía romper el equilibrio mundial; la China destruida por los rebeldes nacionalistas que usaban armas norteamericanas, y la Corea prisionera entre los intereses de Japón, Rusia e Inglaterra. Sentía la necesidad de denunciar ese reparto del continente africano para hacer más poderosos a los poderosos europeos, y ese veneno llamado nacionalismo con el que las masas comenzaban a ser espoleadas para la futura guerra.

El mundo y la historia se presentaban de un solo golpe en su mente, como una gran telaraña donde no existía la ley de causa y efecto, sino que todo era una total, absoluta y delicada interrelación de sucesos, donde la guerra era la forma de vida de todos aquellos que hablaban de paz. Pero entonces veía su propia guerra y no podía evitar un sentimiento de culpa y vergüenza. De alguna forma él también vivía de la guerra y la había llevado consigo a todos los rincones del mundo por los que había pasado.

Sólo el amor termina con las guerras, y su propia guerra interna lo había mantenido siempre apartado del amor. Era cómplice como todos, culpable como todos. Veía el pedazo de papel dirigido a Magdalena junto al que estaba destinado a Liza Limantour, cerca de otros tantos sobre Paul von Hintze, Weetman Pearson, Morgan, Rockefeller, Félix Summerfeld o Johan Zimmermann.

Ahí estaba su guerra y su paz, su amor y su miedo, su razón y su locura.

El reportaje no fluía porque no debía ser escrito, y las cartas de despedida de pronto parecían absurdas. Finalmente había comprendido que la existencia es un total y constante fluir en el que uno no puede despedirse de nada, pues nunca se sabe la forma en que se enmarañará la existencia; además, nada puede ser poseído, lo cual vuelve a hacer inútiles las despedidas.

Quizá la realidad era que algo de él aún no se atrevía a despedirse de la que consideraba el amor de su vida ni de aquella extraña a la que no tendría que haber amado, pero en la que encontró una aceptación y una libertad que él asumía como componentes fundamentales del amor. Hubo un momento en que pensó que tendría que decidir entre ambas; ahora entendía, no sin dolor, que lo más sano para su mente era soltarlas a las dos.

El sonido de la puerta de su habitación lo sacó de sus cavilaciones. Temor fue su primera reacción. Era muy pronto, nadie podría saber que planeaba un escape; Magdalena jamás habría dicho nada, o eso quería pensar. Instintivamente tomó un arma que nunca solía llevar consigo. El miedo se acrecentaba por el hecho de que prácticamente nadie sabía dónde vivía, ni siquiera la misma Magdalena. Por seguridad, tanto profesional como emotiva, sus citas siempre se llevaban a cabo en un rincón que ella había dispuesto para los encuentros furtivos en que intercambiaban placer e información.

—¿Quién es? —preguntó con fuerza, para evitar que se notaran sus tribulaciones.

—Perdone que lo moleste, joven —dijo una voz débil y temerosa—. Soy Panchita.

¿Panchita? Todo hubiera esperado Miurá menos eso. Muy de prisa se colocó sus gafas y su eterno sombrero chambergo; abrió la puerta lenta y sigilosamente. Ahí estaba, en efecto, aquella mulata, eterna cómplice silenciosa de las conversaciones que sostuvo con Liza, la nana de la niña Liza. Aún con cierto recelo, Miurá abrió un poco más la puerta, sin que ello significara una bienvenida y sin mostrar su rostro del todo.

—Panchita, ¿en qué puede serle útil? Y, perdón que lo pregunte, ¿cómo es que me encontró?

—Lo seguí hasta aquí la última vez que se fue de la casa. Así me lo ordenó mi niña.

Miurá no pudo reprimir una sonrisa. De momento todo su miedo era infundado. Sin embargo, no dejaba de ser preocupante que un miembro de la servidumbre de una casa hubiera dado con él con tanta facilidad, cuando el secreto era parte fundamental de su trabajo.

—No te preocupes, Panchita. ¿Qué te trae por aquí? ¿Liza está bien?

—La niña Liza está bien, joven. Ha vuelto a ser ella; ya sabe quién es. Además está irreconocible, es como si de pronto hubiera tomado las riendas de todo; ahora es como el señor de la casa, y el patrón está muy desconcertado.

Miurá se sintió feliz. La felicidad de la mujer a la que amaba era el principal motivo de su propia felicidad. Esbozó una amplia sonrisa ante la idea de una Liza empoderada, retomando las riendas de su vida y dejándole claras las cosas a su esposo.

—¿Y qué puedo hacer por usted?

—La niña me pidió que le entregara esto —dijo la mulata mientras sacaba de un morral una carta y algo envuelto en un pañuelo. Entregó ambos objetos a Miurá.

José de Miurá desenvolvió el pañuelo. Ahí estaba nuevamente ese objeto frente a él, ése que no había visto en los últimos catorce años y que de pronto había vuelto a ver, ahora dos veces, en unas pocas semanas. Ahí estaba el medallón que le diera a Liza Limantour en París, en el cambio de siglo. Un medallón de oro con el grabado de una iglesia, la basílica del Sacré Cœur en la cima de Montmartre, y aquella frase grabada al reverso:

Amar más allá del tiempo y el espacio, más allá de la razón.
Amar hasta ir más allá de lo humano.

—¿Y esto? —preguntó Miurá con cierto desasosiego.

Esa medalla era de Liza, el único recuerdo que ella tendría de él; llegaba a sus manos cuando él estaba preparando la despedida, la huida, para ser más exactos.

—No sé. Me dijo mi niña Liza que se lo entregara, que al leer la carta lo comprendería.

—Gracias, Panchita. Pero no te vayas; quiero leer primero lo que me envía Liza y mandar contigo una respuesta. Pasa por favor.

El escritor se sentó frente a su escritorio. Ahí estaban todos sus papeles, sus intentos de hacer un reportaje, sus informaciones secretas y los borradores de su despedida. Todo hubiera sido más sencillo si Liza no hubiera vuelto a aparecer. Pensaba despedirse por escrito, volverla a invitar a cambiar una vida con la que no estaba conforme, pero nuevamente pensaba guardarse sus secretos, unos secretos que Liza no necesitaba conocer para ser feliz.

Desplegó frente a sí dos documentos enviados por Liza; uno era un papel evidentemente nuevo y el otro una hoja que se había tornado amarilla por los años. Había una indicación de comenzar por el mensaje nuevo. Miurá leyó:

Mi querido poeta:

No tengo palabras para agradecer lo que has hecho por mí, desde tu paciencia escuchando delirios fantasiosos hasta el empuje que me has dado para tratar de tomar las riendas de mi vida. Quiero cambiar mi vida, querido José, y voy a hacerlo, pero quisiera plantear la última oportunidad de que llevemos a cabo ese cambio juntos, pues resulta evidente que tú también debes y quieres cambiar la tuya. Pero antes debo contarte el porqué de mi adiós en París.

Tuve miedo, José, mucho miedo; estaba aterrorizada ante mis circunstancias. No quiero que pienses que no te amaba, pues lo hacía con locura. Tu amor me hizo despertar de la inconsciencia y ése siempre será el mejor regalo que hayas podido hacerme, sin importar lo que suceda. Te deseaba con todo mi ser, pero también sentía miedo, y tú fuiste gentil y dulce, mi cuerpo se fundió en el tuyo y nuestro palpitar se hizo uno: éramos dos corazones latiendo al unísono. Me robabas el aliento en cada beso y yo sólo quería que ese momento no pasara; quería que ese instante fuera eterno.

El sentir como cada beso encendía todo tu cuerpo, y la sensación de saber que eso lo provocaba yo, me hacía sentir mujer. Me daba miedo la necesidad que empecé a sentir por ti, la adicción que generabas en todo mí ser. Días después de tanta emoción tuvimos que tomar una decisión que marcaría mi vida para siempre. Dejarte ir fue lo peor que pude haber hecho, mi corazón se congeló, mi cuerpo temblaba sin parar, y mis ojos no paraban de verter lágrimas. En qué momento fui tan estúpida en pensar que ese amor se puede volver a encontrar en la vida.

Yo jugaba a la vida bohemia, mi querido poeta, a la aventura artística del arrabal, a ser como Toulouse. Y en cierta medida lo era: noble de cuna, rica por lo menos. Pero yo nunca tuve el valor de soltarlo todo como hizo él. Yo era una señorita de la alta sociedad de aquel México afrancesado; me enviaron a educarme como tal, pero yo descubrí la vida entre Montmartre y Montparnasse y me di cuenta de que ahí pertenecía mi espíritu. Claro, tenía una tía en París y un respaldo económico que venía desde México.

Era fácil jugar al artista bohemio cuando el dinero no constituía una preocupación. Pero abusé de la parranda y el destrampe, descuidando por completo la supuesta educación que debía recibir, y también fui olvidando lo importante que era mantener las apariencias ante mi tía, quien terminó por descubrir la verdad, mis viajes y amores contigo, las noches en el Moulin Rouge, las tertulias de absenta con láudano, el roce con todos esos artistas tan admirados como mal vistos.

Recuerdo muy bien el mes de octubre de 1900, cuando conocimos a Pablo Picasso y cuando Toulouse Lautrec estaba perdido en el delírium trémens. Entonces vi la realidad de ese ambiente. Al mismo tiempo, mi tía me dijo que lo sabía todo, que yo era incorregible, que en ese momento se terminaría el apoyo económico y que ya no sería bien recibida en su casa.

El sueño se esfumó frente a mis ojos, y cuando me propusiste quedarnos en aquel mundo, enfrentarnos a la verdadera bohemia, con todas sus penurias y carencias, me di cuenta de que no estaba lista para ello. El miedo me paralizó por completo. Tenía una vida asegurada en México, con todas las comodidades, y aunque tú me ofrecías aventura, la incertidumbre me llenó de pánico. Todo era una locura y decidí guiarme por la razón. Tuve miedo de la libertad; en cambio, en México tenía un destino todo seguridad y certezas.

"No tienes elección —me dijo mi tía—; debes regresar ahora mismo a México o le digo a la familia lo que realmente has estado haciendo en París, que te has convertido en la puta de los artistas. Tu abuela y tu madre mandaron una carta en la que informan que, si tus estudios en la escuela para señoritas aquí han terminado, tu presencia en México es necesaria. Tú no eres una señorita sino una mujerzuela; pero, si te vas ahora mismo, por el cariño que le tengo a tu madre, y para ver si es posible que te regeneres al lado de un buen hombre, estoy dispuesta a mantener en secreto tus vulgaridades."

Aquí está la carta original para que la leas, querido poeta.

En ese momento, José de Miurá desdobló el papel viejo y amarillento; era una nota breve y escueta:

Querida Rosa:

No hay palabras para describir el profundo agradecimiento que guardamos hacia ti y hacia Dios Nuestro Señor por haber permitido que Liza se educara en París bajo las más estrictas normas de la sociedad. Sabemos que es una niña necia y caprichosa, testaruda y con dejos de rebeldía, y sólo en París podía recibir la educación adecuada y las costumbres correctas para el México que la espera con los brazos abiertos.

Es momento de que Elizabeth regrese a cumplir con el destino que ya se le ha elegido, el mejor para ella.

Por favor haznos saber cuándo se embarcará.

Con todo nuestro cariño y eterna gratitud,
Ana María Isabela de Limantour

José de Miurá no tenía el menor derecho de juzgar a Liza; finalmente, él también había jugado al bohemio sólo porque tenía una fortuna de respaldo, la cual dependía de ese terrible secreto inconfesado que le impedía seguir en esa vida de artistas que tanto los había cautivado a ambos. Dos espíritus libres atrapados por la estructura social, por los intereses del pasado y, desde luego, por su propio miedo a liberarse. Continuó leyendo la carta de Liza:

Fue así como renuncié al sueño de París, de la libertad, del arte y de ese amor nuestro que parecía tan perfecto. Me despedí de ti aquel terrible noviembre de 1900, desistí de la ilusión de volver a encontrarte algún día o que tú volvieras a buscarme. Me despedí de nuestros amigos bohemios y me preparé para enfrentar mi destino. Pero, de pronto, algo cambió todo por completo, mi querido poeta, y decidí volver a buscarte. Ya no estabas: te habías ido de inmediato y nadie supo darme noticia alguna de ti.

Querido José, no me gusta mi vida y voy a cambiarla. Si te ocurre lo mismo, te propongo que juntos emprendamos esa aventura que quedó pendiente. Sólo hay una diferencia, además de los años, y es que tengo una hija a la que no dejaré por nada del mundo, pero con la que estoy segura de que no tardarás en encariñarte.

Quise enviarte la medalla del Sacré Cœur por dos razones. Si decides venir conmigo la conservaremos juntos; de lo contrario, deseo que, así como yo la tuve por años como recuerdo de nuestro amor, ahora la guardes tú.

Hoy es domingo, querido José. Estoy proponiéndote que huyamos el próximo domingo, 15 de febrero. Espero con todo mi corazón que estés dispuesto a que nos demos esta oportunidad; de ser así, te espero el domingo a mediodía, en la construcción inconclusa del Palacio Legislativo. De no ser así no te preocupes por mí; me has hecho comprender que mi vida está en mis manos. Sé que, juntos o separados, los dos podemos ser felices.

Liza, tu mexicana

José de Miurá y Zarazúa se desplomó, cerró los ojos y las lágrimas salieron de ellos a caudales. Todo hubiera esperado menos eso. Una nueva vida con Liza. Siempre lo había soñado, pero precisamente ahora había renunciado a ese sueño. Su hermosa mexicana había abierto su corazón, se había sincerado por completo, y él aún tenía un pasado de engaños que nunca fue capaz de confesarle, un pasado que lo perseguía y que bajo ninguna circunstancia podía permitir que pusiera en peligro a Elizabeth Limantour. No tuvo que pensarlo mucho. Miró a Panchita, que esperaba pacientemente.

—Toma, Panchita —dijo, al tiempo que le entregaba el medallón que simbolizaba aquel pasado—. Dáselo a Liza. Simplemente dile que no puedo.

Panchita lo recibió obedientemente y salió de la habitación sin decir palabra. De pronto, en el dintel de la puerta, volteó a ver una vez más a José de Miurá:

—Perdone, joven, pero hay una cosa más que usted debe saber.

—Dímelo, pues —respondió sin gana.

—Verá usted… Cuando mi niña Liza regresó de París, venía embarazada. Su abuela se dio cuenta de inmediato y le dijo con furia que o se casaba con don Luis Felipe o la metían en un convento.

Mensaje de J. Zimmermann a Paul von Hintze

(desencriptado)

Ciudad de México, 10 de febrero de 1914

Almirante Von Hinzte
Su Excelencia:

Esta batalla está perdida, mas no la guerra. El gobierno de Victoriano Huerta tiene los días contados y la invasión norteamericana en apoyo al líder de los rebeldes, Venustiano Carranza, es inminente.

Además, Pancho Villa también ha recibido ese apoyo, pero sin saberlo, pues ha firmado un contrato de exclusividad con un estudio cinematográfico americano que lo provee de armas y municiones, y financia el ejército que aquel forajido está formando. Es decir, los únicos dos rebeldes con posibilidades de ganar ya son títeres de los Estados Unidos.

Los agentes Von der Goltz y Krumm-Heller continúan tratando de influir en dichos rebeldes. Krumm-Heller es asesor personal de Carranza y mantiene contacto con Von der Goltz, quien es muy cercano a Villa.

La estrategia debe ser aprovechar la volátil estabilidad emocional de Villa para provocar un conflicto entre él y los Estados Unidos, país al que debemos mantener ocupado en América, preocupado por México y lejos de la inminente guerra europea.

El agente Summerfeld, traidor y triple agente, también sigue entre los asesores de Villa, pero se dedica a vender secretos entre villistas y carrancistas, y los de ambos a los Estados Unidos. Pero Summerfeld es sólo parte de la filtración informativa.

Creo haber descubierto la red de conspiración. Involucra a una agente alemana que usa sus poderes de seducción para obtener información, la cual comparte con aquel escritor español, José de Miurá. Del tal Miurá corroboro mis sospechas: ése no es su verdadero nombre ni su verdadera nacionalidad.

Al parecer, el tal Miurá es de madre española, razón por la que domina el castellano y usa esa lengua para mantener su fachada; pero resulta ser de padre alemán, país al que evidentemente tampoco profesa lealtad. Tras su fachada de corresponsal antiimperialista oculta lo que es en realidad: un traficante de información.

Es imperativo aniquilar al tal Miurá, pero mejor aún sería capturarlo con vida y obtener información. Por medio de mis propias fuentes he sabido que el supuesto periodista planea su huida del país. Pretende dejar esta semana la Ciudad de México con rumbo a Veracruz para embarcarse hacia Cuba. Es de vital importancia capturarlo o aniquilarlo antes de que llegue a la isla, que no es más que un apéndice de los Estados Unidos.

Si logra llegar a Cuba le perderemos la pista por completo. Como comenté al inicio, esta batalla está perdida. Mientras se planea una nueva estrategia, me dispongo a perseguir al tal Miurá, hasta Cuba de ser necesario, y hacerle pagar cara su deslealtad.

Lo mantendré informado.

Zimmermann

13 de febrero de 1914

Magdalena quedó paralizada momentáneamente al encontrar a Johan Zimmermann en la puerta de su casa. No es que tuviera miedo del alemán como tal, pues su red de complicidades mantenía a salvo a un amante del otro. Dos cosas la preocupaban. La primera, que Zimmermann nunca se había presentado en su casa, donde ella no recibía a nadie; era su lugar secreto, su refugio, el rincón donde Magdalena podía ser sólo Beatriz y vivir en paz. De hecho, estaba segura de que nadie conocía la ubicación de su refugio. Ésa fue la primera razón para temer la presencia de Zimmermann. Era evidente que el espía conocía el único recoveco donde ella podía sentirse totalmente a salvo.

No temía al alemán, a su compatriota, mucho menos al espía. Él lo sabía todo de ella; sabía que era Beatriz, que se hacía pasar por francesa, que obtenía información con sus encantos. Ella sabía todo sobre él: que era espía, doble o triple agente, que no tenía lealtad alguna, no tanto por ser traidor sino por una romántica pretensión de ser libre, de no tener dueño, de no tener identidad ni más patria que el mundo. Y lo más importante: conocía su identidad secreta, el personaje creado por él para vivir y convivir en el mundo.

La segunda razón de sus temores, por lo menos de sus suspicacias, era que jamás se había encontrado con Johan Zimmermann; no con él, siempre con sus personalidades. Zimmermann era un hombre muy secreto del que casi nadie conocía su verdadera personalidad y verdadero rostro. Era siempre su personalidad secreta la que vagaba libremente por las calles, su personaje, su ser encubierto. Era el álter ego de Zimmermann con quien siempre se encontraba Magdalena.

Pero ahí estaba Johan Zimmermann sin disfraz frente a ella, lo cual en realidad sólo podía traer malas noticias. Eso sólo podía significar que el espía de pronto estaba más protegido siendo él. Ahí estaba ante ella con su traje impecable y su mirada fría, su ser de hielo con el corazón congelado. Con la levita ajustada a la cintura, zapatos lujosos y caros, corbata y camisa de seda y el inseparable sombrero de jipijapa, con ala ancha que ocultaba su mirada de los demás.

—¿Qué haces aquí? —preguntó Magdalena sin dejar ver su turbación—. Quiero decir, aquí, en mi casa, cómo sabes dónde vivo.

—Soy espía.

—Yo también. Pensé que estaba protegida.

—Lo estás. No tienes nada que temer de mí, siempre lo has sabido.

—Lo sé perfectamente. Es sólo que resulta extraño verte aquí, y verte así. ¿Qué ocurre, querido?

—Me voy a Cuba. Dejo México.

—Lo sé muy bien.

—Ven conmigo, Beatriz.

Magdalena jamás habría esperado esa propuesta, no de Johan Zimmermann. ¿Qué significaba? Se suponía que no había lazos sentimentales entre ellos. Tenían sexo, compartían pasiones e información, eran cómplices en un trabajo sucio pero necesario. No había una sola razón profesional para que fuera a Cuba o a cualquier otro sitio con él.

—No puedo, querido; lo sabes bien.

—Sí, lo sé. Entonces vete de cualquier forma. Tuve que involucrarte, Beatriz. No dije tu nombre ni di seña alguna, pero será cosa de tiempo para que te identifiquen. Lo siento en verdad, pero era cuestión de vida o muerte.

—Todo en lo nuestro es cuestión de vida o muerte, querido; siempre lo he sabido, así que no te preocupes.

—¿Te irás de México?

—Me iré.

—¿Adónde?

—Donde nunca puedas encontrarme.

—Entonces es la despedida.

—Todas las historias deben terminar en algún momento. La nuestra ha terminado, querido. Así debe ser. Si no volvemos a vernos será señal de que todo está bien.

—El día después de mañana será determinante, querida Magdalena; se decidirán muchas cosas.

15 de febrero de 1914

Todas las historias del pasado y los sueños del futuro se arremolinaban en la mente de José de Miurá y Zarazúa mientras comenzaba el viaje hacia lo que esperaba que fuera la libertad. Recorrió el sendero de costumbre, un camino que siempre fue un laberinto, no porque fuera complicado sino porque los pensamientos solían atormentar su mente cada vez que paseaba por el barrio intelectual de la Ciudad de México, que giraba en torno al Colegio de San Ildefonso.

Su vida era a la vez más clara y más confusa que nunca. Había estado obsesionado por años con Elizabeth Limantour, con sus amores frustrados del pasado, con la nostalgia de lo que nunca fue y que en la imaginación es por lo tanto perfecto. La había perseguido por más de una década, y finalmente la vida colocaba frente a él la oportunidad de materializar lo que siempre visualizó como imposible. Por primera vez desde que se separara de Liza tenía muy claro lo que tenía que hacer.

Rodeó el edificio fundado por los jesuitas en 1588 y que desde entonces fue una de las principales instituciones educativas de la Nueva España, nombrado en honor de Ildefonso, obispo de Toledo allá por el siglo VII, cuando la península ibérica aún no era España sino el reino germano de los visigodos, antes incluso de que los árabes y bereberes del norte de África invadieran la vieja Hispania romana y colocaran con ello uno de los cimientos de la futura España.

A Miurá lo esperaba un encuentro con su futuro, con la anhelada libertad que había perdido liquidada por él mismo, como todos. Rodeó el antiguo colegio jesuita que desde 1867 albergaba la Escuela Nacional Preparatoria por decreto de Benito Juárez, ese hombre que, más allá de las tendencias políticas, debía ser admirado por su audacia y valentía, pero, por encima de todo, por la historia de superación individual que era su propia vida. Un hombre que le debía todo a la educación conocía la importancia de ésta, por eso le dedicó un recinto sagrado como ése del que fueron expulsados los jesuitas en 1767, cuando Carlos III decidió echarlos de todo el Imperio español, lo cual equivalía a expulsarlos de la mitad del planeta.

Aún faltaba tiempo para el mediodía, por lo que se detuvo a contemplar el majestuoso edificio, quizá por última vez en su vida. Más de ciento cincuenta años después nadie tenía muy claro por qué había sido expulsada la Compañía de Jesús de los dominios españoles, ni por qué Carlos III se había ensañado tanto con ellos, al grado de conseguir que el papa Clemente XIV suprimiera la orden. Pero en México estaba muy claro que ése fue el origen más remoto de la Independencia; el descontento de los criollos ante la arbitraria expulsión de una orden tan querida por los españoles nacidos en América.

El pleito contra los jesuitas era quizá la única abolladura importante en la corona de Carlos III, uno de los monarcas más queridos por los españoles en toda su historia, pero que desde que subió al trono, en 1759, mostró claramente su animadversión contra la orden religiosa fundada por san Ignacio de Loyola en el siglo XVI, cuando las divisiones entre la cristiandad convirtieron Europa en un infierno.

La orden religiosa, defensora del papado y de los dogmas de la fe, era atacada por una monarquía que siempre había legitimado su poder valiéndose de dios y la fe, pero que, influida por la era de las luces, por ese llamado despotismo ilustrado, intentaba hacerse cada vez más absolutista, para lo cual debía ser paradójicamente más laica, pues compartir el poder con la Iglesia eliminaba el poder absoluto.

"Pobre Dios —pensó Miurá—, ni siquiera necesita existir para ser el pretexto de los políticos para espolear a las masas ante la guerra y mover a los súbditos para luchar por los intereses de los poderosos." Todos los conflictos políticos se derivan de la insaciabilidad de los gobernantes, que siempre inventan una justificación para su avaricia. A los jesuitas se les había culpado de haber iniciado una revuelta popular en 1766, que tenía como estúpida causa la prohibición de la capa larga y el sombrero de ala ancha entre la población española. Una imposición en la moda había terminado con un conflicto entre la Iglesia y la corona; ésa fue desde el principio la versión de los poderosos, versiones que nunca son ciertas pero que suelen ser las que cree el pueblo gracias a la repetición constante.

Los jesuitas fueron expulsados por rebeldes políticos, de eso no había duda entre la gente pensante. Dios siempre es el pretexto pero nunca la causa; la Compañía de Jesús había llegado a ser tan poderosa como la corona, y ésa fue la razón por la que el 2 de abril de 1767 fueron echados al mismo tiempo de todos los territorios españoles. Sus casas fueron rodeadas por soldados reales, y 2 641 jesuitas fueron expulsados de la península mientras 2 630 se vieron obligados a salir de las Américas.

Miurá estaba decidido a dar el paso, pero no por eso dejaba de sentir miedo; quizá por eso, más que por nostalgia, seguía inmóvil contemplando aquel edificio que tantos episodios de la historia de aquel país había presenciado, comenzando desde luego con la expulsión jesuita, origen de numerosas rebeliones en la Nueva España. Desde entonces, el edificio había sido cuartel del regimiento de Flandes, sede de la Escuela de Jurisprudencia y, más adelante, de Medicina, cuartel de las tropas norteamericanas en la invasión de 1847 y de las francesas en la intervención de 1862, la cual dio origen al efímero Imperio de Maximiliano de Habsburgo. Juárez lo había convertido en preparatoria, y Porfirio Díaz decidió utilizarlo para la Universidad Nacional que él mismo fundó en 1910, muy poco antes de que Madero comenzara el nuevo incendio del país.

La convicción de hacer lo correcto llevó a Miurá a proseguir su camino. Encaminó sus pasos hacia la plaza dominada por la Catedral y nombrada en honor de la Constitución de Cádiz de 1812, ésa que hicieron los liberales españoles en nombre de un rey conservador, Fernando VII, en aquel tiempo prisionero de Napoleón Bonaparte. Recorrió la calle de San Francisco, por la que en 1821 desfiló el ejército libertador de Agustín de Iturbide hasta llegar al parque de la Alameda, creado más de tres siglos atrás por el virrey Luis de Velasco.

No pudo dejar de pensar en la triste historia de un país que siempre había sido manipulado por intereses poderosos y que, a todas luces, seguiría siéndolo. Los mexicanos no se cansaban de culpar al resto del mundo cuando en realidad ellos eran los culpables de sus propias desgracias. Nada había unido a ese pueblo, tan proclive a salir a las calles a engendrar violencia ante la menor provocación, y que no había logrado tener un proyecto común ni ante las invasiones de esos extranjeros a los que siempre condenaban. Eso era finalmente aquella guerra civil que ellos llamaban Revolución, un conflicto entre potencias mundiales con mexicanos como carne de cañón.

El sol seguía su camino hacia el punto máximo de la bóveda celeste, el momento señalado por Liza Limantour para el encuentro que podría volver a determinar sus vidas. Pensando en eso llegó sin darse cuenta a la construcción de la Ópera, cada vez más abandonada a causa de los conflictos que azotaban el país y gastaban el presupuesto en muerte y no en arte. El edificio era uno más de los homenajes planeados por el viejo Porfirio para festejar el centenario de la Independencia; comenzó a construirse en 1904 por el italiano Adamo Boari, con ese mármol tan blanco que sólo puede ser hallado en las canteras de Carrara, al norte de Italia, uno de esos territorios siempre disputados entre austriacos y franceses.

Todos sus instintos le decían a Miurá que había tomado la decisión correcta, la única que podría dar un nuevo cauce y sentido a su vida. Llegó a la avenida que Maximiliano dedicó a una emperatriz a la que nunca atendió como hombre, y a las leyes de Reforma que Benito Juárez, férreo defensor de la legalidad, sólo defendió cuando le convino. Dos masones en conflicto fueron Maximiliano y Juárez, por eso se rumoraba que aquel 19 de junio de 1867 otro hombre fue sacrificado en el Cerro de las Campanas, mientras que, por cuestiones de hermandad masónica, el presidente indígena de México había perdonado en secreto al fallido y derrotado emperador austriaco.

Masonería, república, federalismo, monarquía, liberalismo; ésas eran las palabras que encabezaban los discursos por los que los mexicanos llevaban un siglo aniquilándose entre ellos sin piedad ni compasión. Ahora, el nuevo pretexto asesino y azuzador del odio era otra palabra abstracta: pueblo.

La hora del encuentro se acercaba y el nerviosismo era evidente en la mirada, el sudor y los torpes movimientos del escritor español. Llegó al punto donde se unían el Paseo de la Reforma y la Calzada de los Hombres Ilustres. Prácticamente ahí terminaba la ciudad, en la calzada trazada en el siglo XVIII por orden del virrey Carlos María Bucareli para unir la capital virreinal con el pueblo de Coyoacán. Tomó un último respiro y, con más serenidad en el espíritu, se dirigió seguro hacia su destino, el predio casi abandonado donde Porfirio Díaz había ordenado la construcción de un Palacio Legislativo de estilo neoclásico, que, de haber sido concluido, habría sido más grande que el Capitolio de Washington, pero cuya obra fue abandonada por la revolución. Sólo los fierros de la cúpula central estaban de pie en aquel terreno, todo un monumento al progreso destruido por la Revolución.

El sol estaba por llegar al cenit. José de Miurá y Zarazúa arribaba al punto de encuentro fijado por Liza cuando ocurrió la tragedia. Miurá pasaba cerca de la colonia de Nuevo México, ese afrancesado barrio de la aristocracia porfiriana, cuando un automóvil negro le cerró el paso. El escritor reconoció el modelo de inmediato, un automóvil alemán, una de esas maravillas de la tecnología llamadas Daimler Benz, pero que comenzaban a ser conocidos con el nombre de la hija de Emil Jellinek, el ingeniero austriaco que los diseñaba: Mercedes.

Dos hombres iban a bordo del auto y Miurá tardó muy poco en descubrir de qué se trataba todo aquello. Muy pocas cosas llevaba con él: la ropa puesta, diversos documentos falsos de identidad de distintos países, monedas de oro, dólares americanos y una pistola máuser.

Todo ocurrió en pocos instantes que a Miurá le parecieron eternos, como en cámara lenta. El Mercedes negro se detuvo frente a él, y mientras el conductor permanecía en su sitio con el motor encendido, otro hombre, elegantemente vestido y con el rostro cubierto a medias por un sombrero, bajó del asiento de atrás con una pistola lista y dispuesta para el ataque.

Miurá no pudo reconocer el rostro del agresor. Alcanzó a empuñar su arma, pero fue demasiado tarde. Dos disparos certeros salieron de la pistola de su atacante. El español sintió un tremendo ardor en la pierna izquierda y un dolor indecible a la altura del abdomen. Con su mano derecha consiguió disparar, pero en los estertores de la agonía fue incapaz de ser preciso. Logró ver que su oponente se llevaba un rasguño de bala en el lado derecho del rostro. Aparatoso y sangriento, pero poco dañino.

Su pierna izquierda se venció y la sangre manó con profusión de un vientre paralizado por el dolor. Intentó disparar de nuevo, pero la debilidad que invadía su cuerpo con rapidez le hizo soltar el arma. Perdió el conocimiento en el mismo instante en que alcanzó a escuchar un nuevo disparo. Todo se apagó. Oscuridad.

París
Sábado 11 de agosto de 1945

Morir es la única forma de poder renacer. Ser libre es la condición indispensable para ser feliz, y morir es la única forma de ser libre. Morir para el pasado y la historia, las tradiciones e identidades, las ideologías y las etiquetas. Sólo el que es capaz de morir en vida tiene ante sí la posibilidad de renacer como un ser libre.

Durante media vida fui un prisionero seguro de ser libre, pero yo también era un eslabón más de una cadena que comenzó a encadenarnos a todos en la esclavitud cultural desde la noche de los tiempos. Fui la inercia de siglos de cultura y civilización, de imposiciones ideológicas y de sistemas de creencias que someten al individuo con la verdad como pretexto. Fui obligado a ser hijo de mi pasado, y lo fui con orgullo durante mucho tiempo. Sobrevivir, eso es lo único que en realidad haces cuando no te liberas del pasado.

Nací único, auténtico e indivisible, como todos; pero esa autenticidad comenzó a ser lentamente asesinada por una estructura social que sólo tiene interés en la supervivencia de la estructura misma, nunca en los seres humanos que le dan vida. La sociedad te quiere funcional, muy poco le importa si eres feliz; desde luego, necesita que vivas esclavo mientras te regodeas en la ilusión de la libertad.

Libertad, esa palabra tan incomprendida, esa ilusión por la que se han aniquilado las masas que sólo cambian de explotador, ese bien que todos pretenden querer pero al que todos temen.

Nada es más peligroso que la verdadera libertad, y es por eso que ningún libertador ha buscado nunca liberar a nadie a quien no pretenda someter.

Los aliados liberaron París hace un año, pero lo hicieron tan sólo porque temían lo que los franceses podrían hacer con su libertad; ésta debería ser encauzada por los libertadores. Los aliados liberaron París para poder dominar a Francia, mientras los parisinos liberaron su ciudad para que el general De Gaulle pudiera dominar a los aliados. Y Charles de Gaulle, por supuesto, liberó París para poder someter a los franceses.

Estados Unidos e Inglaterra se unieron a la resistencia francesa, pero los aliados de esta guerra tenían una alianza muy forzada, cuya única argamasa era el miedo a la libertad de los franceses comunistas. Siempre las ideologías, nunca la libertad. Americanos e ingleses estaban derrotando al fascismo de Mussolini y Hitler con la ayuda del comunismo de Stalin, que ya se perfilaba como el nuevo enemigo. Por eso liberaron París.

Los alemanes comenzaron la batalla contra Francia en mayo de 1940 y entraron en París el 14 de junio. La capital fue declarada ciudad abierta para evitar un combate que terminaría con la aniquilación. Cuatro años después, y ante la avanzada de los aliados que habían desembarcado en Normandía, la población civil de París comenzó una batalla de resistencia contra el invasor alemán. Los aliados, que peleaban con la libertad como bandera, no tenían interés alguno en liberar París, lo que consideraban una pérdida de tiempo y un retraso en su único objetivo: conquistar Alemania.

Pero la libertad de los franceses comenzó a asustar a los libertadores, pues la resistencia estaba encabezada por comunistas y anarquistas, y además apoyada por combatientes españoles republicanos, que eran declarados socialistas. Una liberación comunista estaba totalmente en contra de los planes de los libertadores.

Estados Unidos e Inglaterra no veían a Francia como un país aliado al que debían ayudar, sino como un régimen colaboracionista de los nazis, lo cual los autorizaba moralmente a declarar que el territorio francés quedaba bajo control del Gobierno Militar Aliado para los Territorios Ocupados. Es decir, para invadir y controlar Francia.

Liberar o no París era la gran disyuntiva de los aliados. La libertad era el pretexto, pero no la causa de su guerra. El verdadero y único objetivo era tomar Berlín y hacerlo antes que el ejército rojo de la Unión Soviética. El primero en liberar Berlín sería el que podría someterlo. No existe la libertad en las guerras, no existen los buenos y los malos y mucho menos los libertadores. No existen las guerras justas ni las guerras para lograr la paz. El único camino para la paz es la paz misma.

Charles de Gaulle logró utilizar los miedos de los aliados para acelerar la liberación de París, una liberación que él necesitaba para tomar el control de Francia. Ningún libertador de pueblos busca la libertad de los individuos. El general De Gaulle se convirtió en el símbolo del renacimiento de Francia, una Francia que no había renacido en absoluto pues seguía prisionera de su pasado, de sus identidades y de sus odios históricos.

"París ha sido liberada —anunció De Gaulle—, liberada por ella misma, liberada por su pueblo con la colaboración de toda Francia, una Francia que lucha, de la única Francia, de la verdadera Francia, de la Francia eterna…" Un discurso nacionalista en contra del invasor nacionalista. Odio contra odio, una prisión por otra. Eso nunca será verdadera libertad.

La libertad será el nuevo dios, la causa de las nuevas guerras, el paliativo para la conciencia de los que matan y ordenan matar. Los líderes no buscan la verdadera libertad de sus masas, pues eso les arrebataría el poder y el control al que tanto se aferran, y las masas no buscan esa libertad que sus líderes pretenden ofrecerles, pues eso las haría responsables de sus propias vidas.

La libertad significa responsabilidad, individualidad verdadera, soledad e incertidumbre; es hacer camino al andar y no seguir caminos hechos. Tenemos miedo a la libertad que tanto proclamamos. La libertad genera incertidumbre o, dicho de otro modo, la incertidumbre es el camino y el precio de la libertad.

Los pueblos no pueden liberarse. La patria y la nación son abstracciones. Sólo existen los individuos, que siempre están sometidos por ideas como el pueblo, la patria o la nación. La única liberación es individual; la única libertad está dentro de uno mismo, al igual que la única guerra que vale la pena luchar. Cada ser humano es un campo de batalla; cada individuo es la causa de todas las guerras; cada elemento de la masa que se atreve a morir a su pasado y renacer como individuo es la única esperanza de la humanidad.

Ciudad de México

5 de abril de 1914

Magdalena tenía todo listo para la huida. Cada día en México era seguir en peligro: la guerra se acercaba cada vez más a la capital, los poderes cambiaban lentamente de manos y sus propios protectores ya habían comenzado a abandonar el país. Además, varios agentes alemanes le seguían la pista y los acorazados norteamericanos no tardarían en arribar a aguas mexicanas.

La guerra entre potencias llegaba a México. El sistema de inteligencia y espionaje del presidente Woodrow Wilson descubrió que el barco alemán *Ypiranga*, aquél que llevó a Porfirio Díaz a su destierro, llegaría a Veracruz el 21 de abril, cargado de armas para apoyar a Victoriano Huerta. La guerra tenía ya una causa; encontrar el pretexto sería muy fácil.

Magdalena viajaba ligera, como corresponde a una espía, alguien sin patria ni hogar. Un nómada nunca tiene pertenencias. Llevaba la ropa puesta, de campesina, algunos artilugios del arte del disfraz y una colección de identificaciones falsas. En una serie de bolsas escondidas debajo de sus ropas y pegadas al cuerpo llevaba las monedas de oro y los dólares americanos de José de Miurá.

—Ya es hora, querido —dijo Magdalena asomándose a la habitación en la que reposaba el que había sido su amigo y su amante, y ahora era su paciente.

José de Miurá se levantó con dificultad. Caminaba despacio y un tanto doblado a causa de una herida aún infectada en el vientre y una pierna izquierda que nunca volvería a ser la misma. Pero había escapado de la muerte, y eso era lo importante. En realidad no había sido un escape sino un milagro, un milagroso rescate a última hora, como esos de las novelas baratas.

—Gracias, Beatriz —dijo el español con una sonrisa de las que hacía tiempo no aparecían en su rostro—. Nunca podré terminar de agradecer lo que hiciste por mí.

—Es lo que tú hubieras hecho, querido. En realidad tuviste suerte de que no enviaran a un profesional a matarte; bastó un tiro errado de mi parte para que subiera al auto y saliera huyendo.

—Pero tú te niegas a decirme quién lo hizo —reclamó Miurá.

—Ya te lo he dicho: alguien que tenía el derecho. Nos vamos ya del país, así que no necesitas saber más. Siempre es bueno que los amantes se guarden algún secreto.

—¿Es eso lo que somos: amantes?

—Esa manía tuya de poner etiquetas, querido. Amantes es lo que somos cuando nos amamos, ni antes ni después. Ya lo sabes, sin promesas ni contratos, sin futuro ni expectativas. Pero ahora no somos amantes, querido; en este momento lo que hacemos es escapar, así que somos fugitivos. Somos lo que hacemos, lo que estamos siendo, ni más ni menos.

José de Miurá había estado inconsciente dos semanas, recostado en la cama de Magdalena, y casi todo ese tiempo estuvo al borde de la muerte. La bala en su pierna había destrozado tejido muscular pero no había atravesado la arteria femoral, por lo que la herida no fue fatal pero sí muy dañina. La batalla contra la muerte se debió a la herida en el vientre, una bala alojada en el estómago que Magdalena debió sacar con instrumentos caseros.

Definitivamente el ataque no había sido ejecutado por un profesional. No podían haber sido espías alemanes, de eso Miurá estaba muy seguro; había calculado todo muy bien y aún tenía tiempo de huir de ellos, al igual que de todos los agentes norteamericanos que alentaban la revolución. Siempre podría haber sido el gobierno mexicano, un gobierno que en plena modernidad tenía resabios de la Santa Inquisición y encontraba todas las formas posibles de hacer callar o desaparecer a los disidentes y a los que pensaban distinto. Pero si en algo era profesional el gobierno de México era en ser mafioso y asesino, y su atacante había sido claramente un novato.

La huida sería a paso lento, pero los dos iban disfrazados de campesinos, pobres y sin importancia alguna para cualquiera de los bandos en guerra; una muleta de madera y vendajes en el vientre eran comunes en México en esos momentos, por lo que en realidad no sólo no llamaban la atención de nadie, sino que el hombre herido era buena parte de la charada.

—Sigo sin comprender cómo es que estabas ahí en el momento preciso para poder salvarme.

—Es muy simple, querido. Sabía que intentarían asesinarte. No olvides que mi trabajo es obtener información, y casualmente me enteré de quién, cómo y dónde intentaría acabar con tu vida.

—¿Casualmente?

—Nada en nuestro oficio es casualidad. En realidad decidí dejar el país y necesitaba tu ayuda. Ya sabes, tus artimañas, tu dinero… y tu compañía. Una mujer sola en estos campos de batalla llamaría mucho la atención; además, siempre podremos diseñar mejores disfraces y estrategias en pareja. No olvides que por tu causa ahora también me buscan a mí.

—Ya te lo dije, Beatriz, en verdad lamento haberte involucrado.

—Y ya te dije que no te preocupes, así es nuestro oficio; pero ahora me ayudarás a huir.

—Así que finalmente irás a Cuba conmigo —dijo Miurá.

—Te llevaré a Cuba, querido, sólo eso. Es la única vía para dejar este país, así que debo ir de cualquier forma; pero en cuanto puedas valerte por ti mismo, cada quien seguirá su propio viaje.

—Es de vital importancia estar en la isla antes de que los acorazados americanos dominen las costas mexicanas. En Cuba podremos adoptar un disfraz más aristocrático y viajar a Nueva York. Estando ahí todo el mundo nos quedará cerca y será muy fácil seguir...

—No quiero saber adónde vas —interrumpió Magdalena—. No sabré adónde vas y tú nunca sabrás cuál fue mi destino.

—Lo sé y lo entiendo. Si no volvemos a vernos será señal de que todo está bien.

Los dos traficantes de información disfrazados de campesinos salieron de la casa de Magdalena y comenzaron su lento peregrinar. No le hacía bien a Miurá caminar demasiado, pero la salida de la ciudad debía ser a pie. Una vez pasadas las garitas de Tacubaya podrían viajar en carreta y llegar a algún sitio donde pudieran cambiar de disfraz. A partir de ahí deberían buscar el modo de abordar sigilosamente algún tren y llegar a Veracruz para zarpar rumbo a Cuba. Tenían prisa: una vez que llegara la marina americana la huida sería imposible.

Después de dos semanas luchando entre la vida y la muerte, Miurá había abierto los ojos en el lecho de Magdalena. Tardó varios días en recuperar la conciencia y comprender su situación. Había sido atacado. Dos balas se habían alojado en su cuerpo y un tercer disparo había sonado en medio de la oscuridad de la muerte en la que comenzó a sumergirse. Afortunadamente para él, aquel disparo había sido hecho por Magdalena contra el misterioso atacante.

Una vez consciente, Miurá seguía muy débil. Quería contarle muchas cosas a Magdalena y preguntar otras tantas, pero ella no lo había dejado hablar. El reposo absoluto era indispensable para su rápida recuperación. En realidad tendría que haber guardado cama por más tiempo, pero en cuanto Magdalena supo de la próxima invasión, el escape debió acelerarse. Ahora tenían un largo viaje por delante en el que podrían encontrar más preguntas y más respuestas.

—¿Así que finalmente decidiste huir con Liza Limantour?

—No, Magdalena. Lo que decidí fue soltar el pasado y buscar un nuevo futuro.

—Pero no comprendo. Te dirigías a su encuentro, al lugar y la hora en que te citó para escapar juntos.

José de Miurá miró a Magdalena con suspicacia.

—No me veas así —dijo ella con una sonrisa—. No hay que ser un genio o una espía, querido; te desvestí para atender tus heridas y encontré la carta que te envió. Finalmente ella te dijo toda la verdad.

—No lo hizo, Beatriz. Liza me envió aquella carta para proponerme una huida, pero la verdad me la tuvo que decir Panchita, su nana. Una verdad que no sé si ella pensaba revelarme.

—¿Y cuál es esa verdad tan terrible?

—Que ella volvió de París embarazada… ¿Lo entiendes, Magdalena? Esa niña, Isabela, no es hija de Luis Felipe de Calimaya, sino mía. Por eso Liza volvió a buscarme después; descubrió que estaba embarazada y al no encontrarme no tuvo más opción que volver a México. Si yo no hubiera salido con tanta prisa a Berlín me hubiera encontrado y nuestra vida hubiera sido otra.

Magdalena guardó silencio.

—Pero el hubiera no existe —agregó Miurá.

—Así es, querido. Pero no comprendo: si ya sabías que esa niña es hija tuya, ¿por qué no ibas a marcharte con Liza?

—Esa niña tiene un padre, Beatriz, y es Luis Felipe de Calimaya. Eso es lo que sabe y no creo que lo mejor para ella sea que, a sus trece años, un desconocido llegue a decirle que su vida es una mentira. La vida es más importante que la verdad. Ahora comprendo por qué Liza me dijo que tenía hacia Calimaya una gratitud que yo nunca entendería. Ese hombre se convirtió en el padre de una niña que no era suya, y no le importó. Él fue quien la vio crecer y se ocupó de ella. Con sus modos extraños y todas sus represiones, Beatriz, él se prestó a ser el padre de aquella niña, a no decir nada a la sociedad, a asumir la paternidad y darle un apellido. Él quiere a Liza a su modo, con sus restricciones, y esa paternidad fue una de sus principales formas de demostrarlo.

—Ya veo.

—¿No estás de acuerdo con mi decisión?

—Eso no importa, querido. Es tu decisión y yo no soy nadie para juzgarla. Pero entonces, ¿para qué ibas a encontrarte con Liza?

—Iba a decirle que no iría con ella, Beatriz. Quería decírselo en persona, decirle que los dos podíamos tener un futuro, y explicarle por qué no podía ir con ellas, por qué no podía ser el padre de esa niña inocente. Quería decirle la verdad que nunca pude confesarle desde hace quince años.

—Y que nuevamente no pudiste decirle.

—Y que nuevamente no pude decirle… Seguramente fue lo mejor. Varias veces intenté decirle la verdad sobre mí y siempre ocurrió algo que me lo impidió. Ahora comprendo que es una verdad que no necesita. Estoy tranquilo, Beatriz.

—Ahora entiendo el encargo que me hiciste.

Miurá se había olvidado por completo de eso. Las últimas semanas habían pasado en medio de dolores y delirios, de un silencio casi sepulcral en el que sólo una cosa había pedido a Magdalena.

—¿Pudiste hacerlo?

—Lo hice, querido. Puedes estar tranquilo. Liza recibió la carta, un representante de Johan Zimmermann le ofreció comprar la hacienda henequenera en una cantidad exorbitante. Lo demás dependerá de ti.

—Ésa es otra de las razones para viajar a Nueva York. Todo se maneja desde ahí, y como bien sabes, hay muchos asuntos que cerrar.

—Así es —respondió Magdalena con ironía—, tienes muchos asuntos que cerrar.

Las lágrimas salieron discretamente de los ojos del escritor.

—¿Y sabes algo de ella?

—Claro que sí; mi trabajo es saber cosas. Tomó los documentos de propiedad de la hacienda y a su hija, a tu hija, y se fue a Yucatán, donde al parecer firmó todos los papeles necesarios para liberar a los siervos de sus deudas y de su virtual esclavitud.

—No hubiera esperado otra cosa de alguien que también acaba de liberarse. Ha retomado las riendas de su vida, Beatriz. Ésa es la mujer de la que me enamoré perdidamente en el pasado.

Una gran sonrisa se mezcló con las lágrimas. Eran lágrimas de felicidad. Él también había retomado el cauce de su vida y estaba tratando de hacer las cosas bien. Había terminado su propia guerra y sólo quedaba disfrutar de la libertad que da la paz y de la paz que da la libertad.

—Así que no huyó conmigo pero de cualquier forma se fue y dejó a Calimaya.

—Así lo hizo.

—Pobre hombre... Es una buena persona, Beatriz. Cuando le devolví la hacienda a nombre de su mujer, también lo hice pensando en él.

—Como dices, Liza le tiene gratitud; estoy segura de que no lo abandonará a su suerte y que algo hará por él. Sin embargo, pienso que, en efecto, debía dejarlo y marcharse a vivir la vida con la que no ha dejado de soñar. No hay peor enfermedad que no vivir tus sueños; al final ése era su único mal.

—Pero no sé si ese hombre será capaz de recibir ayuda de una mujer.

—Eso ya no es problema de nadie más que de él, querido. La vida siempre da lecciones. Liza y tú aprendieron la suya, y sólo depende de Calimaya aprender la que le corresponde. Tienes razón, amaba a Liza muy a su manera, estaba desesperado ante la idea de perderla, de que huyera contigo.

—¿Y eso cómo lo sabes?

—Él se enteró de todo, querido; de la carta y la propuesta. Obligó a Panchita a hablar, y yo me enteré de eso. Por eso pude estar en el lugar adecuado para ayudarte.

El escritor y filósofo, el traficante de información y espía, el erudito y el hombre de negocios, el español y alemán, esbozó una sonrisa.

—La última vez que lo vi le dije que nunca había hecho nada por sí mismo, que no era capaz de hacerlo. Quién lo diría; resulta que sí tiene el coraje y el valor dentro de sí mismo. Tenías razón, Beatriz: el que me atacó tenía derecho a hacerlo, y efectivamente no fue un profesional.

Comienza en México una guerra mundial

Por José de Miurá y Zarazúa
Corresponsal internacional

El 22 de julio de 1912, el primer lord del almirantazgo británico, Winston Churchill, solicitó duplicar el presupuesto de la marina para hacer frente a lo que llamó "la amenaza del poderío alemán". Ese día comenzó una guerra que no tarda en estallar en Europa y que ya está teniendo lugar en México, uno de los frentes más estratégicos.

México es quizá el país más importante de esta guerra en la que los mexicanos no saben que están participando y que para ellos es una Revolución mexicana. El pasado 21 de abril, cuarenta y cuatro acorazados norteamericanos tomaron el puerto de Veracruz, la entrada internacional del país; el pretexto: días atrás, el gobierno mexicano no quiso honrar la bandera estadounidense con veintiún cañonazos en el puerto de Tampico.

Las potencias se preparan para una guerra que necesitará mucho petróleo, y eso es precisamente lo que hay en Tampico: petróleo y un número importante de ciudadanos norteamericanos que se dedican a la explotación de ese recurso en el puerto mexicano. Con el pretexto de proteger a su ciudadanía de la violencia revolucionaria, el gobierno de los Estados Unidos movilizó una flota hacia Tampico desde el pasado mes de marzo.

La flota americana llegó al mando del contraalmirante Henry Mayo, con quien el gobierno y el ejército de Huerta trataban de llevar una relación cordial, a grado tal que el cañonero USS Dolphin disparó veintiún salvas en honor a la bandera mexicana el 2 de abril, conmemorando que ese día, en 1867, Porfirio Díaz derrotó a los franceses y a las últimas tropas del imperio de Maximiliano.

Sin embargo, después de los debidos simulacros, tan importantes en la política internacional, nueve marinos norteamericanos bajaron armados a tierra y ondeando su bandera, por lo que fueron arrestados por soldados mexicanos. El almirante Mayo y el cónsul norteamericano presentaron enérgicas protestas, y el secretario de Guerra, Aureliano Blanquet, ordenó que los prisioneros fueran liberados, ya que un conflicto con Estados Unidos es lo último que el tambaleante gobierno de Huerta necesita.

No obstante, Estados Unidos busca precisamente un conflicto, pues su gobierno apoya abiertamente a Venustiano Carranza, líder de los rebeldes. El almirante Mayo reclamó que el honor norteamericano había sido agraviado y exigió que se izara su bandera en Tampico mientras era saludada con veintiún cañonazos por las tropas mexicanas. Las autoridades mexicanas propusieron hacerlo, siempre y cuando también se izara la bandera mexicana y fuera saludada por los americanos.

Los pretextos de las guerras nunca son la verdadera causa de éstas. La invasión ya estaba decidida, y aquel ridículo incidente fue más que suficiente para llevarla a cabo; a menos, claro, que se crea que, con el mundo al borde de la guerra y en medio de una crisis económica, el gobierno americano haya deseado distraer cuarenta y cuatro acorazados sólo para salvar el honor de su bandera. Mientras no se cuente la historia completa y se encadenen todos los eslabones, esto parece un sinsentido...

En octubre de 1909 el entonces presidente Porfirio Díaz se entrevistó en dos ocasiones, una en El Paso, Texas, y otra en Ciudad Juárez, con el presidente norteamericano William Howard Taft. El presidente Taft pretendía obtener de Díaz lo siguiente: una base militar norteamericana en Baja California, suspender las obras del ferrocarril de

Tehuantepec, devaluar el peso, que las compras militares mexicanas se hicieran a Estados Unidos y no al Imperio alemán, como venía ocurriendo, y que se privilegiara a los estadounidenses por encima de los ingleses y los holandeses en las concesiones petroleras. Básicamente, Díaz se negó a todo: ese día comenzó su caída.

México era en aquel tiempo, junto al Imperio turco y Estados Unidos, uno de los principales productores de petróleo en el mundo, el cual era explotado por compañías inglesas y holandesas primordialmente, y por el inglés que se convirtió en el magnate del porfiriato: Weetman Pearson, conocido como lord Cowdray.

El petróleo mexicano era de vital importancia para el Imperio alemán, pues desde que se unificó como país, en 1871, buscaba tener la mejor flota del mundo, y desde que comenzó el siglo xx adaptó sus barcos para funcionar con petróleo en vez de carbón, lo cual representa una ventaja bélica considerable.

Ése era el poderío alemán al que hizo referencia Churchill en 1912, y para eso quería duplicar el presupuesto bélico, para pasar sus barcos de carbón a petróleo y no quedar rezagados respecto a los alemanes. Ambas potencias necesitaban el petróleo mexicano, requerido por Estados Unidos más o menos por las mismas razones. La guerra masiva en Europa amenazaba desde 1871, y el petróleo podría decidir la victoria.

Un año después de la entrevista Díaz-Taft, Francisco I. Madero comenzó en Estados Unidos, y con apoyo de aquel gobierno, la guerra civil que aún continúa y a la que los mexicanos llaman Revolución. Los americanos auparon al poder a Madero; tras quince meses en que éste demostró su incompetencia y hundió al país en el caos, los mismos americanos decidieron quitarlo y sustituirlo por Félix Díaz, sobrino del dictador. Todo ocurrió en diez días de febrero de 1913.

Ante el caos mexicano, la intromisión norteamericana y las necesidades alemanas, Alemania decidió dar su apoyo a uno de los hombres fuertes del porfiriato: Victoriano Huerta. En respuesta, Estados Unidos comenzó a respaldar a su principal oponente: Venustiano Carranza. En eso consiste hasta el momento la revolución que ocurre en México: Estados unidos apoya a un bando y Alemania al otro, todo para tener control sobre el gobierno y, por añadidura, sobre el petróleo.

Tras la caída y el asesinato del presidente Madero, Victoriano Huerta tomó el poder en un movimiento orquestado en la embajada norteamericana y legitimado por el Congreso y la Suprema Corte mexicanos, y respaldado por el cuerpo diplomático internacional. Un eterno senador del régimen de Porfirio Díaz, Venustiano Carranza, fue el único en proclamarse en contra del golpe de Estado, y logró convertirse en el líder de todos los rebeldes.

El 26 de marzo, las tropas de Carranza estaban a quince kilómetros de Tampico y amenazaban con tomar el puerto, defendido por las tropas federales leales a Huerta. En ese contexto ocurrió el incidente del 9 de abril, cuando nueve marinos americanos bajaron a tierra con sus armas y su bandera, y con ese pretexto cuarenta y cuatro barcos estadounidenses invadieron Veracruz el 21 de abril.

Pero falta el principal ingrediente de esta trama: la inteligencia norteamericana había descubierto que el barco alemán *Ypiranga* atracaría en el puerto de Veracruz justo el 21 de abril, cargado con armas alemanas para apoyar a Victoriano Huerta. Claro que debemos creer que la invasión fue para desagraviar la bandera y a nueve marinos, y no para evitar que los alemanes apoyaran un gobierno contrario a los intereses estadounidenses.

El capitán del *Ypiranga*, al detectar tanto barco norteamericano en torno a Tampico y Veracruz, cambió su ruta; las armas no llegaron el día previsto ni al lugar indicado. La caída del gobierno de Huerta y el ascenso de Carranza son inminentes, lo que, visto desde otro ángulo, significa el fin de la penetración alemana y el inicio, nuevamente, de la norteamericana.

El gobierno de Victoriano Huerta ha hecho inútiles reclamos a Washington, pero el presidente Woodrow Wilson ya se entiende con el líder rebelde Carranza, a quien asegura que esta invasión no pretende violar la soberanía mexicana sino respaldarlo en su guerra contra el gobierno de Huerta. Un gobierno, no hay que olvidarlo, que fue puesto por el propio embajador de Estados Unidos en México, Henry Lane Wilson, en febrero de 1913.

Dentro de pocos días, el 18 de este mes, comenzará una conferencia de paz en Canadá, donde supuestamente Argentina, Brasil y Chile fungirán como árbitros en el conflicto entre México y Estados Unidos.

La guerra en Europa es inminente, y el objetivo de la invasión a México no es la guerra como tal, sino proteger el recurso energético que podría determinar al ganador de la contienda. Así pues, el verdadero objetivo de la conferencia de paz en Niagara Falls no es otro más que dejar que pase el tiempo.

Una guerra mundial ha comenzado en México y los mexicanos, luchando entre sí, no están enterados. Europa sigue viviendo la ilusión del progreso y la paz, pero es justamente la carrera del progreso la que la arrastra lentamente hacia la guerra. Todas las potencias del viejo mundo están armadas hasta los dientes, listas para una contienda por un nuevo reparto del mundo, de su gente y sus recursos. Lo único que falta es el pretexto que encienda la mecha de ese gran barril de pólvora.

La Habana, Cuba, 3 de mayo de 1914

Mensaje de J. Zimmermann a Paul von Hintze

(desencriptado)

Nueva York, 28 de junio de 1914

Almirante Von Hinzte
Su Excelencia:

Un serbio asesinó en Bosnia al archiduque de Austria, y estoy seguro de que será la chispa que faltaba para el gran conflicto entre los imperios europeos. Una sociedad secreta ultranacionalista conspiró para asesinar al heredero de los Habsburgo, y no puedo dejar de ver la mano rusa detrás de la conspiración, así como veo claramente la inglesa tras el separatismo en el Imperio austrohúngaro.

Asesinaron al archiduque Francisco Fernando en Sarajevo, una ciudad bajo soberanía del propio imperio; pero este conflicto entre un país recién nacido como Serbia y un imperio decadente como el de los Habsburgo puede ser el inicio del infierno. Los primeros saben que tienen el apoyo de Rusia, y los segundos pretenden contar con el respaldo alemán.

Alemania puede evitar esta guerra, una guerra que no necesita y a la que no ha sido llamada. El conflicto que hoy comienza en los Balcanes puede quedarse ahí si el Imperio alemán no respalda a Austria, con lo que sería fácil que los rusos no hicieran lo propio con Serbia.

Alemania podría mediar entre Rusia y Austria por un reparto de los Balcanes que limite el conflicto; de lo contrario se activará todo el sistema de alianzas. Si Alemania apoya a Austria, Rusia apoyará a Serbia; ése será el pretexto francés para colaborar con Rusia y lanzarse contra Alemania, a quien no perdonan aún la guerra franco-prusiana en la que perdieron Alsacia y Lorena. La guerra con Francia pondría en marcha la alianza contra Inglaterra, que está buscando el momento de frenar el poderío alemán.

Excelencia, nuestro káiser es un hombre inseguro y temeroso y será fácil que los militares prusianos lo empujen al conflicto, el cual puede evitarse si el káiser conversa con su primo Nicolás de Rusia. Con el paso de siglos y alianzas dinásticas, toda Europa es propiedad de diversas ramas de una misma familia. Es necesario evitar que esa familia entre en guerra.

Éste será mi último comunicado y mi último servicio a Alemania: aconsejar la paz. Me retiro de un negocio sucio en que la dimisión es penada con la muerte; pero le aseguro que nunca serán capaces de encontrarme.

No se preocupe más por el tal José de Miurá. Ya me he ocupado de su desaparición y ahora procedo a ocuparme de la mía. No volverá a saber de él, y de mí tampoco.

Zimmermann

París
Domingo 12 de agosto de 1945

El Museo del Louvre lamenta el sensible fallecimiento
de *madame* **Elizabeth Limantour**, amiga del museo
y benefactora de las artes, ocurrido el pasado día primero
del mes de agosto de 1945.
La comunidad artística de París rinde homenaje
de eterna gratitud a tan distinguida dama,
quien durante más de veinte años fuera mecenas incondicional
de este museo, promotora, corredora de arte
y patrocinadora de aquellos que han decidido dedicar su vida
a embellecer este mundo con un poco de creatividad.
Nuestro pésame, condolencias y apoyo total
a su única descendiente y continuadora de su gran labor,
su nieta *mademoiselle* Sophie Le Brun.

El anciano mostró la esquela funeraria a la joven que estaba
sentada frente a él. Era la viva imagen de Liza Limantour cuando la conoció, casi medio siglo atrás, en un París muy diferente.
Extendió el documento sobre la mesa que los dividía y donde
estaban todos los reportajes de José de Miurá y los informes des-
encriptados del espía Johan Zimmermann.

—Así fue como me enteré de la muerte de tu abuela, Liza
Limantour, y así es como está historia llega a su final. Por eso te
busqué, Sofía; por eso te encontré en Le Deux Magots el pasado

domingo, y por eso sabía lo que está escrito en el reverso de esa medalla del Sacré Cœur que llevas en el cuello.

La joven, de unos veinte años de edad, se llevó instintivamente la mano al cuello. Aquella medalla era la pertenencia más misteriosa que había tenido su abuela y el recuerdo más valioso que tenía de ella. No dejaba de ver con asombro a aquel hombre mayor, de unos setenta años, que había aparecido en su vida poco más de una semana atrás para decirle que conocía la historia de aquel objeto y de la leyenda que tenía grabada al reverso. Llevaba una semana visitando a diario a aquel hombre para escuchar la historia, quizá la semana más intensa de su vida, a pesar de haber presenciado la ocupación nazi durante la guerra.

—Pero así no acaba la historia —reclamó la mujer—. Es decir, hay mucho más que contar, hay mucho más que saber, muchos pendientes, tantas historias entrelazadas.

—En realidad ninguna historia tiene inicio ni fin, pues todo final es un nuevo principio, y cada instante de la vida puede ser ese momento. Conocer a tu abuela fue el inicio de una historia cuyo final bien podría establecerse cuando salí de México en 1914, pero que también puede finalizar justo ahora.

—Es curioso —agregó la joven—: siempre le pregunté a mi abuela por esa medalla, y siempre me dijo que encerraba una historia, una historia que nunca quiso contarme. Siempre me dijo que, si en realidad necesitaba conocerla, la historia vendría a mí tarde o temprano.

—Hace mucho tiempo dejé de creer en las casualidades —respondió el anciano—, cuando comprendí la gran interrelación e interdependencia que es la existencia. Finalmente, la historia ha llegado a ti, quizá porque ahora es cuando la necesitas.

—Ahora que los horrores del mundo y de la humanidad me dejan claro que dedicarse al arte, a tratar de plasmar lo hermoso de la vida, es absolutamente ingenuo —dijo la joven con una mueca que dejaba ver cierta tristeza—. Ahora que está claro que la vida no tiene ningún sentido. Mi abuela era lo único que me quedaba, y era feliz quizá porque vivía evadida de la realidad, esa en la que nos aniquilamos unos a otros, en la que mis padres murieron durante la ocupación de París por proteger a la población judía de los nazis.

En ese momento, en el rostro de aquel hombre hubo un gesto de tristeza y una lágrima surcando su mejilla. Sofía ya le había contado la historia de cómo Isabela y su esposo habían perecido durante la guerra por tratar de ayudar a sus semejantes. Lo había invadido la tristeza al enterarse de la muerte de su hija, pero también la dicha al saber que había dejado el mundo por aferrarse al amor, la compasión, la justicia, la parte divina del ser humano. Frente a él estaba su nieta, una mujer que, tras la pérdida de su abuela, se encontraba absolutamente sola en el mundo y decepcionada de la humanidad.

—Murieron como dioses, Sofía, entregando, compartiendo, poniendo primero a los demás. Y sí, quizá la historia llegó a ti cuando la necesitabas. Ya no creo en las casualidades, y casualmente yo pasaba por París esta semana, y casualmente compré el periódico por el que me enteré de la partida de Liza. Sólo esos aparentes azares nos tienen reunidos en este momento.

—¿Para que me contaras una historia de romance y espías?

—Para contarte la historia de tu abuela, que es parte de mi historia y parte de la tuya, una historia como todas, de seres humanos tratando de ser felices en un mundo basado en la infelicidad, de dos individuos buscando la paz en medio de la guerra. La historia, en fin, de cómo los seres humanos somos resultado de milenios de pasado que arrastramos desde la noche de los tiempos, pero de cómo cada uno tiene ante sí la posibilidad de transformarlo todo. Es la historia de cómo la razón puede conducir a la locura, de la guerra interna que todos libramos por aferrarnos excesivamente a la razón, por definirnos como seres racionales cuando la razón es una invención humana mientras el amor es la esencia de toda la existencia, una esencia más allá de la mente y sus razones, una esencia que es imposible descubrir a través de la lógica y el pensamiento, que es siempre egoísta y gira en torno a sí mismo.

Azorada, Sofía Le Brun, hija de Isabela, nieta de Elizabeth, no dejaba de ver a aquel hombre que, si toda la historia era cierta, resultaba ser su abuelo. Pero ella ya tenía un abuelo, aunque había muerto años atrás: se llamaba Luis Felipe de Calimaya, vivía en México, y aunque habían convivido poco —un esporádico intercambio de cartas y alguna visita de aquél a París—, no era fácil que de pronto se presentara un desconocido a contar una historia que cuestionaba su pasado y sus raíces.

—¿Y qué pretende al venir a contarme esta historia?, ¿desahogarse, contarme a mí la verdad que supuestamente siempre quiso contarle a mi abuela, llegar de pronto a ser mi abuelo?

—No pretendo nada —respondió el hombre con una expresión serena y llena de paz—. La historia ha llegado a ti cuando la necesitabas; la historia, y quizá yo. Eso sólo depende de ti, de tus decisiones.

—Se da cuenta de lo insensato y absurdo que resulta todo esto, ¿verdad? Un hombre se aparece frente a mí en un café diciendo que soy la viva imagen de mi abuela, me recita la frase grabada en el reverso de mi medallón y me asegura que tiene una historia que contarme, una que me revuelve toda la vida.

—Por eso nunca pude decirle a Liza mi realidad… No la necesitaba para ser feliz, y tu madre tampoco. Ella es a la que menos le hacía falta esta historia que quizá tú sí necesitas.

—No acabo de entender para qué podría necesitarla… Ni siquiera es una historia con final feliz.

El anciano no quitaba la vista de su nieta y no dejaba de esbozar una sonrisa. Un final feliz. Los seres humanos siempre dicen querer un final feliz aunque elijan caminos que no llevan a ese final. Un final feliz que esperan que surja de la nada para cambiar por sorpresa y arte de magia el rumbo de sus vidas. Un final feliz de corte romántico, de esos que acaban con un juntos por siempre, aunque el juntos por siempre pueda ser también el inicio de una historia de drama y miseria y no de amor.

—La historia tiene un final feliz, Sofía. Liza y yo nos sentíamos condenados a la miseria y el drama por una decisión del pasado, y nos aferrábamos a ese drama en lugar de comprender que una nueva decisión podía volver a cambiar por completo nuestras vidas. Los dos aprendimos lecciones, los dos tomamos las riendas de nuestra vida y volvimos a perseguir unos sueños que habíamos dejado guardados y olvidados. Liza y yo rechazamos la locura del amor por las razones del miedo, de la sensatez, del deber ser. Elegimos la razón cuando lo que este mundo necesita es un poco de locura, la locura de amar sin medir las consecuencias, la locura de ser libre, de vivir sin ataduras, de improvisar, de compartir, de crear, de ser sin identidades ni etiquetas. La locura, esa etiqueta que te impone la sociedad cuando decides vivir más allá de sus férreas estructuras y buscar por cuenta propia y sin senderos trazados la plenitud, que es nuestro derecho de nacimiento. Todo eso lo aprendimos.

—Todo suena muy lindo, muy hermoso… y muy ingenuo. Locura, pasión, amor, en un mundo que no deja de aferrarse a la guerra.

El anciano miró a la joven con ternura. Sofía era en gran medida el reflejo de Liza, su abuela. Un alma de artista llena de pasión, un espíritu sensible atrapado en un mundo de odio y violencia. Ciertamente, el mundo y sus circunstancias hacían difícil distinguir la luz más allá de la oscuridad, la humanidad misma hacía difícil ver un brillo de esperanza en los seres humanos.

—La guerra y la paz son una decisión personal, Sofía. Cada uno puede vivir en paz en un mundo en guerra, y es precisamente esa paz individual lo único que puede traer paz a todo el mundo.

La vida siempre nos da la oportunidad de volver a equivocarnos o aprender del pasado y transformar nuestra vida, terminar con nuestra guerra. Me llena de alegría saber que tanto Liza como yo tomamos la segunda opción, que Liza tomó su vida en sus manos y persiguió la libertad sin importar el costo, que volvió a París a vivir la vida que quería, a codearse con los artistas y a poner su felicidad como único baremo.

—¿Y usted? No me ha contado nada de su propia vida después de dejar México en medio de la Revolución. Hay muchas historias más.

—Puede haber muchas historias más, muchos finales pendientes, pero ninguno de ellos es necesario para comprender el mensaje. De los personajes secundarios se puede dejar de hablar cuando han cumplido su función. Ahora tú sabes la verdad que nunca pude contarle a Liza: que nací como Johan Zimmermann, pero que desde que la conocí ya trabajaba en el servicio secreto del Imperio alemán, y ya comenzaba a usar el disfraz del español José de Miurá, una coartada perfecta debido a mi dominio del español por tener una madre española.

—Precisamente eso, esa doble personalidad en la que se basa toda esta historia, es lo que menos sentido tiene para mí. Me resulta absolutamente inverosímil que alguien pueda vivir media vida con más de una personalidad.

—Lo cierto es que nunca quise ser un espía ni tener una doble personalidad. Sin embargo, mi historia no es muy diferente de la de todas las personas, obligadas por la sociedad del simulacro en que vivimos a tener más de una personalidad y, a causa de la locura de la mente y de nuestro apego al pasado, muchas voces en la cabeza.

—¿Y cómo puedo saber que todo esto es cierto?

—No puedes saberlo a ciencia cierta; sólo puedes sentir dentro de ti si lo crees o no. Liza Limantour estuvo contándome una vida doble, una vida falsa que sólo existió en su cabeza. Bueno, yo viví dos vidas en la vida real, o quizá no. Tal vez, al igual que Liza, sólo estoy contándote lo que hubiera querido que fuera mi vida. A lo mejor sólo soy un viejo que decidió contarte a ti sus delirios seniles.

La nieta de Liza Limantour se mantuvo en silencio, escrutando con la mirada a aquel hombre tan extraño, surgido de la nada para relatarle una serie de historias fantasiosas.

—Pongamos que es cierto, que mi abuela tuvo ese romance con usted en el París del cambio de siglo, que se codeó con los artistas bohemios de la época y que luego volvió a México para vivir en la represión de la aristocracia y su doble moral, que tuvo ese accidente, esa amnesia y esa locura, y que a causa de esos encuentros que tuvieron en plena Revolución decidió dejarlo todo y volver a vivir sus sueños. A usted ¿qué lo hizo abandonar sus ideales de aquel tiempo?

—Siempre quise ser como José de Miurá o lo que ese personaje representaba para mí, pero no tuve el valor. Ser artista, poeta, bohemio. Liza Limantour me hizo decidirme a dejar todo atrás, a soltar la férrea educación ultranacionalista de la aristocracia prusiana, a abandonar el supuesto deber hacia la patria y asumir el deber con mi ser original. Pero los dos tuvimos miedo; ella regresó a México y encerró a la artista dentro de una señora de sociedad, y a mí se me endureció el corazón y me aferré a la razón y la lógica. Fue cuando pensé que había sido una estupidez tratar de vivir en la revolución bohemia, y regresé a Berlín a encadenarme en la prisión del deber.

—Es decir, estaba usted siendo entrenado en el servicio secreto cuando conoció a mi abuela, que a su vez trataba de escapar a su destino; en ese París tuvo la tentación de dejarlo todo y ser un artista bohemio, y tras la partida de Liza reprimió usted sus sueños y se encadenó al deber. Conozco parte de la historia de mi abuela desde que se fue de México y finalmente llegó a París para dedicarse al arte. ¿Qué fue de usted?

—Ella tuvo que dejar el pasado y yo tuve que escapar de él. Viví un tiempo en Nueva York tratando de poner fin a todas las historias para comenzar una nueva. Quise enterrar a Zimmermann y a Miurá y tomar para mí lo mejor de ellos: la racionalidad y la sangre fría del alemán y la pasión y la sangre caliente del español; la mente del estratega y la pasión del poeta. Mi primer trabajo fue recuperar mi mente, partida en dos, y aceptar la integridad de mi ser. Después recorrí parte del mundo y fui feliz. Es todo lo que importa.

—Los personajes secundarios pueden desaparecer de la historia cuando dejan de ser necesarios —repitió Sofía—. Dígame entonces qué fue de la tal Magdalena, que no me parece secundaria en absoluto, sino más bien quien lo hizo recapacitar y cambiarlo todo; es como si se hubieran redimido el uno al otro.

Una sonrisa iluminó el rostro del enigmático anciano. Redención. Tal vez ésa era la palabra, algo que jamás habría esperado de la mujer a la que durante años se empecinó en ver como su lado oscuro.

—Tienes razón: no es secundaria. Magdalena y yo éramos útiles herramientas, cada uno le servía al otro, éramos casi como cosas, como objetos. Pero con el tiempo fuimos dejando que la humanidad de cada uno penetrara en el otro, que nuestro ser oculto encontrara los recovecos para mostrarse.

—¿Y entonces se despidieron en Cuba y no volvieron a saber nada uno del otro?

—A los dos nos gustaba hacer planes —respondió el anciano con una sonrisa—, y los dos aprendimos que la vida puede tener planes distintos. Sólo te diré que las personas pasan por nuestras vidas para enseñarnos algo, y que ella y yo aún teníamos cosas que aprender el uno del otro; cosas que requirieron mucho tiempo y mucho mundo.

—Quiero saber más —reclamó la joven—. Hay mucha historia que contar.

—Con Magdalena hubo historias dignas de ser contadas, pero en otro momento. Lo que ocurrió a partir de 1914 es otra historia, con otras lecciones, otros personajes y otros aprendizajes. Me instalé un tiempo en Nueva York. Desde ahí pude conocer el final de tantos episodios que rodearon nuestra historia de razón y locura: supe de la muerte de don Porfirio en 1915 y de cómo el Imperio alemán prosiguió en su intento de controlar la Revolución mexicana y el petróleo, primero apoyando a Victoriano Huerta para que éste regresara a México a tomar el poder, después persuadiendo a Pancho Villa de atacar Estados Unidos, y finalmente invitando a Venustiano Carranza a invadir a su vecino del norte. Todos los intentos fueron fallidos: esa guerra la ganó Estados Unidos. Vi con tristeza cómo la humanidad, atrapada en la masa, sólo se dedica a repetir sus historias sin aprender nunca del pasado. Vi una revolución en Rusia que, con el pueblo como pretexto, se dedicó a la total opresión de ese mismo pueblo; presencié una paz de Versalles que lo único que logró fue sentar las bases de la nueva guerra, y la caída de grandes imperios como el ruso, el turco y el austrohúngaro, necesaria para que otros, como el británico, pudieran subsistir, y otros más, como el americano, terminaran de nacer.

—Pero por fortuna la guerra ha terminado.

—Ahora vemos lo que parece el final de la guerra, pero en la carrera industrial es sólo el inicio de una nueva contienda entre las nuevas potencias. Estados Unidos y la Unión Soviética ya están en desacuerdo por el reparto del mundo, lo cual se hace evidente en Corea y Alemania. La guerra continúa, pues es el combustible, el motor y la razón de ser del mundo moderno.

—Pero a fin de cuentas ésta fue una guerra contra los nazis, y éstos han sido derrotados.

—La guerra es mucho más compleja. Yo presencié el ascenso de Hitler al poder ante el aplauso de los poderosos, que veían en el *Führer* la contención del comunismo. Sé qué a partir de ahora se escribirá una historia en la que los ganadores de la guerra pretenderán haber sido eternos enemigos del nazismo, pero lo cierto es que casi todos simpatizaban con él. La causa inicial de esta gran guerra mundial de treinta años se atribuyó al asesinato del archiduque Francisco Fernando para esconder la realidad: que todos somos igual de culpables, que no hay buenos ni malos y que las guerras ocurren por la ambición de dominarlo todo. El nuevo culpable será Adolf Hitler y su invasión a Polonia, y la humanidad seguirá sin aprender del pasado, pues Hitler no fue un hecho aislado sino el resultado de quinientos años de historia europea. Hitler es consecuencia y resultado de toda Europa. Él no inventó el nacionalismo, la discriminación, el odio racial ni el antisemitismo; se limitó a recoger los discursos de odio que todos los europeos venían generando siglos atrás.

La nieta de Liza permaneció en silencio, cabizbaja, meditabunda. Finalmente agregó con voz melancólica:

—Es decir que no hay esperanza. El mundo siempre estará en guerra sin importar que algunos individuos decidan vivir sus historias de amor a pesar de las circunstancias.

—Las historias de amor son lo que puede salvar a la humanidad. Permíteme contarte una historia más, relacionada con esta misma guerra; una historia que muestra cómo siempre hay una luz de esperanza.

—Eso es justo lo que necesito.

—Pues bien. Recorrí parte del mundo y atestigüé la misma naturaleza egoísta en todo el mundo y en todos los seres humanos, pero también supe de historias que siguen siendo luz en medio de tanta oscuridad. La más emotiva de todas ellas ocurrió quizá en el campo de batalla, en la navidad de 1914, en las trincheras de Bélgica donde se enviaba a morir a ingleses y alemanes por los intereses de los amos del mundo.

"Era la víspera de navidad y los soldados permanecían en las trincheras. Jóvenes de veinte años en promedio, muchachos con hambre, frío y miedo, obligados a ser asesinos de otros muchachos de su edad, que hubieran preferido tener un futuro, estudiar, viajar, amar y ser amados, pero que tenían el deber patriótico de asesinarse.

"Sólo el veneno del odio nacionalista habría podido convencer a esos jóvenes de la necesidad de masacrarse. Para que las masas humanas se conviertan en asesinas es necesario convencerlas de que sus miembros son distintos unos de otros, de que deben temerse y odiarse. Pero en medio de todas las razones del odio surgió la locura de la música y los unió a todos por unas horas.

"Era de noche; alemanes y británicos estaban atrincherados a cuatrocientos metros unos de otros. Pasarían la navidad en una zanja enlodada y su cena sería una lata de alguna masa viscosa sin sabor, pero con los nutrientes necesarios para sobrevivir y seguir matando. Fue entonces cuando la música hizo el milagro.

"Los alemanes comenzaron a cantar villancicos para hacer más llevadero su dolor. Entonaron juntos *Stille Nacht*, y de pronto, entre la niebla y el olor de la muerte, descubrieron que las voces inglesas acompañaban su canto. *Silent Night*. Los ingleses no hablaban el idioma de sus enemigos, pero en pocos segundos reconocieron la melodía y comenzaron a cantarla en su propia lengua. De pronto la guerra era de pulmones y gargantas; de cada trinchera salía una canción de paz que cada bando intentaba cantar más fuerte.

"Fue entonces cuando el individuo se impuso ante la masa y el amor pudo surgir por encima del odio. Alguno de los jóvenes soldados, inglés o alemán, poco importa, decidió dejar su trinchera con los brazos abiertos y sosteniendo una bandera blanca. Así se fue internando en la zona de nadie, los cuatrocientos metros de terreno por los que debían aniquilarse. Seguramente lo hizo lleno de miedo: bastaba un disparo obediente y patriótico del otro lado para perder la vida.

"Sin embargo, un muchacho de la otra trinchera respondió con el mismo gesto. Se internó caminando despacio en el campo de batalla. Uno cantaba en alemán y el otro en inglés, pero el cántico era el mismo. Lentamente, otros soldados salieron de sus respectivas trincheras. Cada uno tenía delante de sí al enemigo, al desconocido al que debía matar; pero de pronto cada uno pudo ver tan sólo a otro ser humano, un hermano que cantaba lo mismo y que también tenía hambre, frío y miedo.

"Y así, de pronto, la compasión hizo la magia. Alemanes e ingleses se precipitaron al centro del campo de batalla y comenzaron a abrazarse, a desearse feliz navidad, a cantar juntos, a llorar, a rezar. Al poco tiempo se enseñaban retratos de sus novias o esposas, de sus padres o de sus hijos, y luego intercambiaron regalos: medio chocolate por unos cigarrillos, algo de alcohol por algo de comida, una prenda por otra. Poco importaba el regalo: lo importante era compartir.

"Cuentan algunos que hasta improvisaron un partido de futbol, nunca lo sabremos en realidad, y hasta dicen que lo ganó Alemania tres contra dos a los ingleses, poco importa. Pero los que fueron enviados a destruirse a disparos de pronto sólo peleaban por cantar más fuerte o por anotar un tanto en el nuevo campo de batalla, uno deportivo.

"Fueron necesarios años de adoctrinamiento nacionalista para llenar a esos jóvenes de odio contra sus semejantes. Fue preciso decirles que eran de otra raza, recordarles que hablaban diferentes lenguas, que tenían diferentes historias, valores e intereses. Pero bastó una canción para olvidarlo todo y cantar juntos. Ninguno hablaba el idioma del otro, pero bastó reconocer la misma melodía para que se percataran de que eran iguales los unos a los otros. Bastó una canción para terminar momentáneamente con la guerra."

El anciano guardó silencio. Había contado la misma historia muchas veces a quien quiso oírla; le parecía una gran historia de amor, mucho más heroica que las hazañas en el campo de batalla. Siempre la usaba como ejemplo de cómo, incluso en las situaciones más adversas, podía verse la luz del amor y la esperanza que yacen debajo del egoísmo de la humanidad.

—Bastó una canción para terminar momentáneamente con la guerra. —Sofía repitió la última frase del anciano— sería maravilloso si fuera verdad.

—Lo fue, Sofía; lo fue. Los poderosos siguieron con su guerra, cierto, pero basta un individuo consciente para que los conflictos terminen. Presencié muchas historias y me enteré de otras tantas; en todas pude ver los abismos y los cielos de la especie humana, nuestra peor oscuridad y nuestra luz más resplandeciente. En cada historia pude constatar cómo sólo la masa es asesina, cómo el individuo consciente es incapaz de dañar a su hermano. La masa odia; los individuos descubren a su hermano en cada rostro humano. Un hermano que también llora, también sufre y también ama. Un hermano que también necesita compasión.

—Y entonces así finaliza la historia: sin final.

—Así termina la historia que comenzó con el cambio de siglo. Una historia como todas, donde la existencia de los individuos se ve alterada por la trama urdida por los poderosos. Una historia de la que aprendí que puedes tratar de cambiar a los demás y el mundo seguirá siendo un infierno, pero que puedes transformarte a ti mismo y vivir en el paraíso. Aprendí que la paz siempre depende de ti, que tú llevas la guerra o la paz contigo, que tú eres la causa de la guerra o de la paz. Tu guerra y tu paz son la guerra y la paz del mundo.

"Pero también aprendí que todos somos esclavos del pasado y parte de la marea de un océano sin agua. Desde niños nos inculcan el miedo y el odio; nos enseñan a ser competitivos y violentos, brutales el uno con el otro. Nos enseñan el control, los celos, la propiedad, el dominio, y que sobrevivir es algo que se logra a costa de los demás. Nos enfrentamos con miedo a una vida caótica, así que inventamos sistemas de creencias que le den sentido. Somos el resultado de propaganda repetida. Ésa es la causa de todas las guerras.

"Existe sin embargo la posibilidad de abrir los ojos, despertar y comenzar a vivir sin más patria que el mundo ni más frontera que lo inconmensurable; ningún dios más que la existencia misma, ninguna escritura sagrada que no sea la conciencia, y ninguna religión fuera del amor sin ideología, sin premio ni castigo, sin lugar para la culpa, sin la codicia del paraíso y el miedo del infierno. Ésa es la solución de todos los conflictos."

El anciano cerró los ojos y todo su pasado pasó por su mente en una fracción de segundo. Muchas vidas vividas en una sola, una gran forma de vivir considerando que sólo tenemos una existencia humana. El espía y el poeta habían quedado atrás, y ése había sido sólo el inicio de muchas otras vidas, historias para ser contadas en otro momento.

Muchas vidas, y con ello muchas oportunidades para aprender y evolucionar hacia algo más allá de lo humano. Las personas entran y salen de nuestras vidas y cada una puede convertirse en un maestro, alguien de quien podemos aprender. Cada ser humano llega a nuestras vidas cuando tiene que hacerlo, y se va y sigue su camino en el momento preciso. Al final sólo hay una cosa por aprender, la más elemental y la más difícil: amar. Amar más allá de la razón, más allá del tiempo y el espacio, amar hasta perder el aliento. Amar, porque mientras la razón nos hace humanos, sólo el amor puede llevarnos a experimentar la divinidad. Somos dioses dormidos por la razón; la locura del amor es lo único que puede hacernos despertar.

AGRADECIMIENTOS

Dos mujeres fueron de gran importancia en la creación de esta novela y para ellas va toda mi gratitud. Para Pavla, mi querida Estrella, y Laura, mi maestra de Aceptación, dos mujeres que, cada una a su forma, influyeron en *Locura y razón*.

Además de aprender Aceptación, a través de Laura, pude comprender el problema femenino que los hombres normalmente nos negamos a ver, es por eso que decidí usar mi creatividad y narrativa para hablar de todas las mujeres.

Pavla, mi cómplice hermosa, mi princesa de la ciudad de los cuentos, mi Estrella. Gracias por fundamentar los cimientos de mi cielo, por liberarme de la tiranía de mis ideas y por haber traído un poco de locura a mi razón y darle razón y sentido a mi locura. Gracias por inspirar las transformaciones del personaje principal de esta novela, gracias por enseñarme a amar, porque sólo el amor nos hace trascender lo humano y tocar lo divino. Cada persona llega a nuestra vida para algo, y tú llegaste para tocarme el corazón, remover las capas de razón que lo cubrían y exponerlo al mundo. Mi vida y mis letras es un antes y después de ti.

Gracias Laura, mi santa Magdalena, mi maestra de Aceptación. Gracias por llegar a cambiar el giro de mi historia, por inspirar un nuevo personaje lleno de misterios, amores y aventuras. Gracias por hacerme entender lo absurdo de la guerra interna, por hacerme ver las profundidades de mi ser, donde están esperando todas mis respuestas, y finalmente, por conducirme a un nuevo final, uno de luz y no de oscuridad. Gracias por hacer que todo terminara en paz.

Gracias a mi amigo Kerman por procurarme un buen lugar para seguir con mis historias

Gracias a Luciano, a América y a Gerben, y ese hermoso pueblito llamado Mahahual, tan inspirador para escribir.

Gracias a Carlos Buentello. Hace varios años, antes de publicar *El misterio del Águila*, me dio un consejo, me dijo que tenía que invertir en mí mismo si quería ser escritor; lo que en mi caso significaba renunciar a mucho trabajo, aunque ello implicara renunciar a ingresos, pues sólo así tendría el tiempo de escribir, publicar, y cumplir el sueño de ser escritor. Catorce libros después, no olvido que ese consejo es parte de este sueño

A mi papá, quien dejó este mundo a la mitad de la creación de esta novela. A mi mamá y mi hermana que siempre han estado presentes. Todo lo que soy, con sus aspectos oscuros y brillantes, tiene que ver con ellas. Hoy ese lado oscuro ha desaparecido e integra al único ser indivisible que soy.

Esta obra se terminó de imprimir
en el mes de julio de 2024,
en los talleres de Impresora Tauro, S.A. de C.V.
Ciudad de México.